いのちの停車場

南　杏子

幻冬舎文庫

いのちの停車場

目次

プロローグ

救命救急センターの片隅には、特別な白いデスクがあった。

卓上には、ホットラインと呼ばれる電話だけが置かれている。そこに入るのは救急隊からの搬送受け入れ要請だ。そして、受話器を取って患者の病状を聞き、引き受けるかどうかを決定するのが、ホットライン担当になる。

「今夜のホットライン、副センター長が担当されるんですか？」

白い机の前にいる咲和子《さわこ》を見て、若手医師がすっとぼけた声を出した。

「ボードを見れば分かるでしょ」

当日の担務表は、医局員計二十五人の名前が入ったマグネットプレートとともに入り口の壁に掲げられていた。「4月16日・夜勤」という黒文字が躍るホワイトボードの最上部には、白石《しらいし》咲和子の名が貼りつけられている。

「はあ、すんません」

「謝ることないわよ。いつもとは違うんだし」

六十二歳の咲和子が夜勤をするのは月に二回ほどしかない。そのときのホットライン担当は中堅どころの医師が担うのが常だった。医師としての知識や経験以上に、瞬発力が求められる役回りだからだ。

だがきょうは、名古屋で開かれている日本救急学会の総会でセンター長の満島《みつしま》が基調講演に立つハレの日に当たり、大半の医局員がボスに連なって出払っていた。ここにいるのは、まだ学会にすら参加させてもらえない若手医師か研修医だけだ。

「静かな夜を祈りましょ」

咲和子は一人つぶやいて立ち上がった。

ホットライン担当は、さまざまな状況を考慮しつつ、患者の受け入れの可否について瞬時に判断を下さなければならない。状況というのは、すでに埋まっているベッドの数、スタッフの人数や能力、要請された患者の病状、他の病院の空き具合など多岐にわたる。若手には到底、任せられない仕事だった。ただ、十二時間のミッションが心と体にかける負荷は極めて大きい。

城北《じょうほく》医科大学病院の救命救急センターで、生え抜きの女性医師として初めて副センター長に抜擢されて八年。なおも若手に負けない仕事ぶりを見せつけてはいるが、咲和子の役職定年は三年後に迫っている。静かな夜を祈りたい気持ちに偽りはなかった。

コーヒーを入れてホットラインの前に座り直す。

入り口からワイシャツ姿のスラリとした事務員が入ってきた。

「各病棟の当直医リストでーす」

救急外来で事務のアルバイトをしている野呂《のろ》聖二《せいじ》だ。均整の取れたきれいな顔立ちをしている。

痛っ――。手渡されたA４の紙の端で、左手の甲を少し切った。

空調の利いているはずの院内だが、吹き出し口の向きによって空気が極端に乾燥するスポットが生まれる。このデスクに着くと咲和子は、冬の間中、薪ストーブを焚き続けて部屋の中がカラカラに乾いていた日本海側の実家を思い出す。

「大丈夫ですか？」

「うん、ありがとう。今夜は野呂君なのね」

事務とはいっても、救急救命センターに出入りすることで現場の勉強になり、医学部の学生には人気のバイトだ。ただし野呂は現在、医師国家試験に落ちて浪人中の身だった。

「国試があるのに、バイトに来て大丈夫なの？」

「いや、まあテキトーにやってますよ」

朝から晩まで試験勉強に没入すべき時期だというのに、どこか他人事《ひとごと》だ。学部五年の臨床実習のころは、ぜひとも救命救急医になりたいと言い、センターでも熱心に救急医療の専門書まで読んでいたのに。

「またそんなこと言って。暇な時間はしっかり勉強しなさいよ」

「ほーい。それにしても今夜は平和だといいっすね」

野呂は逃げるように持ち場へ戻った。

「平和――。そうよね」

咲和子がサンドイッチの包みを開けたときだった。安易な願いを見透かしたようにホットラインが鳴った。

「はい、城北医大」

「こちら、東京消防庁・災害救急情報センターです――」

発信者は思いがけない本庁の部署名を名乗った。ホットラインの一報は各消防署の救急隊からもたらされるのが普通だ。本庁が絡むということは、規模が大きい状況を意味する。咲和子の緊張は一気にピークに達した。

「大規模交通事故で重篤患者の受け入れ要請です。東池袋四丁目、国道２５４号、都電荒川線の向原《むこうはら》停車場付近で大型観光バスが都電に衝突して横転、さらに玉突き事故を引き起こし、多数の負傷者が発生しました。重傷者を中心に、できるだけ多く受け入れていただきたいのですが」

救命救急センターのベッドは十あるが、人工呼吸器まで備え付けたフル装備のベッドは二台しかない。一般的な心電図モニター付きのベッド八台は満床だ。

「何人ですか」

二人可能です――という言葉をのみこみ、咲和子が逆に尋ねた。池袋駅の南側に位置する城北医大病院は、現場に最も近い位置にある三次救急指定病院だ。事故が起きた停車場は五キロと離れていない。

「ほかにも依頼しますが、重傷者の搬送先は確保が難航しそうです。比較的軽傷の患者はすべて周囲の病院に受け入れさせます。なんとか重傷者をお願いしたいのですが……」

相手も必死になって説得の構えを築こうとしている。

「だから重傷に限ると、何人？」

「現状では少なくとも二十人。城北さんには、うち七人をお願いしたい」

思った以上の人数に、咲和子は一瞬息を止める。だが、躊躇《ちゅうちょ》している時間はない。負傷者の命が刻々と失われようとしているのだ。いま断れば、救える患者も救えなくなる。

消防庁の出動指令としては、事故現場から救急車の群れを南下させ、新宿区の国立国際医療研究センター病院、東京女子医科大学病院、慶應義塾大学病院まですべての患者の収容を終えたいところだろう。年に一度の学会で救急医が足りない事情は、どこの病院も同じだ。現場至近の城北医大がリクエストされた「七人」は、過大とは言えなかった。

「分かりました。七人受けます。すぐに来てください」

今度は先方が息をのむのが感じられた。

「ありがとうございます！　詳細は各救急隊から」

電話を切った直後、咲和子は立ち上がって大声を出した。

「交通外傷で重傷を七人、受け入れました！」

救命救急センター内がざわつく。

「正気ですか、白石先生。どうやって診る気ですか？　今夜のスタッフは五人ですよ」

若手医師が目を見開く。患者一人に一人の医師でも間に合わない。ましてや症状の重いケースでは、一人の患者に二、三人が付くことも少なくない。

「ベッドが足りません。無理です！」

看護師長が血相を変えた。確かに、重傷者用のベッドは二つあるだけだった。

「今いる患者は、できるだけ一般病棟に上げましょう。足りないならリカバリーを使ってもいいから」

回復を待つためのベッドが二台ある。

「あんな場所で重傷患者を受け入れるんですか？　責任持てませんよ」

リカバリーのベッドは簡単な酸素マスクや吸引ができる程度の装備しかなく、本来は最初に患者を受け入れる場所ではない。そんなことはもちろん分かっている。けれど、限られたリソースで命を救う方法を考えるのが最優先だ。

「緊急事態です。都電と大型バスの衝突事故で二十名以上の重傷者。現場は東池袋。私たちが見捨てるわけにはいきません。責任は私が取ります。今夜は城北医科大学救命救急センターの底力を発揮しましょう」

いつにない咲和子の言葉に、センターのスタッフは全員、反応した。

「私、ベッドコントローラーに連絡して、今いる患者を一般病棟に移します」

若手スタッフの一人が動いた。「お願いします」と咲和子はうなずく。それに続くように、次々と声が上がり始めた。

「グループラインで、オフの医師に声をかけます」

「では、院内の看護師に招集をかけます」

「院内放送で手の空いている医師を呼び出します」

咲和子は頭を下げた。

「みんな、ありがとう」

古株の看護師がリカバリー室に、旧型の心電図モニターを運び入れてきた。

「よく見つけてきてくれたわね。これなら立派に救急対応できる」

「一昔前の救命救急センターみたいですけど」

看護師が肩をすくめる。

遠くからサイレンの音が聞こえてきた。いつものような一台の音ではない。複数の警報音が重奏しながら迫ってくる。

咲和子は武者震いした。どんな患者でも救ってみせる——そんな気持ちからだ。

「三十二歳男性。頭部外傷、左前頭部挫創。意識混濁、直前の主訴は激しい頭痛、血圧一九〇の一〇〇、呼吸数一二——」

ストレッチャーに乗せられた患者が、救急隊に伴われて運び込まれる。そのすぐ後ろにも四台のストレッチャーが並び、立て続けに五人が運び入れられようとしている。普段はせいぜい一人か二人で、極めて珍しい状況だ。事務スタッフも来て、患者の家族を待合室へ案内する。

院内放送を聞きつけた医師や看護師が救命救急センターに集まりつつあった。広いはずのセンター内が、人であふれ返る。

「五十五歳女性。腹部臓器損による腹腔内出血疑い。意識混濁、主訴不明、血圧八二の下は測定不能、呼吸数一八――」

　患者一人に対して数名の医師や看護師が取り囲むようにして救命に当たる。点滴や呼吸補助、心臓マッサージ、尿道カテーテル、止血処置、点滴手配など、複数の処置が同時に必要となるからだ。

「二十八歳男性。胸部打撲。意識ほぼ清明、主訴胸痛、呼吸困難。顔面蒼白、血圧九〇の四五、呼吸数二〇――」

　次々と医師や看護師が取り囲む。

　最後、七人目の患者は、救急隊員に心臓マッサージを受けながら入室してきた。外傷性心室細動を起こしていた。電気ショックで心肺を蘇生する必要がある。咲和子はすぐに除細動器のパドルを手にする。

「最初から三六〇ジュールで。みんな、離れて」

　スタッフが感電しないよう、声をかける。患者の心臓をはさむように胸の中央右上と左脇側面にパドルを当て、通電スイッチを押す。体が大きく跳ね上がった。

　心電図の波形を見守るが、脈は乱れたままだ。すぐに心臓マッサージが再開される。咲和子は再びパドルを構えた。

「もう一度行くわよ。みんな、離れて」

再び患者の胸が強く持ち上がる。息を凝らして心電図モニターを見つめる。緑色のラインは正常の波形を描いた。

「やった！」

「戻った！」

スタッフが次々に口にして、安堵の表情を浮かべる。咲和子も同じ気分だった。だが、ほっとしたのは一瞬だ。

周囲を見回せば、そこは苦痛に顔をゆがめる患者であふれていた。次々と医師や看護師に適切な指示を与え、技術の不足した部分には手を貸して現場を回していく必要があった。

「くそっ、入らないっ」

隣のベッドで若い医師が低く吐き捨てた。呼吸不全を起こした患者の気管にチューブをうまく挿管できず難渋している。みるみるうちに患者の意識が遠のいた。咲和子は医師の隣に並んで立つ。

「貸して」

挿管チューブと喉頭鏡を奪い取った。

「こういう猪首《いくび》の患者は、喉頭展開が難しいのよね。変に力を入れると歯を折っちゃうから」

咲和子は左手に持つ喉頭鏡に体重を乗せるようにして、曲型のブレードを持ち上げた。

「見えた！」

気管の入り口が喉頭鏡の発する小さな光に照らされてかすかに浮かび上がる。そこをめがけて右手でするりとチューブを滑り込ませる。

「入った！　すぐに酸素をつないでアンビューして」

アンビューバッグと呼ばれるラグビーボールほどの大きさの空気入れを手で押す。まずはこれで気管に酸素を送り込む。患者の青白い顔が、さっとピンク色に戻った。周囲に立つ看護師や医師たちからは、「さすが……」の声が上がる。

「ありがとうございますっ」

若手医師の声を背に受けながら、咲和子は斜め向かいのベッドに向かった。

「白石先生、すみません！　高度熱傷ですが処置はどうしたら……」

事故現場では、漏れたガソリンに引火して火災も発生した模様だ。焦げた洋服にハサミを入れてそっとはがす。一見、皮膚はそれほど変化していないように見えるが、数時間もすれば浮腫やびらんが起きるだろう。皮膚のバリア機能が破綻しているから、感染リスクが高い。下肢から浸出液が染み出ている。脱水の危険もあった。場合によっては皮膚移植が必要になるかもしれない。

「生食点滴《せいしょく》と抗生剤の開始を。すぐに皮膚科の当直医をコールして」

リカバリーのベッドで医師の叫ぶ声が聞こえた。

「ポートワイン尿だ！」

彼は、尿道カテーテルを手に凍りついていた。

黒に近い褐色の尿は、ポートワイン尿と言い、重量物に圧迫されて起きるクラッシュ症候群の特徴だ。筋肉質の患者は壊れる筋肉量が多いため、短時間でも重症化しやすい。横紋筋融解によって大量に漏れ出たミオグロビンやカリウムが致死性の不整脈や腎不全を引き起こす。幸いなことに、心電図の波形はまだ大丈夫だった。

「生食の大量輸液を。一時間に尿量二〇〇を確保するためにね」

体液とほぼ等張の生理食塩水を点滴で投与する。早急に尿からカリウムを排出させるために。

「どれくらいのスピードで落としますか」

看護師が尋ねてくる。

「一時間で一リットル。除細動器をそばに持ってきておいて」

いつ不整脈を起こしてもおかしくない状態だった。

「あと、透析センターに連絡を」

腎臓を保護するためにも血液透析が必要だ。

咲和子は透析センターの担当医に血液透析をオーダーしつつ、目の前の頭部ＣＴが映し出された画像モニターを眺める。脳内にわずかな気泡を発見した。副鼻腔などの骨折で硬膜やくも膜が損傷し、頭蓋内に空気が入ったのだろう。空気とともに、菌が脳に侵入した可能性が示唆された。細菌感染が起これば、脳炎となって死亡するリスクが高い。

「この頭部外傷の患者、誰が診てるの？」

「私です」

入局三年目の医師だった。顔の傷を縫合している。

「抗生剤、始めた？」

「ええと、出血がひどかったんで、縫い終わってからにしようと……」

「気脳症よ」

「えっ……」

持針器《じしんき》を持っていた手が止まる。小さな気泡の重大性を直ちに理解したようだ。

「す、すぐに抗生剤を開始します」

救急医三年生はあわてた様子で立ち上がった。

向かい側のベッドではポータブルのレントゲンがセットされた。

「撮りまーす」

放射線技師が声をかける。咲和子は一瞬、ドアの向こうに立つ。救命救急センターはあちこちで放射線が飛び交う場所でもある。X線を浴びないよう、撮影の瞬間はスタッフそれぞれが自らの工夫でとっさに距離を取ったり、遮蔽物《しゃへいぶつ》に身を寄せたりといった工夫で自衛する。

「あれっ？」

技師が声を上げた。

「ショックです、ショックを起こしました！」

直後に担当医が叫ぶ。

重い胸部外傷を負った男性患者だった。先ほどまでは会話が可能であったが、すでに意識を失っている。咲和子は駆け寄って患者の胸に触れつつ、酸素流量を上げる。皮膚がグズグズと沈み込む。握雪《あくせつ》感という、雪を握るような感覚だ。肺や気管から漏れた空気が皮下を這うように溜まって起きる現象だった。

「皮下気腫がある。緊張性気胸ね」

肺から漏れ出た空気が肺を押しつぶし、さらに心臓や血管を圧迫して血圧低下を来《きた》す。一刻も早く胸腔内の空気を体外に出さなくてはならない。

「胸腔穿刺するから、18ゲージの留置針を持って来て」

肋骨の上から二番目と三番目の間、第二肋間に針を入れる。

シュウと音がして、空気が抜けるのが分かった。

患者の意識が戻る。だが、これだけでは不十分だ。トロッカーカテーテルと呼ばれる、より太いチューブで持続吸引しながら破れた肺が修復されて膨らむのを待つのだ。

「胸腔ドレナージですね。僕がトロッカーを入れておきます」

病棟から呼吸器内科のエースがヘルプに来てくれていた。

「助かる！」

咲和子はその場を彼に任せた。センター内を見回す。まだまだ処置の済んでいない患者がいる。野呂が、十歳くらいの女児を車椅子で連れてくる。事故とは関係のない患者だ。

「なんで野呂君が？　看護師は？」

「ええと、ナースがいなくて。ウォークインです」

ウォークインとは、救急車以外で自主的に受診した患者のことだ。救急隊からの新しい受け入れ要請は断っているが、自力で受診してくる患者を断ることはできない。誰か手の空いている医師に任せたかったが、そんな医師はいなかった。

「お母さーん」

騒然としたセンターの様子に驚いたのか、女の子が泣き出した。野呂が「大丈夫だよ、お母さんはすぐ来るから」と話しかける。女の子は泣きやみ、腹を押さえて体を折り曲げた。

咲和子は少女の腹を素早く触診した。臍《へそ》の右側、「マックバーネーの圧痛点」と称される部分が特に痛む様子だ。皮膚の張りが弱い。ぐったりしているのは、脱水によるものだろう。母親が受診手続きを終えてやって来た。女の子は、朝から腹痛があって何も食べられず、夜になって胃液まで吐くようになったという。

「虫垂炎でしょう。超音波で詳しく診ます。その前に脱水があるので点滴しましょう」

咲和子が女の子の腕をまくり上げたときだ。処置室にいた看護師から「白石先生、すぐ来てください。頭部の大出血です」と呼ばれる。秒を争う事態に、咲和子はいったん手を置き、立ち上がった。

処置室へ向かう途中で、若手の医師から「ガンツを入れたいのですが、いいでしょうか?」と尋ねられる。スワンガンツカテーテル――心臓の状態を連続的に調べるために、肺動脈に留置するカテーテルだ。挿入することによって心臓病の治療判断が容易になる。続いて「さっきの患者がまた心室細動を起こしました。僕が電気ショックかけていいですか?」と判断を求められる。

「それぞれができることを進めていいわよ！　責任は私が取る」

咲和子は全員に聞こえるように大声で言った。

「よ、よし――」

背後で野呂がつぶやくのが聞こえた。

咲和子が処置室に到着すると、若い女性の頭を研修医が必死で押さえつけているところだった。膿盆《のうぼん》に捨てられた数枚のガーゼは、絞れるほど血液で滴っている。圧迫しているガーゼの手を少しでもゆるめると、拍動しながら血液が噴き上げる。

「髪の毛が多くて、傷口が見えないわね。ハサミちょうだい！」

咲和子が叫んだ直後だった。

「髪、切らないでっ」

胸元から小さな声で、だがはっきりとその女性患者が言ったのだ。

「そんなこと言ってる場合じゃないのよ」

咲和子は女性の頭を押さえつつ、止血ポイントを探った。「ここの髪、切って」と看護師に告げたそのときだ。

「痛っ！」

突然、女性に右腕を噛みつかれた。

咲和子は鈍い痛みに顔をしかめる。一瞬、何が起きたのかと思ったが、すぐに事態を理解する。よくあることだった。薬物中毒患者に腹を蹴られたことや、酔った患者から殴られたこともある。自分が油断したからだ——と事態に向き合うしかなかった。

「貧血で意識障害を起こしたせいね。血液データは？」

「いま届きました。ハーベー六に下がっています」

「生食輸液一五〇〇と、輸血四単位。同意書を忘れないで」

やがて女性は意識を失った。抵抗する力がなくなったおかげで診察しやすくなる。頭皮は十五センチほどザックリと切れており、頭蓋骨が見えていた。そのまま動脈もいっしょに結《けっ》紮《さつ》できるよう、深めに十二針縫う。出血は止まったようだ。

点滴と輸血が終わるころ、患者は意識を取り戻した。

ようやくすべての患者が落ち着いたときには、朝の五時を回っていた。

咲和子は処置室の片隅で座り込み、目を閉じる。仮眠室へ戻る元気も残っていなかった。

「白石先生のときは、いつも当たりよね」

処置室の奥は、看護師の休憩所につながっている。どうやらそこからの声だ。

「あの先生、本当によく引くわよねえ」

咲和子がいるのに気づいていないようだった。

「でも、きょうは引きすぎでしょう。重傷七人って、ありえない。私、ここに十年勤めているけれど、これがマックスよ」

「さすがに先生、疲れてたよね。足がもつれて転びそうになってたもん」

「もう、お歳だからねえ。スタイルがいいのは認めるけど、そろそろハイヒールはやめた方がいいよね。駅のあたり、デコボコしてるし」

「救急隊から受け入れ要請が来たらウケる。白石咲和子さん六十二歳、池袋駅前で転倒骨折って……」

忍び笑いのあと、よしもとライブですごいネタを見たという話に移った。

数日後、咲和子は病院長から呼び出しを受けた。面談場所に指定された会議室はテーブルがコの字形に並べられ、高林《たかばやし》院長や上杉《うえすぎ》副院長、救命救急センターの満島センター長と事務長や相談室長が顔をそろえている。

少し遅れて雨宮《あめみや》医学部長が部屋に入り、真向かいの席に座った。学長に次ぐ実力者である雨宮が来臨する面談とは、ただごとではない予感がした。咲和子が救命救急センターの副センター長だけでなく、医学部の准教授も兼務している関係に違いない。

多重事故の晩に受診した患者の家族からクレームが来ている——咲和子はそう告げられた。

その患者は、事故の負傷者ではなく、ウォークインで受診した女の子だった。

「女の子は虫垂炎でしたので、消化器外科に依頼して助かった、と聞いています。どこに問題があるんでしょうか？」

咲和子は高林院長の意図を確かめようと表情を見る。だが、院長は無表情のままだ。事務長が説明を始める。

「アルバイト事務員の野呂聖二に点滴をさせた、という点です。ワイシャツ姿で腕カバーの彼が点滴するのを見た母親が大騒ぎしているんですよ。医者でない人間が娘の治療をしていたようだ、と。城北医大病院の重大な違法行為をマスコミに告発すると言ってきています」

雨宮学部長は腕組みをして目を閉じる。

咲和子は、混乱のさなかに残る記憶をたどった。あのとき少女に点滴をしたのは野呂だったのか。咲和子が女の子の所に戻ったとき、すでに消化器外科の当直医が来ていた。点滴はその医師が行ったと思っていた。マンパワーが足りず、「それぞれができることを進めてい い」と言ったとき、背後で野呂が「よし」とつぶやいたことに思い至る。

「すみません、手が足りず、止むにやまれぬ状況もあって、私が指示したと受け取られても仕方がありませんでした。ただ、当夜の混乱した状況で……」

副院長の上杉が高い声を出す。

「それこそが問題なのです。重傷患者を七人も同時に受け入れるなんて、非常識にも程がある。限界を超えた人数を引き受けた責任は白石先生、あなたにあります」

「すみません、それはそうだったかもしれません」

咲和子は素直に認める。けれど、もう一度同じ事態が起きても、二人しか受け入れられないと突っぱねることはできないとも思った。命を救う行為に限界など設けたくはない。

「とりあえずの問題はですね、あの母親にどう納得してもらうか、ということです」

高林院長が静かに言う。雨宮学部長は目を開けたが、黙ったままだ。

咲和子は心を決めた。誰かが責任を取らなければならないとしたら、自分しかいない。現場の指揮をとっていたのは自分だった。

最終的な結果に対しては、常に責任を負う覚悟だった。そのつもりで日々、全力を傾けて救命に取り組んできた。年齢的にもそろそろ潮時だ。ここで身を引くのに、悔いはない。

「分かりました。私に責任を取らせてください」

誰もが口を一文字に結んだまま、その申し出を拒まなかった。咲和子は再び口を開く。

「ただ、あの現場にいたスタッフは全員、守ってください。野呂君のことも、です。お願いします」

咲和子は「長らくお世話になりました」と、頭を下げた。

第一章　スケッチブックの道標《みちしるべ》

北陸新幹線の窓から外をぼんやりと眺める。軽井沢を過ぎたあたりで景色は一気に変わった。

いくつものトンネルを抜けるたびに車窓の眺めはうつろい、今は田園風景が広がるばかり。始発駅を取り囲んでいたオフィスビル群は、遠く去った。自分はもう二度と、逆順に展開するパノラマを見るつもりはない。

城北医科大学に入学するまでは、金沢に暮らした。十八歳の二月、受験で初めて上京した際、真冬にもかかわらず女性がパンプスを履いているのに驚いたものだ。故郷では、深い雪に足がはまる状態をゴボると言う。あのとき咲和子はゴボらないようにと、長靴で受験した。

医学部を卒業した二十四歳から三十八年間、救急医の仕事しか目に入らなかった。人の命を救う最前線にいる感覚で満たされ、何を犠牲にしても構わなかった。東京の街は昼夜を問わずに救患が押し寄せてくる。受け入れる救命救急センターは、常に熱気であふれていた。咲和子は、自分が燃料をくべられ続けた薪ストーブのようなものだった、とも思う。

ふと気づけば、周囲で働くのは自分よりもはるかに若い医師ばかりになっていた。六十歳を過ぎたころからは、仕事で頼られるというより、労《いた》わられる方が多くなった。暗い所で細かいデータが見えないため老眼鏡を手放せなかったり、小さな手術でミスしそうになって冷や汗をかいたりしたこともある。

あの晩、七人の重傷者を受け入れたのは正しい判断だった。だが、久しぶりに頼られた嬉しさに、舞い上がってはいなかったか？

仕事には全力で取り組んできた。大学病院を辞めることに悔いがなかったのは本当だ。一年ほど前から、世代交代の時を迎えつつあるという自覚はあった。自分以外のスタッフが救われるのなら、これを機に身を引こうと自然に思えた。

窓外に池が見える。そのほとりに一本だけぽつんと立つ老木の姿に目を奪われた。

実家の母は五年前に亡くなり、父は今、独りで暮らしている。父はもともと加賀大学医学部附属病院の神経内科医だった。講師止まりと出世はしなかったが、研究者としては一流だったと思う。土日は学会や研究会に出かけることが多かった。定年後もしばらく研究を続けていたが、八十を機に引退し、今は八十七歳と高齢だ。いくらヘルパーが毎日来てくれていたとしても、不自由なこともあるだろう。

五月になったばかりで、畑はまぶしいばかりに青々としていた。こうして新陳代謝を繰り返すのが自然なのだ。都会の生活で、薪ストーブは不要になったけれど、昔ながらの街ではまだ活躍の余地があるはずだ。むしろ今の自分にはちょうどいい環境だろう。

肩肘を張らず、また長靴生活に戻ればいいだけだ、と咲和子は思った。

午後一時半に金沢駅に着いた。古風な木造の鼓門《つづみもん》と近未来的なガラスドームという不思議な組み合わせに建て変わった駅舎にはまだ少し慣れない。ただ、一歩外へ踏み出すと、どこか静かで湿っぽい空気を感じてホッとする。自分はやっぱり金沢の女なのだ。

タクシーで市の南側に位置する実家へ向かう。

金沢には犀川《さいがわ》と浅野川という大きな川が流れており、その二つの川にはさまれて金沢城公園がある。浅野川の方が流れがゆるやかで風情があると言う人もいるが、咲和子は白い水しぶきを伴う犀川が好きだった。

犀川にかかる桜橋が見えてきた。そこは少し高台になっており、犀川と、そのほとりにある実家を見下ろすことができる。川に面した庭に松の木があり、目印のようにきょうもよく見えた。今でも父はたまに木に登って手入れをする。家自体はかなり古びてしまったが、松の葉は年を追うごとに、つやつやとした緑色の輝きを増している。

桜橋の手前でタクシーを降りた。家は犀川に沿って五軒目だ。川堤を歩き始める前に、ほとりにあるベンチに腰かけた。重いスーツケースから自由になって、犀川をしばらく見ていたかった。

子供のころから、何かあると犀川を眺めて気持ちを整えてきた。加賀大学附属中学の受験を決意したときも、研修先の選択に悩んだときも、結婚生活に終止符を打ったことを両親に報告するときも、母が亡くなったときも――。

河原まで下りて行き、水際のギリギリに立つ。ザワザワとした水の音以外は何も聞こえなくなる。

この世で肉親と呼べるのは父だけだ。

ひとまずのんびりして、父とゆっくり過ごすつもりだった。しかし、いつまでも元気でいられる保証はない。ならば、父の望みはできるだけかなえてやりたかった。

父と二人で貴重な時間を生きるという思いが、水の音とともに高まるのを感じた。

「ただいま」

咲和子は懐かしい思いで玄関を開け、大きな声を出す。

「咲和子か。遅かったなあ……」

父は待ちわびたような声で言った。

「どうしたん？　お父さん」

部屋は、母がいたころのようにこざっぱりと片づいていた。毎日、午前中の二時間だけヘルパーに来てもらい、買い物や掃除、洗濯などを頼んでいる。父も近くのスーパーに行く程度は動けるから、生活は安定している様子だ。

「疲れとるとこ悪いけど、すぐに仙川《せんかわ》の診療所に行ってやってくれんか」

「なんだっけ、それ」

「お前が帰ってくるなら手伝ってやってほしいと。言うたよな？」

きちんと聞かされた覚えはなかった。

いや、いずれは咲和子も、何らかの形で仕事を再開したいとは思っている。けれどそれは、少し落ち着いてからのつもりだった。

「徹《とおる》君の方は、すっかり当てにしとるぞ」

咲和子より二歳上の仙川徹は、主計町《かずえまち》茶屋街の近くにある、まほろば診療所の二代目だ。加賀大学医学部附属病院で糖尿病の専門医をしていたが、十五年ほど前に仙川の父親が亡くなってから診療所を継いだ。

「朝からうるさいくらい電話が来とったから」

父が苦笑する。

仙川家と白石家は父親同士が医学部の同級生で、家族ぐるみで付き合いがあった。咲和子が子供のころ、まほろば診療所の待合室にあった地球ゴマやパズルなどでよく遊んだ。

小学生の咲和子に、骨格標本や人体模型を与えてくれたのは仙川の父親だった。そんな「玩具」だけでなく、「探検」と称して診察室も折に触れて見せてくれた。咲和子の父は開業せずにずっと勤務医だったから、父の診察風景を見ることはなかった。だが仙川の父親が地域の住民たちから頼りにされ、尊敬されていた姿は子供心にも感じ入るものがあった。

「あいつ、足を折ってな。ようやく退院できたけど、患者の診察が一向に回らん言うてな」

まほろば診療所は、医学への興味を最初に刺激してくれた場だ。咲和子としても見過ごすことはできない。

「さっそく薪ストーブの出番かな」

咲和子は自分にささやく。

「なんて？」

「何でもない。じゃあお父さん、行ってくるね」

咲和子は玄関の壁にぶら下がる自転車の鍵を手にした。

咲和子は子供のころから親の言うことを素直に聞く子供だった。金沢に暮らす友人の多くがそういう調子で、親に逆らうという話は周囲で聞いたことがなかった。中学、高校時代の友人のほとんどは、今も市内で暮らし続けている。

咲和子が東京に出たのは、加賀大学医学部に受からなかったからだ。研修医として金沢に戻ってくることもできた。だが、ともに暮らすことを意識した相手もいたために母校での研修を選び、ずるずると東京で暮らした。結婚と離婚を経たあとは、さらに金沢に戻るきっかけを失った。

五年前に亡くなった母は、最後まで咲和子が東京で仕事をするのを応援してくれた。「もう帰って来まっし。いつまでも東京におって、なにしとるがいね」と親戚に言われるたびに、母はこっそりと陰で、「咲和ちゃん、あんたの好きにするこっちゃ。自分を信じまっし」と言ってくれた。

母は、母らしく生きたのだろうか、と今ごろになって思う。富山から嫁に来た母は、加賀料理に憧れていたと言い、人一倍、興味を持って楽しんでいたように見えた。だが、金沢に来た嫁として認められるために、生まれ育った味とは違うものを作り続ける日々には、もしかすると息苦しさもあったのではないか。

金沢には「嫁に行ったらすいの目くぐれ」という戒めの言葉がある。馬の尾毛を細かく織った裏ごしの道具である水嚢《すいのう》をくぐるがごとく、嫁は辛抱して気を遣え——という意味だ。母は結婚の際、家族から「結婚したら、辛抱せられ」と送り出されたという。金沢の女性は、作法やしきたりを身につけることが特に重視されると教わった。

咲和子が金沢に戻らなかったのは、百万石都市の窮屈さを自分なりに感じていたからでもある。

玄関の扉を開けると、犀川の水音がザアザアと聞こえてきた。懐かしい感覚だ。咲和子は自転車にまたがり、強くペダルを踏み込んだ。

母が交通事故による外傷性くも膜下出血で亡くなったときは、いくら犀川のほとりにいても、寂しさで心がちぎれそうだった。だが、今回はどこかほっとした気持ちで川の流れを感じている。もし母が生きていれば、今の咲和子を見てどう思うだろう。都落ちしてきた娘に落胆したかもしれない。そんな姿を見せずに済んだのはせめてもの救いだ。

「お母さん、ただいま」

自転車をこぎながら、空に向かってつぶやく。

「咲和子は、東京をクビになりました」

雲の間から、母の「クヨクヨせんこっちゃ。自分を信じまっし」と笑い飛ばす声が聞こえたような気がする。

「うん。自分を信じてあげんとね」

一瞬、遠くの雲がにじむ。いくつになっても母の前では娘になる。

まほろば診療所は、金沢を流れるもう一つの川、浅野川の中《なか》の橋《はし》近くに立つ。

犀川の桜橋から浅野川の中の橋に行くには、市中心部にある金沢城公園と兼六園の間を走るお堀通りを抜けるのが最も近道だ。そんな知恵を授けてくれたのは、若き日の父だった。子供のころ、父の自転車の荷台に乗せられて走ったのと同じ道を、咲和子もひた走る。

十分ほどで浅野川にぶつかった。犀川とは違い、浅野川は流れがゆるやかで水音がしない。そのつつましやかな風情のためか、優しい雰囲気がある。犀川を男川、浅野川を女川と呼ぶのもうなずけた。河畔に立つ多くの古い建物には手が入っているが、変わらずに残された家もある。昔と同じ用水路のある風景には自然と懐かしさが込み上げる。

浅野川の左岸を少し北上すると、中の橋に出る。歩行者専用橋で、擬宝珠《ぎぼし》付きの白木造りの欄干が風情を感じさせる。その先を左に曲がった突き当たりが、まほろば診療所だ。

久しぶりに来てみると、思っていたよりも道が狭い。救急車が入れるのかと心配になる。木の板に筆文字で書かれた診療所の看板は、くすんで読みにくかった。

二階建ての和風建築による診療所は、そのままの姿だ。前庭を飾る背の高いキンモクセイは、なおも盛んな樹勢を保っている。だが子供時代、あれほど巨大に見えた門は、老いて背を縮めてしまったかのように感じられた。

診療所の奥に自宅がある。仙川は大学卒業後、間もなく結婚したが、四十歳になったばかりのころ、妻を乳癌で亡くしたと聞いていた。

診療所の玄関ドアには、「しばらく休診します」と書いた紙が貼られている。

その紙を見やりつつ、もしかして閉鎖しているのかと思いながらドアを押してみた。あっけないほど簡単に開き、受付と書かれたカウンターの奥に座っているおかっぱ頭の女性と目が合った。三十代後半くらいか。患者は誰もいない。

「すみません、休診中でして」

女性はカウンター越しに頭を下げる。

「こちらこそすみません。あの私、白石咲和子と言い……」

咲和子も恐縮しながら言葉を返した。受付の女性が目を見開いた。

「えっ！　白石先生でいらっしゃいますか！」

女性はその場で立ち上がり、カウンターの外に出てきた。

「事務の玉置亮子《たまおきりょうこ》です。こちらの部屋へどうぞ」

亮子の案内に従って古い診療所の廊下を進む。「診察室」と筆書きの札がかかったドアの前に立った。亮子がドアをノックをする。

「先生！　白石先生が来てくださいました！　せんせえ！」

小さな拳で何度もドアをたたく。おかっぱの毛先も激しく揺れている。

少し間があったのち、中から「どうぞー」と、のんびりとした声が聞こえてきた。

父親の代からの診察室の雰囲気は昔のままだ。白衣を着た男性の後ろ姿が目に飛び込んできた。車椅子に座ったまま、大きく伸びをしている。「ああ、よく寝た」とつぶやきながら、タイヤの外側のハンドリムに手をかけ、こちらを振り返ろうと四苦八苦し始めた。

「徹ちゃん、大丈夫？」

咲和子は思わず昔の呼び方になって仙川に駆け寄る。

「おお、咲和ちゃんか」

仙川は、びっくりした顔で咲和子を見つめた。

「ずいぶんキレイになって驚いたよ。僕も太ってる場合じゃないなあ」

仙川は自分の頰を両手ではさむ。もともと仙川は色白のスラリとした少年だった。中学、高校と長じるに連れて背も伸び、ますますカッコよくなって、「誰もが憧れる徹ちゃん」だった。それなのに、今は見る影もない。脂肪で覆われた腰は、すっぽりと車椅子にはまり込み一体化して見えた。のんびりした声だけは昔のままだ。

「それより、一体どうしたの？　詳しい事情は何も聞かずに来てしまったんだけど……」

仙川は「いやあ、ありがと、ありがと。よく来てくれた」と、拝むように手を合わせた。

「坂道で転んで大腿骨頸部骨折だよ。手術して一か月のリハビリ入院から戻ったところだけど、なかなか歩けるようにならなくてね。ベッドから車椅子に移るので精一杯。いやあ、困った、困った」

介護者の手はようやく離れたものの、まだ仙川は生活のほとんどを車椅子に頼っているという。

「歩けるようになるには、まだ二か月くらいかかる。その間、診療はお手上げ状態だ」

天を仰ぐようにして仙川が嘆く。足以外は動くのだから、オーバーではないかと思った。

「少しずつ外来を再開したら？」

仙川はポカンとした表情で首を左右に振る。

「今、ウチは在宅専門でやってるんだよ……」

「え？」

今度は咲和子がポカンとする番だった。さっきの仙川以上だったかもしれない。

在宅医療とは、病気や怪我、障害、高齢などの理由で病院や診療所に通うことが難しい患者に対して、医師が自宅や施設を訪問し、継続的な治療を行う医療の形だ。定期的な「訪問診療」を軸に据え、臨時に医師が赴く「往診」を組み合わせて行われる。外来・通院、入院に次いで、「第三の医療」と呼ばれている。

いずれにしても在宅医療では、医療者の側が、自らの足で患者のもとへ出向く必要がある。医師が自由に動けぬ身では診療そのものが成立しない。

お茶を運んできた亮子が、低い声で説明する。

「仙川先生が入院されて診療を一か月近く休んでいる間に、ほとんどの患者さんは他院に移ってしまいました……」

亮子がタブレット端末を開いた。

「二百人いた患者さんが、現在、二十五人になっています。その全員が、訪問診療の再開を待ち望んでくれているのですが……」

亮子が端末で示した「リスト」に、患者の名前が記されている。

「それぞれの患者さんには、月二回の定期訪問をしています。ですから今の状態であれば、月に延べ五十軒の訪問になります。臨時の往診を加えても月に百軒はいきません。とにかく、これを一日でも早く再開したいと思っています」

どういう状況か、おぼろげながら分かってきた。

「今いる看護師は運転免許を持っていません。たとえタクシーで仙川先生を患者の家の前まで届けたとしても、そこから先、患者のいる部屋にたどり着くのは困難です。入り口に段差があったり、二階だったりするので」

　仙川の目が悲しげに伏せられた。仙川が入院して休診中に患者が激減し、スタッフも何人かが診療所を去ったという。残っているのは事務員と看護師が一人ずつ。すぐにでも訪問診療を再開したいが、肝心の仙川の機動力がネックになっているというわけだ。

　もう一度リストを見る。中村美代子《なかむらみよこ》、尾形康江《おがたやすえ》、林誠之助《はやしせいのすけ》、布施《ふせ》……。それぞれの患者の名前と年齢、住所、簡単な病状が書かれている。患者たちが医療を待っているのだという実感がわいてきた。これは緊急事態だ。一人一人の患者にとっても、まほろば診療所にとっても。

「とりあえず、訪問診療を担当すればいい？」

月に延べ百軒ということは、二十日の労働で計算すれば、一日にわずか五軒だ。しかも目の前に生命の危険が迫っている救急患者と違い、家で生活ができる患者ばかりだ。在宅医療は未経験といえども、それほど難しい手技があるとは思えなかった。

「イエス、イエス、イエス・キリスト！　いや、女神様！　日本一の大都会を守る城北医科大学病院・救命救急センターの仕事にくらべたら、物足りないだろうけど、何とか頼むよ」

　仙川の声が、急に高くなる。

「そんなことないけど」

　咲和子は一応否定するが、やっていける自信はあった。

救命救急センターでは、何度も修羅場をくぐり、ときには愁嘆場にも直面してきた。ただ年齢的には、そろそろ限界を感じていたのも事実だ。ここで人生を乗り換えて、在宅医療を一から学ばせてもらうのもいいかもしれない。

「こちらこそ、よろしくお願いします」

咲和子は頭を下げた。

「ありがとうございます！」

亮子が弾んだ声を上げる。

「助かるよ、咲和ちゃん」

仙川が両手を差し出して握手を求めてきた。

「感謝感激、さっそく明日から回ってもらえるよう手配しよう。亮子ちゃん、ガッチリとした訪問スケジュールを作ってやってよ」

にこにこしながら仙川が亮子に指示した。

「どうか、お手やわらかに」

咲和子はもう一度、仙川と亮子に向かって頭を下げる。

「……だな。ほんなら咲和ちゃん、しなしなぁ～と始めようけ」

故郷の懐かしい言い回しに、咲和子は口元が緩むのを感じた。

まほろば診療所から家に戻ったとき、時刻は午後四時を回っていた。居間でテレビを観る父の背中に声をかける。

「お父さん、ご飯はどうしてたの？」

「ヘルさんがなんか作ってあるやろ」

毎日、入れ替わりで来る通いのヘルパーを、父はヘルさんと呼んでいた。

冷蔵庫を開けてみる。大小のタッパーが入っていた。大きい方には野菜と鶏肉の煮物が、もうひとつにはスズキの酢の物が入っている。他に、パックに入ったポテトサラダやきんぴらごぼう、それに食パンなどがあった。炊飯器には、ご飯が炊けている。

「うわあ、助かる」

咲和子はそう言いながら、さらに庫内をあらためた。野菜もニンジンやタマネギなど何種類かそろっている。

「ヨーグルトと果物を買いたいから、ちょっと出かけるね」

普段はそれほど意識していなかったが、父とは違う食習慣があることを再認識する。

「ほうか、気いつけてな」

父は財布を取り出そうとした。

「いいよ、お父さん。それくらいのお金は持ってるから」

咲和子は父を押しとどめる。ちょっと残念そうな顔をした父を見て、素直にお金をもらっておけばよかったかと少し後悔する。

近所にあるスーパー丸福は、個人の店で規模は小さいが、いろいろな食材がそろっているだけでなく、手作りの総菜も扱っていた。実家の冷蔵庫にあったのと同じ品もあり、なるほどと思う。

イチゴが安かったので、二パックを買い物カゴに入れる。バナナと豆乳ヨーグルト、チーズ、赤ワインを買ってスーパーを出た。しとしとと雨が降っている。少し雨宿りしていれば止みそうだが、一刻も早く帰りたい気持ちもあった。金沢の雨は霧のようで、大して濡れることはない。咲和子は駆け出した。

父の好きな日本酒を熱燗《あつかん》で出し、咲和子はワインをグラスに注ぐ。

「スーパー丸福って、まだあったんだね」

「ほうや。今は息子が仕入れをしとるらしい」

「お隣は、新しくてきれいな家になったね」

「おお、犬を飼い始めたみたいや。テツっていう名前らしい」

身近なことをポツリポツリと話す。父の機嫌はよかった。

「松の手入れ、まだお父さんがやってるの？　いくら命綱をつけても、危ないよ。誰かに頼めばいいのに」

「あんなん、簡単、簡単。わけないわ」

しばらくすると、父はうつらうつらし始めた。咲和子はそっとカーディガンをかける。父は三十分ほどで目を覚ますと、「久しぶりの日本酒が効いた。ごちそうさん」とつぶやき、ゆっくりと寝室に向かった。

咲和子は食器を洗いながら、久しぶりに実家の匂いを感じていた。水道の水も、聞き慣れた音を立てる。台所の窓から街灯が見え、その光すらも懐かしかった。

片づけが終わったとき、母の線香がまだだったのを思い出した。

廊下の左手にある仏間のふすまを開ける。昔ながらの薪ストーブが中央に陣取る部屋だ。今の季節に火は入っていないが、晩秋ともなれば現役に復帰する。

「お母さん、お待たせ」

仏壇の中で少し斜めになっていた母の写真を正面に向ける。供えられた羊羹は、三年前の正月に咲和子が買ってきた品だった。

薄茶色の線香を炎にかざし、香炉に立てる。オレンジ色の小さな光を確かめてから、静かに両手を合わせた。目を閉じると、ビャクダンの香りとともに母の気配がした。

翌朝の午前八時、咲和子は再び自転車に飛び乗り、まほろば診療所に向かう。風を切って通勤するのは咲和子にとって新鮮だった。

「お、早いね、咲和ちゃん。きょうからペアを組んでもらう看護師を紹介するよ。おーい、麻世《まよ》ちゃん」

診療所に着くと、すでに仙川が待ち構えていた。咳払いとともに、若い女性が現れる。

「星野《ほしの》麻世です。学校卒業後、大学病院に二年間勤務してから来ました。ここで看護師をして六年になります」

計算すると二十九歳になる。ショートカットが似合い、はつらつとした雰囲気だ。

「白石です。よろしくね」

麻世がきゅっと唇を上げると、えくぼが現れた。それを見ただけで、咲和子はなんだか嬉しくなる。

持参した白衣に着替え、訪問診療用の道具が入ったバッグを仙川から借り受ける。亮子が訪問患者のリストを差し出した。

「本当に、たった五人でいいんですか？」

リストを受け取った咲和子は、物足りなさを覚えた。外来の診療では一時間に十人こなしたこともある。わずか五人なら、移動時間を入れても午前中に終わるかもしれない。

午前九時になった。

「出発します」

麻世の合図で診療所の外に出る。車庫に停められた軽自動車の前で、咲和子は麻世からキーを渡された。

「白石先生、運転お願いします」

「え、私が運転？」

麻世は免許を持っておらず、いつもは仙川が運転していたという。しかも今どきカーナビもない。

車のハンドルを握るのは、自転車以上に久しぶりだった。

金沢は戦火をまぬかれ、大きな災害にもあわなかった城下町だ。街並みの随所に江戸時代の面影が色濃く残っている。用水路に沿って整備された道路網は、放射状というよりはクモの巣の印象だ。

それはつまり、細く曲がりくねった道や一方通行の道が数多くあるということで、運転しながら何度もヒヤヒヤする。

最初の患者の家は、浅野川の北側に位置する街の外れ、乙丸《おとまる》町にある。麻世の指示が遅くて合わせられず、咲和子が運転する車は同じ道を何度か行ったり来たりして、ようやくめざす駐車場にたどり着いた。

「白石先生、ちょっと歩きますよ」

麻世は重い診察道具バッグをひょいと担ぎ、スタスタと歩き始めた。

亮子の渡してくれたリストを取り出し、改めて患者の名前を確認する。並木《なみき》シズ、八十六歳の女性だ。

シズの住まいのあたりは、咲和子がこれまでに来たことのない場所だった。家同士がくっつくように立て込み、日の当たらない路地は湿ってカビ臭い。薄暗い路地で目を凝らし、「並木」と書かれた表札を何とか確認した。

それは木造の宿小屋で、一部、壊れかけていた。見るからにあまり裕福とは言えない状態だ。破れた障子から部屋の中が見え、台所のすりガラスの部分には、洗剤や調味料、空き瓶などが林立している。

「並木さーん、まほろば診療所から先生が来てくれましたよ」

麻世が慣れた調子で声をかけた。

「はいよー。開いとるよー」

中から男性が返事をした。

玄関を開けると、医療現場というよりは、迷宮に入り込むような違和感を覚えた。古い蔵に入ったときのほこりっぽさと、独特の酸っぱい臭いでむせそうになる。救急外来へ運ばれてくる老人の臭いが、まさにこれだったと思い出す。

麻世と咲和子は土間から板敷きへ上がった。部屋は二つある。一つはちゃぶ台のある居間で、もう一つが寝室だ。布団が敷かれて女性が横たわり、そばにシャツを着た高齢の男性が座っている。夫の徳三郎《とくさぶろう》だ。夫婦は以前、「金沢市民の台所」と呼ばれる近江町市場で鮮魚店を営んでいた。二人の店は、開場約三百年の歴史がある市場でも繁盛店として評判だったという。

「シズさん、はじめまして。医師の白石咲和子といいます」

女性は軽いいびきをかいて眠っていた。痩せた体で、手入れされていない白髪が枕の上に広がっている。シズの手に触れてみた。手首や肘の関節が硬い。少し手首を動かしてみるが、目を覚ます気配はなかった。

夫の徳三郎が「三食昼寝付き、いい気なもんや」とつぶやく。

すすけた色の布団にくるまる白髪の患者と、ごま塩頭の夫の二人だけが暮らす室内は、ひどく薄暗い。狭苦しいモノクロームの空間に息が苦しくなる。

「ほら、かあちゃん、新しい先生やて」

徳三郎が、シズの肩を乱暴に揺すった。目を開けたシズはしばらくの間、薄目を開けて咲和子をにらんでいたかと思うと、ぼそぼそと声を出した。

「キレイな人やじー。気の毒な」

シズは十年以上前からパーキンソン病を患っていた。脳にある神経伝達物質の減少によって、手の振戦《しんせん》や歩行困難など運動機能の障害を起こす病気だ。最初のころは服薬で調子よく暮らせていたが、その効果は徐々に失われ、今では食べ物を飲み込む力も低下してしまった。むせ込みやすく、誤嚥性肺炎を繰り返したため、半年前からは直接胃に流動食を送る胃瘻《いろう》をつけている。

シズが目を覚ましたので、上半身を起こす。きょうの食事はまだだというので、胃瘻の操作手技を見せてもらうことにした。

徳三郎が、胃瘻用の小さなバケツ型をした容器に栄養剤を注入する。栄養剤の封を切る手つきも、容器に注ぎ入れる際の手元もあぶなっかしい。夫自身が、いつ介護されてもおかしくない年齢だと改めて思う。

徳三郎は不安定な足取りで立ち上がると、白い液体で満たされた容器を無造作にハンガーに引っ掛けた。栄養剤の流量を加減するローラークランプを動かし、素早くスピード調整をする。さすがに手慣れた様子だった。

栄養剤は、バケツ型容器の底から延びるチューブを通って胃に流れ込み始めた。それを目で追っているときに、チューブが黒ずんでいるのに気づく。

「チューブは交換した方がいいですね。びっくりしないでくださいね、ここ、黒カビなんですけれど……」

咲和子は管の、特に黒い色を帯びた部分を指した。

だが徳三郎は驚くどころか、迷惑そうな顔になった。

「無駄なカネは使わなくていい。これでいいがや。こいつは下痢も何《なん》も起こしとらんし」

患者の家族からそんな言葉を聞かされるのは初めてだった。「最善の方法」や「リスクの排除」を追求する急性期医療の現場ではありえない話だった。

麻世が、「徳さん、そうは言っても、これはひどすぎるからねえ」と取りなしてくれるが、徳三郎は「要らん」の一点張りだった。シズはぼんやりとした表情で宙を眺めるばかりだ。

咲和子は徳三郎の説得をあきらめ、シズの腕に血圧計のマンシェットを巻き始めた。そこへまたもや、徳三郎の横やりが入った。しかも今度は実力行使だ。

「もういい、もういいって。血圧なんか測ったって、薬を買う金もないし。どだい血圧なんて、痛くもかゆくもないし」

徳三郎は、マンシェットをシズの腕からむしり取ろうとした。麻世がその手をやんわりと押さえる。

「だめですよ、徳さん」

血圧測定は患者の状態把握には欠かせず、診察の基本だ。特にパーキンソン病では自律神経障害により血圧が低下する場合も少なくないため、チェックしておきたかった。

「新たに血圧の薬を飲みましょうとか、そんなことは言いませんから」

咲和子が測定を続けようとすると、徳三郎はさらに興奮した。

「もういいって言《ゆ》うとるがいね」

狭い部屋に、ベリリ、ベリリという面ファスナーを剝がす音がこだまする。咲和子は血圧測定をあきらめた。

「奥さんのお薬を見せてもらえますか?」

「ええと……」

徳三郎が引き出しを開けてごそごそとかき回す。麻世が「ここにありました。やだ、全く飲んだ形跡がありません」と小さく叫ぶ。引き出しの中などではない。シズが眠るベッドのすぐ下に、薬の入っている袋が手のつけられていない状態で残っていた。

「これじゃあ、奥さんの体がますます動かなくなりますよ。毎食後、必ず胃瘻から注入してあげてください」

徳三郎は「やっとるよ」と言った。

「じゃあ、なんでここに薬が残ってるんですか」

咲和子が問いただす。徳三郎はそっぽを向いた。

家族は医療の必要性を根本的に理解していない様子だ。深いため息をつき、咲和子は診察道具を片づけ始めた。

「徳三郎さん、困りましたね」

咲和子は、眉を寄せるしかなかった。一体どうすればいいのか、重い沈黙が流れる。

「ホント徳さんには、困った、困った。困ったタヌキは目で分かる――ってね」

麻世の明るい声が響いて、一瞬で空気が変わった。

「なんや、ほりゃ？　俺らはよ、弱った魚は目を見りゃ分かる――って言うぞ」

ニヤニヤ笑いを見せ、徳三郎は碁石を置く仕草をしている。年季の入った碁打ちの手つきだ。

はははあ、と思った。麻世や徳三郎が口にしたのは、囲碁や将棋、麻雀の席で交わされる言葉遊び、いわゆる軽口、地口《じぐち》の類いだ。ならば、ここは咲和子も参戦するしかない。

「そうか（草加）、越谷、千住の先よ――」

咲和子が突然繰り出したセリフに、徳三郎も麻世も目をむいた。

「そうか、そういうことですか。おおよその事情は分かりました。では徳三郎さん、また何か困ったことがあったら、いつでも連絡してくださいね」

「困ったことなんて、しょっちゅうやわ。一番は、夜中にトイレで何度も起こされるのがたまらん。おむつに出してくれって言《ゆ》うとるがに、どうしてもできんみたいがや。ほかは何もいらんから、眠り薬、強《つよ》してくれんけ」

すでに睡眠薬は処方されている。これ以上、量を増やせば、トイレに立ったときに足元がふらついて転倒のリスクが高まる。麻世が、再び眠りに入ったシズを見ながら、「奥さんはお昼寝しすぎ。昼夜逆転してるのよ。なるべくお昼間は起きててもらわないと、夜眠れるはずないでしょ」と徳三郎に説明する。日中の時間帯に利用できるデイサービスをすすめるが、「それは金がかかるから受けたくない」と言う。「じゃあ、まずはお昼に起こすところから始めてみましょう」というところで話は終わった。

各訪問先での滞在時間は三十分を目安に――と仙川に言われていた。すでに一時間になっている。

咲和子と麻世が帰ろうとすると、徳三郎はもう一度、「先生さんよ、昼寝したって夜眠れる薬はないんかな」と言ってきた。

「とにかく、こいつが朝まで起きん薬を出してくれんけ」

徳三郎は二人を離すまいというような目をしている。

終わったと思った話の蒸し返しだった。咲和子が返答に窮していると、徳三郎はとんでもないことを言い出した。

「ほんとは、二度と起きてこん薬があれば最高なんやけど」

咲和子は、あやうく徳三郎を怒鳴りつけるところだった。間一髪のところで割って入ってきたのは、またしても笑顔の麻世だった。

「そこがシロトの赤坂見附――。そんな薬、出せるわけないでしょ。ね、徳さん、お昼間に、ちゃーんと奥さんと遊んであげて。お薬はそれからよ。また来るからね」

麻世の軽口に、徳三郎は苦笑しながら「まあ、やってみるか」とうなずく。

並木家を辞去する際、咲和子は疲労感でいっぱいだった。

大学病院の救命救急センターの外来とは、勝手がひどく違う。本来なら患者や家族の要望のもと、医師は思う存分に診察を行い、患者は少々苦しくても黙って診察や治療を受け入れるものだ。もちろん、とても衛生的な環境で。

けれど今、咲和子は部屋の臭いや、徳三郎の勝手な言動から解放され、安堵している自分に気づく。自分はシズの血圧を測定することもできなかった。いや、家族とまともな会話を交わすことすらままならなかった。

一体これは医療なのか。そもそも医者は必要とされているのか。両手でこめかみを押さえた。

麻世が心配そうな視線を向けてきた。

「白石先生、大丈夫ですか？」

取り繕っても仕方がない。

「この仕事、大変だわ」

咲和子は隠す余裕もなく、思ったままを口にした。

「白石先生、気にしなくていいですよ。並木シズさんは、あの徳さんのせいで、どの先生とも長く続かないんですよ。ほかのクリニックさんとも喧嘩別れを繰り返しているんです」

麻世によると、徳三郎は「札付き」の患者家族だという。医療や介護に関して徹底的な倹約主義で、シズに熱があっても裸にして乾布摩擦を続けるなど独自の考えを貫いて悪化させてしまう。いくつもの在宅診療クリニックとトラブルになって転々とした挙句、まほろば診療所に行き着いたのだ。

「仙川先生は適当にあしらってくださったから、なんとか続いて……」

麻世はそこまで言って頬をゆるめた。

「白石先生だって、徳さんに言ってやってくれたじゃないですか！　そうか、ナントカ・ホニャラの先よ――って」

咲和子は思わず吹き出した。

「私ね、将棋をちょっと指すものだから。そこで覚えたの。麻世ちゃんこそ、若いのに珍しい」

「実家が、卯辰山《うたつやま》で小さな旅館をやってまして。場所柄、商店街の麻雀大会だ、囲碁クラブの慰労会だっていうお客さんが多いんです。お世話をしているうちに自然と、です」

咲和子は麻世と笑いあった後、ふうと息をついた。

「在宅介護って、ご家族も大変だろうけど、こっちも見ていて辛いわね」

「白石先生、在宅は大学病院と違って何もないから驚かれたでしょ。本当にお疲れさまでした」

麻世の、お疲れさまという言葉が身に染みた。医療器材がない所でやっていかなければならないことは覚悟していた。だが、それだけではない。たとえば病院では、介護する人について心配する必要はなかった。

「麻世ちゃんがいてくれてよかった」

診療所の車に戻ったところで、咲和子は改めて頭を下げた。

初めての患者宅で咲和子が行ったことといえば、車を運転し、家族と顔合わせをして栄養剤を届けただけ。黒カビのチューブを放置してきた自分を、自分自身が責めている。血圧など基本的な医学的観察も不十分なまま放置せざるを得なかった。睡眠の問題についても薬の力だけでは不十分で、かといって家族の協力を仰ぐのは難しそうだ。夫には医療に対する知識が大きく欠如している。そもそも高齢の家族にとっては、肉体的にも経済的にも介護負担が大きすぎる。

そうした数々の問題点を見ぬふりをして、「うまくあしらう」だけでいいのかという気もする。いや、それ以前に自分には、「あしらう」ことすらできなかったのだが。

きょうはまだ四人の患者が残っている。先が思いやられた。今朝、訪問患者リストを手にしたときに、「たった五人でいいんですか？」と言ってしまったことを後悔する。いや、もしかするとシズのケースは特別だったのだろうか。

「在宅の患者って、さまざまです。一人として同じじゃないですけど、結構大変な患者さんが多いですよ」

麻世は、二軒目以降の患者に寄せる咲和子の甘い期待をあらかじめ封じるように言った。

そして、まさにその通りだった。

咲和子が次に診療した患者は、とてつもない不摂生が原因で糖尿病が極限まで悪化した五十九歳の男性だった。続いては、薬を間引いて飲むために大量の残薬がある七十二歳の女性患者。「飲んだ」と主張する薬も、友人や知人に譲り渡している疑いがあった。さらにその次は、同居している娘夫婦と一切口をきかず、家庭内独居の状態にある八十三歳の女性、最後は網膜色素変性症により、ほとんど視力を失った独り暮らしの七十五歳の男性患者だった。

五人の患者は、それぞれに「結構大変な」問題を抱えていた。

夕方、まほろば診療所に戻る。仙川が待ってくれていた。

「咲和ちゃん、お疲れさま。ずいぶんと遅かったな」

たった五人と言ったことを改めて思い出して赤面する。

「初日に五人は大変だった？」

心の中を読まれたようで、咲和子はうつむくしかなかった。

亮子がお茶を出してくれる。

「白石先生、水出しの加賀棒茶です。どうぞ」

明るい色をしたお茶だった。蜜漬けのあんずが入った羽二重餅も添えてくれる。

「ありがとうございます」

あんず餅は大好物だった。だが、手を出す気分にはどうしてもなれない。

仙川が「ほら、遠慮しないで」と、白磁の銘々皿を咲和子に押しやる。

「在宅って、案外大変やろ？」

咲和子は素直にうなずく。在宅医療には在宅医療の問題があり、それに対応できる技術や看護師の力が必要なのだと初日で思い知った。

「何も役に立てなくて。なんだかクタクタです」

救急医療の現場で身につけた技術があれば、何ということはない――などと思っていた自分がひどく恥ずかしかった。

仙川は、くしゃっとした笑顔になった。

「咲和ちゃんの腕はこれからうんと役に立つよ。ただもう、いいトシなんだし、疲れるのはしょうがないよ」

「はい、そうは言っても……」

「不可抗力だよ。なにしろグローバルな気候変動のせいで、ヒラメやカレイといったカレイ目の魚類は、二一〇〇年までに漁獲量が二〇%も減るというから」

「は？」

「専門家は、それを『カレイ減少』と呼ぶ」

「――ひどい！　加齢現象って」

咲和子は吹き出す。

「まず三日。三日、頑張って。そうすれば見えてくるから」

「分かりました」

「ゆっくり慣れてくれればいいからね」

仙川は、「くしゃ」の笑顔のまま言った。

壁の古時計が六時を打つ。

「白石先生、これが明日の予定です」

茶碗を下げにきた亮子が翌日の患者リストを差し出した。数えると、七人もいる。今度は、たった七人とは思えなかった。

仙川が手をポンと打った。

「そうだ、主計町の茶屋街になじみの店があるから、行く？」

心身ともに疲労の極みだった。

「体力が戻ってからお願いします。それに父の夕食の支度をしてきませんでしたので」

「達郎《たつろう》先生だったら、一晩くらい放っておいても死なん男だから大丈夫と思うけどね。ま、無理強いはせんよ。落ち着いてからにしよう」

仙川の豪快な笑い声に見送られつつ、咲和子はまほろば診療所を出た。

朝と同じように自転車にまたがる。周囲はもう薄暗かった。浅野川の川面に街灯の光が映り込み、ゆらゆらと揺れている。卒後一年目の、何もできない医師に戻ったような気分だった。それに加えて、自分の体力への不安も頭をもたげる。こぐたびに自転車がキイキイと嫌な音を立て続けた。

翌日も朝から麻世と訪問診療に回る。七軒目が終わったときは、すっかり日が落ちていた。

まほろば診療所に戻ると、玄関前にド派手な車が停まっていた。

中に入ったとたん、亮子がいぶかしげな様子で「先生、やけにイケメンのお客さんが来てますよ」と声をかけてくる。かつては待合室として使っていた広間の椅子に、革ジャンを着た男性が背を向けて座っていた。

人の気配を感じたのだろう。男性はいきなり立ち上がり、ゆっくり振り返った。

「咲和子先生！　ごぶさたしております」

男性が腰を九十度曲げて最敬礼してきた。鼻筋の通ったその顔は、咲和子が先月まで勤務していた城北医科大学病院・救命救急センターのバイト事務員、野呂聖二だった。

「野呂君！　わざわざ東京から？　よくここが分かったわね……。何しに来たの？」

「八方手を尽くして、やっとたどり着きました。先生のお手伝いに来たんです。僕のせいでこんな田舎に……。申し訳ありませんでしたっ」

野呂は再び頭を下げる。

「そんなことより、来年の二月に国試があるのに、いま勉強しないでどうするの。お父さんも心配しているでしょう」

　野呂の父親は、東京消防庁で池袋、赤羽、小石川などを管轄する第五消防方面本部の副本部長を務めていたはずだ。都内にある各大学病院の救命救急センター担当医と消防幹部との懇親会で、「不肖の息子がお世話になっております。どうかよろしくお願いします」と涙ぐみながら頭を下げられたのを思い出す。

「長男が早くに亡くなったこともありましてね……。聖二はどうにも困った軟弱者ですが、どうか先生、ご指導のほどをお願いします」

　野呂のことは、父親のそんな言葉とともに記憶に深く突き刺さっていた。

「僕、白石先生をこんなに落ちぶれさせてしまって。あれから苦しくて勉強が手につかないんです。僕に罪滅ぼしをさせてください」

　野呂の切れ長の目が潤む。救命救急センターで、医師免許のない野呂に処置をさせた責任を取ったのが、金沢に戻るきっかけになったのは確かだ。けれど、それだけではない。

「あのね、私がここに来たのは別に野呂君のせいじゃないわよ。実家で独り暮らしになった父のこともあるし、私自身が新しい挑戦をしてみたくなったの。それだけのこと……」

　咲和子がいくら説明しても、野呂は引き下がろうとしなかった。

「ぜひ先生のお手伝いをさせてください。それとも医師免許がないんじゃ、役に立ちませんか」

突然、仙川が笑い出した。

「君、医師免許はなくとも、運転免許はあるだろ?」

とたんに野呂は背筋を伸ばし、「はい、はい、はい」と明るい声で答える。

「いいんじゃないか? 運転手役になってもらえば。な?」

咲和子には答えようがない。すると麻世が声を上げた。

「賛成です! 白石先生の運転は怖くて……」

「よし、決まりだ。給料はあんまり出せないけど、君、明日から頼むよ」

野呂の目が赤くなった。

「あっす、あっす、あっす」

野呂は壊れたおもちゃのように、何度も何度も頭を下げた。

金沢に来て初めての日曜日だった。実家のガレージに眠っていた車を洗車する。父が母のために買った赤い車で、母の死後は打ち捨てられたようになっていた。ただ、ほこりはかぶっていたものの、エンジンその他に問題はない。整備工場に出して定期的なメンテナンスは欠かさなかったというから、そのへんは父らしい。

「ねえ、お父さん。どこか行きたいところある？」

せっかく車があるのだから、できるだけ父を外に連れ出したい。それに咲和子は、やむにやまれずではあったが、久しぶりにハンドルを握ったおかげで運転の楽しさを思い出したところだった。今度は仕事でなく、気ままに金沢の街を走ってみたい。

「そうだな、大学病院へ連れてってくれ」

「お父さんの昔の職場、ね」

父は加賀大学医学部附属病院で神経内科医として長く勤務していた。幼いころ咲和子は、父に届け物をするため、よく大学病院に行ったものだ。当直勤務が続いて帰宅できぬ父のために、下着類を持参したり、せんべいなどのちょっとした菓子類を持って行ったりした。使いが済んでもすぐに解放されない。父は咲和子を玄関に連れ出し、病院をバックに写真を何枚も撮った。嬉しい反面、通行人に見られて、ちょっと恥ずかしかったのを思い出す。

カーナビの案内に従い、なんとか大学病院の駐車場に停める。ホッとして運転席から降りると、真新しい診療棟が目に飛び込んできた。リゾートホテルや空港ビルと言われても通るようなモダンな造りで、かつての古びた病院の姿はどこにもない。

「ものすごくきれいになったね、病院」

「咲和子、ほら、そこに立って」

父は肩から下げたバッグから、カメラを取り出した。出始めたころに買ったデジカメだった。

「やだ、お父さん。じゃあ、いっしょに撮ってもらおうか」

咲和子はスマートフォンを手に、周囲を見回した。だが、撮影を頼めそうな人はなかなか通りかからない。

「いいから、立ってごらん」

父がいったん決めたことを覆すのは、昔から容易ではなかった。咲和子は「はいはい」と言いながら、病院を背にポーズを取ろうとした。誰も咲和子に注目する様子はなく、子供のころほどの恥ずかしさはなかった。

「違う違う、そこじゃあない」

父が指定したのは、大きなツツジの木の前だった。堂々たる存在感の古木で、深紅の花が見事なまでに全体を覆い尽くしている。

「キリシマツツジだ。樹齢三百年の株を、最近ここに植樹したそうだ」

咲和子は、体が震える思いだった。

「キリシマツツジ――能登のツツジだね。ああ、懐かしい」

子供のころの、夢のような光景を思い出す。あれは二年に一度、いや三年に一度の五月だった。父と母、それに咲和子の三人で母の生家がある富山を車で訪ねたあとの帰路に、父は決まって能登へ立ち寄った。民家や寺社など、至る所で紅一色に咲き誇る花々を見るためだ。能登半島はキリシマツツジの日本一の集積地と呼ばれている。咲和子にとっては、母の故郷を家族で訪ねたときにだけ見る、まさに異世界だった。

「じゃあ、今度はお父さんの番」

「いや、俺はいいから」

「ダメ、だーめ」

父を無理やりツツジの前に立たせる。スマートフォンを向けると、父は急にりりしい顔つきになった。シャッターを切り、「お父さん、結構、カッコいいじゃん」と手を振る。

「ハイ、おしまい。混む前に蕎麦屋へ行こう」

父は照れたような顔になり、駐車場の方へ歩いていく。

「お父さん、病院の中は見なくていいの？」

父は前を向いたまま、首を左右に振った。

そのさばさばした父の風情に、咲和子は少し寂しさを覚える。新しくなってしまった病院は、父にとってはもはや懐かしい場所ではなくなっているに違いない。

野呂の運転で患者宅を訪問するようになって二週間が経った。

道順や時間を気にせずに患者の家にすんなりと到着できるのが、こんなに楽だとは思わなかった。おかげで移動中は、カルテの再チェックなどに時間を使える。今朝も麻世とともに車に乗り込んだ。

「野呂君、よろしくね。結構、細い道もあるから」

きょうの訪問先には、あの並木家も含まれている。前回、咲和子が運転したときは、なかなか簡単にはたどり着けなかった。

「了解っす」

眠そうな声で野呂が答える。

それにしても野呂は診療所を出発するとき、どこか疲れたような表情をしている。咲和子には、それが唯一の気がかりだった。

「白石先生、心配しなくても大丈夫だと思いますよ」

麻世が言った通り、この日も野呂は一方通行や側溝のある細く困難な道をものともせず、予定時刻に到着した。

「野呂君、カーナビもついてないのにすごいね。本当に助かる」

「野呂さんって、毎朝、訪問ルートを下見してるんですよ」

車を降りたとき、麻世がそっと種明かしをしてくれた。

朝の疲れた表情はそのためか――。咲和子が野呂の隠れた努力に感心して車の方に目をやると、予習王は両手を伸ばし大あくびをしていた。

並木家の玄関前に立つ。咲和子は、大きく深呼吸して気持ちを整えた。部屋にこもる強烈な臭いにも驚かないように。

徳三郎の様子は、二週間前と変わらない。まるで来る者を拒むような雰囲気だった。荷物運び兼雑用係として室内に足を踏み入れた野呂も、目を丸くしている。

まずはシズや徳三郎にとびきりの笑顔を見せよう。咲和子は第二ラウンドを開始する気持ちで二人に笑いかけた。

すると徳三郎も、今度はシズの血圧を測る咲和子を止めようとはしなかった。咲和子はそのまま診察を進める。聴診器を胸に当てて心音や呼吸音を聴き、腹部を押して柔らかいことを確認し、足のむくみの有無をチェックする。さらに、手や足の関節の動きを確かめた。

手足の動きは、前回の診療時よりも明らかに良くなっている。麻世がパーキンソン病の薬包を数えて、ほぼ毎日、きちんと服薬できているのを確認した。

「徳三郎さん、頑張ってくれてありがとう」

咲和子は、少し進歩したと実感する。

だがその直後、徳三郎がこぼした。

「こいつが早く死んでくれんと、こっちが先にいってしもうわ。早いとこ、なんとかしてくれんけ、先生さん。こいつも死にたがっとるがや」

徳三郎の言葉は、再び不快感を呼び起こすものだった。けれど一方で、切実な響きもある。老々介護の現場では、夫が妻の首を絞めたり、農薬を飲ませたりと、悲惨なニュースを何度も耳にしていた。

在宅医療では、患者の療養を考えるのと同時に、家族を事件の加害者にしないように注意しなければならないのか――今までは考えもしないことだった。

徳三郎の介護疲労が重ならないようにとヘルパーの利用をすすめる。だが徳三郎は、「こいつが他人を家に上げるのを嫌がるから。ほら、ヤキモチ焼きなんですよ。女が入ってくるのが嫌みたいで」と拒否する。野呂が吹き出した。

「なわけ、ないっしょ」

「なんだ、テメエ。バカにしとるんかっ」

徳三郎が怒鳴る。麻世は「デリカシーないんだからっ」と、野呂をにらみつけた。

麻世は「徳さん、そうじゃないのよ」と、徳三郎の手を握る。

「私ね、徳さんが奥さんといっしょに魚屋さんをしていたときのこと、よく覚えている。徳さんは腕がいいって評判だった。大皿を持って行ったら、あふれるくらいたくさん盛り付けてくれたよね。魚は新鮮でおいしいし、正直で気前がいいし、金沢で一番の魚屋だって両親がいつも言ってた。あの刺身があったから、ウチの旅館も評判がいいんだって感謝してたよ。だから徳さんが店を閉めたとき、両親はすごくガッカリしてた。私も、ときどきシズさんにこっそりドジョウの蒲焼をもらったりしてたから、寂しくてしょうがなかった」

いつの間にか徳三郎はうつむいていた。麻世の言葉に小さくうなずき返している。

「ねえ、徳さん、聞いてほしいの。シズさんはもう、ほとんど動けないし、起きていられる時間も短い。神様に近い状態になってきていると思うの。ときどきは目も開くし、耳は聞こえるから、家の中に女の人がいるって気づくかもしれない。だけど、嫉妬するより感謝してくれるんじゃないかしら。だって大好きな徳さんの手助けをしてくれる人だもん。だからこの際、ヘルパーさんを……」

徳三郎の目が泳いだ。

「ほうかもしれんけど、ヘルパーも完全に無料というわけじゃないやろ」

それが本音のようだった。

介護保険は、公的な介護サービスを利用する際の料金を広範囲でカバーしてくれる。だが、一割から最大三割の自己負担が発生する。徳三郎は一割負担だが、その支出までも惜しんでいる。

「……まあ、考えてみるわ。こいつが、いつまでも持ちこたえるってわけじゃないやろうし」

ゾクリとする言い回しだった。ただ、徳三郎は妻の死を覚悟している、と咲和子には感じられた。

ところが、である。その翌週、出勤するとすぐに加賀大学医学部附属病院からまほろば診療所に電話があった。

今朝早く、並木シズが救急搬送されて入院したという。あわてて咲和子は野呂を伴って病院に向かった。

救急外来の待合室に入る。長椅子のひとつに徳三郎が座っていた。咲和子がそばに行って座ると、徳三郎は気弱な表情で目をそらした。

「何があったか教えてもらえませんか」

何かあれば診療所に連絡をして、と言っておいたにもかかわらず、徳三郎はまず一一九番に頼ったのだ。どれほどのことがあったのかを知りたかった。

「いやも、大変だったんよ。先生さんにはあとで言おうと思とったけど。明け方にゲロ吐いて、咳が止まらんようになったんよ」

吐物で誤嚥を起こしたのだろう。咳き込み方が激しかったことから動転し、救急車を呼んだようだ。

「すぐにまほろば診療所に連絡してくれれば、対応できたんですよ」

徳三郎はブルブルと頭を振る。

「いや、そんな状態やなかった。とにかく苦しそうやったから、すぐに何とかせんといかんと思って。俺しかいないところで死なれたら困るし。一人じゃ怖《こえ》し……」

徳三郎は荒々しく頭をかいた。過去二回、並木家の切れかけた電灯の下で眺めていた徳三郎の顔は、病院の明るいLED照明にさらされ、より一層沈んで見えた。無精髭が濃く、肌は驚くほどに蒼白だった。膝に置いた両手が小刻みに震えているのも分かる。

心に貼り付いているのは、強い不安と恐怖であろう。

妻の死への覚悟を固めているかに見えた徳三郎だったが、実際はまるきり違った。

モニターの整備された救急患者用の病室で、シズは目を閉じ、ぐったりとしていた。点滴の針がずれないよう左腕を板に固定され、右手には抜管防止にミトンがつけられている。

「こんな立派な所で濃厚治療しても仕方がないんじゃないですか、先生？」

野呂が咲和子にささやく。咲和子が唇に人差し指を当てるが、遅かった。

「老人やから見捨てるんか。アンタ、出てってくれ」

徳三郎が低い声を出して野呂をにらみつける。

咲和子は担当医に呼ばれた。救急外来でシズの処置をした若い医師だった。シズの病状を一通り説明したあと、担当医は「ところで」と言葉を継いだ。

「そもそも患者さんは在宅死を希望されているらしいですね。当院は現在、ベッドが足りない状況でして……」

咲和子は顔が熱くなった。担当医の言いたいことは痛いほどよく分かる。高度救急医療の現場では、優先すべき重症患者にベッドを回す必要がある。「在宅医療で対応できる患者を、なぜ在宅医が診ないのか？」という違和感は、咲和子にも覚えがある。

救急医をしていたころを思い出す。あれは確か七年前、高田馬場の会員制温泉施設で大規模なガス爆発事故が起こったときのことだ。ベッドが足りず、頭蓋骨骨折の若い男性患者を他院へ回さざるを得なかった。食欲の落ちた意識障害の高齢女性が入ってきたためだ。女性は半年も前から徐々に食べられなくなっていた。咲和子は、高齢女性を訪問診療していた在宅医に苦言を呈した。「何のための在宅医療ですか。むやみに救急車を呼ばないように患者に伝えてください」と。そこに同席した口の悪い同僚も、「老人施設の代わりにベッドを占拠されると困るんだけどなあ」と皮肉を浴びせたものだ。

あのときの恐縮しきった在宅医の姿が、今の自分と重なる。

咲和子は、平身低頭の思いで腰を上げた。すると相手もすかさず席を立つ。

「……若輩者の非礼をおわびします、白石先生」

若い担当医は直立不動の姿勢になり、深々と一礼した。

「僕は、四年前の救急学会が忘れられません。白石先生が発表された『大学病院の救急医療体制の現状分析と救命率向上プログラム』は、とても刺激的なご研究でした。一刻を争う現場で、いかに患者の呼吸循環を安定させて専門医につないでいくか——救命の成否は最初の救急医が握っている、というご指摘に心を奪われました。僕が本格的にこの道に進んだのは、あの講演を聞いたからです。まさか金沢で白石先生にお目にかかれるなんて……光栄であると同時に、身が引き締まる思いです」

咲和子もまた長い時間頭を下げる。「ありがとう」と言いたいのに、声にならない。

まほろば診療所には、昼前に戻った。待ちかねた表情の亮子から患者リストを受け取る。午後からの訪問分だ。

患者の氏名とカルテを照合し、ページを繰った。少し読んでは、目を閉じる。今しがたの出来事が頭をよぎって集中できない。思わず長いため息が漏れる。

「咲和子先生、大丈夫ですか？」

野呂が「血糖値を上げてください」と、アメをひとつ投げてよこす。

「ありがとう」

次の患者のためにも、しっかりと身を入れなくては。咲和子は包み紙の中身を口の中で転がす。だが、それでも集中できなかった。

「なんだあ、ここは地区予選負けチームの控え室みたいだな」

ヘルパーに付き添われて仙川が車椅子に乗って姿を見せた。整形外科へのリハビリ通院を終えて戻ってきたところだ。

「先生……」

本来の主を迎えると、診療所は急に明るくなる。さすがだ——と思いながら、咲和子はシズが入院した経緯を仙川に報告した。

「先方の医師には、『なぜ在宅から救急に患者を回すんだ』と嫌みを言われちゃいました」

仙川はクスリと笑う。野呂が天井を仰いだ。

「あのじいさん、救急車を呼ぶのはタダだから電話したんでしょ。カネ、カネって、いつもは介護のサービスも備品もケチるのに」

「アドバンス・ケア・プランニングは、ここでも役に立たなかったか……」

仙川のつぶやきに、野呂が怪訝そうな顔を見せる。

「アド、バン……なんすか？」

スマートフォンをたたいた野呂は、「人生の最終段階の医療・療養について、患者の意思に沿った医療・療養を受けるために家族や医療介護関係者とあらかじめ話し合う、厚生労働省推奨のプランニング――ですか」と自ら読み上げる。

「在宅看取りを前提に自宅で医療を行うなら、家族と医療者が終末期医療の細かい方針を立てておく。あの夫婦とは、何度も同じ話をしたのだが……」

「じゃあなぜ？」

野呂が仙川をいぶかしそうに見る。

「何もしないことに、耐えられなくなるのかもしれん」

今の咲和子には分かる。いくら心肺蘇生や人工呼吸器使用の可否などの細目を話し合って、在宅死の方針をプランニングしておいたとしても、実際に家族が死に向かって変化する姿を目の前にしたとき、事前プランの中身などというものは周囲の人々の頭から吹き飛んでしまう。多くの場合、あわてふためいて救急車を呼び、救命救急のプロセスに乗ることになる。

「愛する人の死をまだ認めたくない――そういうことなんでしょうね」

咲和子の言に、仙川は大きくうなずいた。

「その結果、蘇生治療や延命治療を施された挙句、望まなかった場所で死を迎えることもある。こういうことはね、在宅ではときに起きてしまうんだよな。で、咲和ちゃん、病院での様子はどうだった？」

仙川に促され、咲和子はシズの容態を説明し始めた。ところが仙川は「ストップ、ストップ」と手を挙げる。

「僕が知りたいのは、徳さんの方だよ」

ハッとした。目の前で妻の息が止まりそうになるのを見て、やむなく救急車を呼んでしまった夫がどんな心身の状態か——。なるほど、それを把握する必要があった。

咲和子は徳三郎の、不安を映した顔色や、全身をこわばらせていた様子について、見たままを語った。

「その方の気持ち、私にもすごく理解できます」

それまで黙っていた亮子が会話に加わる。

「家族の死って、やっぱり心の底から怖いです。人が死ぬところなんて、見たことないですし。在宅ってその覚悟を決めなくちゃいけないから、ほんとはすごく怖いと思います」

「そうよね……」

人の死を数えきれないほど見てきた咲和子は気づかなかった。在宅医療では、看取りの経験のない家族に、死を見守らせるのだということに。そのシンプルだが重い事実に咲和子は愕然とする。

咲和子自身も、自宅で家族が死ぬのを見た経験はほとんどない。明治生まれの祖父が、祖母に看取られたのをかすかに覚えている程度だ。その数年後、祖母は当然のように病院で亡くなった。六十歳以下の若い世代なら、家で家族の死を見た経験がない者の方が圧倒的に多いだろう。年齢を重ねてはいるが、「一人じゃ怖《こえ》えし」と言った徳三郎もまた、看取りについては初心者なのだ。

犀川の河原で咲和子は風に吹かれていた。

初夏の草が匂い立つ。

徳三郎が怖いのは当然だ。じゃあどうすればいいのか——と思いを巡らせていた。早瀬は泡立ち、駅頭のざわめきのような音を立てるばかりだ。

「咲和子」

ふと父の声がした。振り返ると父も岸辺に下り、こちらに向かってゆっくりと歩いてきた。

「お父さん、よく分かったね」

「そら分かる」

自宅が犀川沿いに立っているせいで、川辺を自分の庭のように感じて育った。タコ揚げやバドミントンをして遊んだ。笹舟を作って流したこともある。クラブ活動でレギュラーに選ばれず、悔し泣きした声は川の音に吸い込んでもらった。サッカー部の主将に告白してあえなく撃沈してしょんぼりと座ったのも、ここだ。

「咲和子は小さいころから河原の石が好きやった」

父は川を見ながら目を細める。

「ずーっと石を探してたなあ」

「そうだっけ」

気恥ずかしさから忘れたふりをする。本当はよく覚えていた。というよりも、今この瞬間ですら、きれいな石がないかと目で追っていた。

いい石が見つかると、すごく得した気分になったものだ。小学生のとき、丸くて平べったい石を三つ見つけて、家族の顔を描いた。あのオブジェは長いこと下駄箱の上に飾られていた。

川べりから家を振り返った。

「ああ、きれい！」

家の板塀の外側には、赤やピンク、白の花々がたくさん咲いていた。

「うん、母さんの花畑だな」

ここから見えるのは、ヒナゲシだ。咲和子が子供のころ、母といっしょに種をまいたのを覚えている。それが翌年からは何もしないのに、毎年きちんと花をつけるのだ。

「あの石、どうした？」

父も同じことを考えていたようだ。

「あの、顔の石のこと？」

「うん」

驚いた。あんなガラクタのような作品を、父がちゃんと覚えていてくれたということに。

「下駄箱の引き出しに入れられたままだったと思う」

父や母の顔はあのころ、どんなふうに見えていたのだろう。まるでタイムカプセルだ。咲和子は家へ帰って引き出しを開ける自分を想像し、ワクワクしてきた。

父とともに河原を後にする。堤へ上がりかけたところで、母の花畑の中に見慣れぬ花があるのに気づいた。

「お父さん、あの紫の花は？」

黄色い管状花を軸に、紫紺色の花弁が凜としたたたずまいを見せている。

「ああ。ミヤコワスレだ。母さんと花屋でいっしょに買った」

花言葉は、また会う日まで――。咲和子に向けた言葉なのか、それともまさか父より先に亡くなることを予感したのか。

シズは二泊三日の入院で、加賀大学医学部附属病院から乙丸町の家へ戻った。退院当日、咲和子はシズの自宅を訪れた。布団に横たわるシズは、著しく生気を失っている。嘔吐するリスクが高いため点滴を行い、胃瘻の使用は最小限に抑える方針とした。徳三郎はいつになく口数が少なかった。

状態がよくないので、並木家への訪問回数は隔週から毎週に変更する。

シズはほとんど目を開けなくなった。流動食を注入するたびに内容物が胃から食道、さらに喉元にまで逆流する。一部は気管に流れ込み、痰が多量に出るようになった。死期が迫っている状態だ。

咲和子は、シズを在宅で看取るためには、徳三郎に入念な教育をしなければならないと感じた。教育とは、死のプロセスの説明、いわば「死のレクチャー」だ。

退院の翌週、咲和子はシズの診察を終えると徳三郎に声をかけた。シズの寝室を静かに離れ、徳三郎をうながして隣の居間へ移る。

「な、なんだよ、先生さん……」

何かを察した様子を見せる徳三郎に、咲和子は改まった調子で切り出した。

「とても残念ですが、奥様とお別れの時が近づいて来ています」

徳三郎は、いつにも増して真面目な口調の咲和子を見つめ返した。

「生き物は、生命活動を終えようとするとき、まず食べなくなっていきます。胃腸の動きが止まってゆくからです。奥様の場合も蠕動《ぜんどう》運動――つまり、食べたものを胃や腸が順々に送っていく働きが低下しています。このため流動食が口へと逆流して、吐いてしまうのです」

徳三郎は「なるほど」とつぶやく。

「死は決して怖いものではありません。きょうはご主人に、お別れの際に見られる奥様の体の変化や、今後の状態について詳しくお話しします。これからのこと――死を学ぶ授業だと思ってください」

「死を、学ぶって……」

徳三郎がいぶかし気《げ》に咲和子を見つめる。

咲和子は説明のために用意した大判のスケッチブックを開いた。

「死に向かう変化は人それぞれですから、これからお話しするのは、一般的なケースだと思ってください。まずは、亡くなる一週間から二週間前です。①だんだん眠っている時間が長くなります。②夢と現実を行き来するようになります。せん妄といって、うわごとのような言葉を発したり、見えないものが見えているような動作をすることがあります。これらはみんな、死の兆候です」

咲和子は、キーワードを書き進め、ときに身振りで示した。

多くの医師がそうであるように、これまで咲和子は、患者が死ぬことについて前もって家族に詳しく説明をしたことはなかった。医学生時代をはじめ、研修先でも、大学病院でも、関連病院でも。もちろん、ひっきりなしに救急患者が出入りする救命救急センターでも。医療の現場では、目の前の患者を治すことだけが医師の役割だと思っていたからだ。

「……最後の日になると、呼吸のリズムが乱れます。いわば危篤状態です。そして、いつもは使わない顎の筋肉を動かし、口をパクパクとさせてあえぐような呼吸になります。これを下顎呼吸と言います」

「かが、く……何《なん》やって？」

徳三郎が耳に手を当てる。

「か、が、く、こきゅう、下顎呼吸です。亡くなられる八時間くらい前から生じ、死の前兆にあたる呼吸です。脳の酸素不足から起きる状態で、一見、ハアハアと苦しそうにも見えますが、患者さん自身は苦痛を感じていません」

「こっちは、どうすればいいがや？」

徳三郎が沈痛な面持ちになる。

「奥様は死の旅立ちをしようとしているところです。そっと手を握ってあげてください」

徳三郎は真剣な目をしてうなずいた。

「呼吸リズムはもっと乱れて、間隔が長いときは、息が止まったように見えることがあるかもしれません」

「そんなことが……」

徳三郎の視線が落ち着きをなくす。

「はい、起きます。どうか最後の呼吸まで、見届けてあげてくださいね」

徳三郎は歯をくいしばって何度もうなずいた。

「次に、奥様の意識と感覚の変化について詳しく説明します。先ほど、亡くなる二週間くらい前から、せん妄という現象が起きる可能性があるとお話ししましたよね。難しい字ですけど、こんなふうに書きます」

咲和子はスケッチブックに、大きな字で「譫妄」と記した。

「妄は、心が迷うこと。譫は、うわごとのことです。場合によっては、①神経質になったり、②錯乱状態に陥ったり、③幻覚を伴うようなケースもあります。逆に、④寡黙になってしまって、心の内にこもる患者さんもいます」

咲和子は、ここでもキーワードをスケッチブックに記していった。

「うちのがどうなるかは分からないがけ？」

咲和子はゆっくりと首を振った。

「せん妄は意識障害の一種で、興奮の方向に出る場合と、反応性が低下して活動が減少する場合との両方があります。予測はできません」

徳三郎は神妙な顔をしている。いつの間にか膝をきちんとそろえ、正座をしていた。

「それから、③の幻覚については、すでに亡くなった人の姿を見る体験をすることがよくあります。ご両親やご兄弟、あるいは古い友人や知人。死んだペットのことを言い出すケースもありますね。『お迎え現象』と呼ばれる死の間際の精神症状です」

「ああ、お迎えな。あの世からやって来て、病人の枕元に立っちゅう……」

徳三郎も卓上にあったチラシとボールペンを引き寄せ、自分なりのメモを作り始めた。

「せん妄によって、こうした現象が起きた場合は、奥様の発言を否定せずに安心感を与えるように接してあげてください。ただし、奥様が苦しまれるような場合には、鎮静のお薬を処方することも検討します。そこはまた、相談しましょう。続いて、奥様の体温と皮膚の変化についてです……」

咲和子はスケッチブックの新たなページを開き、説明を続けていった。徳三郎だけを相手にした講義は、それから二時間以上も続いた。

「死のレクチャー」から五日目の早朝、咲和子のスマートフォンが鳴った。枕元に手を伸ばす。徳三郎からだった。

「せ、先生、シズが、かがく何とかになっとる」

時刻は、午前五時二十分。通話を終えたところで野呂のスマートフォンを鳴らすが、すぐさま留守電に切り替わった。咲和子は、一人で並木家へ向かう覚悟を決める。白衣をはおり、自転車のペダルをぐっと踏み込んだ。

まだ車や人が動き出す前だったせいか、道は思ったよりも走りやすい。咲和子は乙丸町の並木家を全速力で目指した。出たときはまだ肌寒かったが、すぐに汗が噴き出る。一刻も早く——という思いだった。

シズの家が見えた。息が切れて、足元がふらつく。

「おはようございます、まほろば診療所です。並木さん——」

靴をそろえる余裕もなく、咲和子は駆け込むように家の中へ入った。奥の寝室だ。ふすまを開ける。

まさにシズは、あえぐように下顎呼吸をしていた。傍らの徳三郎は、妻の手をしっかりと握っている。

「先生さんか……ありがとう。よかったな、シズ。先生さんが来てくれたよ」

徳三郎は、声を震わせながら妻の顔を見つめている。ただ、取り乱した様子はない。シズの首の下にはタオルが丸めて差し込まれ、気道確保がなされている。咲和子が教えた通りだった。

「どうして、おめえは人騒がせな、こんな朝っぱらによ……シズよお」

小さく舌打ちをして、徳三郎がぼやき始めた。いつもの悪態ほどには、力がない。

「昨日、シズに大丈夫かって聞いたら、うるさいって怒鳴られたんや。今までそんなこと言《ゆ》うたことなかったがに。ほやけど、それって、先生さんの言《ゆ》うとったせん妄とかゆうやつかなって思い出して、ヨシヨシってなだめてやったら、『ありがと』って言《ゆ》うてくれたがや。それから『アンタと魚屋できてよかった』って」

咲和子は患者の脈を触診する。頸動脈しか触れることができない。血圧はすでに七〇を切っている状態で、まさに死の直前だった。

「俺も、じきに行くわ、シズ……天国でもいっしょに店やろう」

シズの唇は紫色になっていた。

「……世話かけたなあ、シズ」

患者の脈がさらに弱くなった。徳三郎の声が聞こえないほどに小さくなる。

「あり、がとう、シズ……」

徳三郎の骨ばった両肩が激しく揺れ始めた。

「シズ、シズ……シズ」

徳三郎が喉を詰まらせるように泣きながら、何度も妻の名を呼んだ。

約一時間後、シズは徳三郎に手を握られたまま静かに旅立った。留守電に残されたメッセージを聞いた野呂と麻世も臨終に立ち会ってくれた。

死後処置、いわゆるエンゼルケアが終わった後、徳三郎は咲和子に向かってポツリと言った。

「今度は怖《こわ》なかったわ、先生」

咲和子はうなずき、徳三郎にほほ笑む。

「最後まで、本当におつかれさまでした」

徳三郎はこくりと頭を下げた。

「ほやけど悲しいわ。こいつと、別れるなんて思わな……」

白い布を外したシズの顔を見つめながら、徳三郎は嗚咽した。その姿があまりにも弱々しく見えて、咲和子は思わず徳三郎の背中をさする。

病院では見えなかった真実が、実際に患者の生活の場に行くことで、初めて目に入ることがある。最初は冷たい夫にしか見えなかった徳三郎は、妻の死を前にしてうろたえていた状態だったのだと気づかされる。最後まで家族といい時間を過ごせるよう、何が足りないのかを見つけて埋めなければ在宅医療はうまくいかない。そんなことをしみじみと感じた。

長い一日が終わった。昼から六軒の訪問診療をこなし、まほろば診療所に咲和子と麻世、野呂が戻ったのは午後六時を回ったころだった。きょうは初めて在宅での看取りを経験した。なんとなく普段とは違う厳粛な気持ちだ。

「咲和ちゃん、片づけを終えたらシズさんのお清めに行こうよ。主計町茶屋街の店、きっと気に入ると思うから」

仙川が手でクイと飲む仕草をする。

咲和子は、父の夕食の用意をしてこなかったのが気になった。

「いったん帰って、父と食事してからなら」

「了解。じゃあ達郎先生にたくさん食わせてからおいでよ。僕は早めに始めてるが、九時集合にしよう」

「僕も合流させてください」

野呂がすかさず乗ってきた。

「亮子ちゃんと麻世ちゃんもどう？」

二人から「はーい」という返事が来る。

まほろば診療所から自転車を飛ばすと、十分で犀川ほとりの自宅に着いた。

咲和子は、たまに食事を作りたいというスイッチが入る。きょうは「ヘルさん」に夕食は不要だと伝えてあった。

スーパー丸福で食材を買い、あごだしで鍋を作る。マイタケにゴボウ、鶏肉、スダレ麩……。母が作っていた「めった汁」を思い出しながら。

部屋中にいい香りが立ちこめ、父はいつもより嬉しそうだ。父の器に取り分ける。

父はゆっくり嚙みしめるように食べてからつぶやいた。

「東京の料理もうまいな」

舌で覚えた郷土料理を作ったつもりだったが、いつの間にか母の味は遠くに行ってしまっていたようだ。

子供のころ、ドジョウの蒲焼や香箱ガニの酢の物をよく食べたものだ。普通の食べ物だと思っていたが、東京では全く見かけず、郷土料理だったのだと気づいた。香箱ガニも当時はそれほど好きではなかったが、今ならおいしく感じられることだろう。

「母さんは、料理がうまかったなあ」

酒が進むにつれ、父は饒舌になった。母の思い出話が出るときは、父の機嫌がいい証拠だ。

「お母さん、洋服のセンスも良かったよね。カラフルなシルクのスカーフもいっぱい持ってたし」

大人の女性になれば、誰でもスカーフをうまく結べるようになる——。母の装いを見て咲和子は思い込んでいた。そして、そうではなかったと気づいたのは自分が四十歳を過ぎてからだった。今まで話したことのない話題で父と盛り上がる。そのこと自体が咲和子にはとても楽しい。

「母さんは、色が白かったしなあ。咲和子にもあのスカーフ、似合うがでないかな」

今夜の父も、いつものようによく食べ、酒を楽しみ、上機嫌で横になった。

午後八時半になり、咲和子は仙川たちの待つ主計町の店に向かう。「ＳＴＡＴＩＯＮ」という名前のバーで、診療所のすぐそば、下新町《しもしんちょう》にある神社の境内から暗がり坂を下りる途中にあるという。その昔、旦那衆が花街への通い道とした坂だ。

教えられた道を歩くと、その小さな店はすぐに見つかった。

重い木の扉を押し開ける。客は仙川一人だった。いつもの車椅子のまま、カウンターの中央でゆったり席を取って飲んでいる。バリアフリーの造りに驚かされる。

「いらっしゃい」

素朴な感じのバーテンダーが、こちらへどうぞというように仙川の隣の席を示す。初めての店なのに、ほっとできる雰囲気だった。

「お、早いね。あとの三人はまだだよ。で、達郎先生はちゃんと食べてるの？」

「おかげさまで。でも、私が作っためった汁を、東京の料理だって言うんです」

仙川が「達郎先生らしいな」と笑う。

店内は縦に細長く、中央には階段がある。おしぼりで手を拭きながらきょろきょろと見回していると、バーテンダーが咲和子に話しかけてきた。

「旧茶屋をユニバーサル・デザインの哲学で改装した店です。面白いでしょ。よろしければ後で二階にも上がって見てください」

「ありがとうございます」

なぜか旧知の間柄のような気がしてしまう、不思議な包容力を持つバーテンダーだった。天然パーマで髭がある。顔全体が黒くて表情は分かりにくいが、人懐こい声に安心させられる。

「柳瀬《やなせ》君、こちらは新しく入ったクリニックの女医さんだ。城北医科大学・救命救急センターの前副センター長、白石先生っていうんだよ」

「柳瀬と申します」

両手を添えて差し出された名刺には、馬に乗って草原を駆ける若武者の写真が刷り込まれていた。広大な草原の緑を背景に、「ＳＴＡＴＩＯＮ　柳瀬尚也《なおや》」という文字が白抜きされている。

「馬にも乗るし、蒙古相撲《ブフ》も取る。こう見えて柳瀬君は、腕っぷしが強いんだ」

「ブフ、ですか？」

「いわゆるモンゴル相撲のことです。僕、若いころにモンゴルを放浪していまして、三十過ぎに帰国したとき、この店のオーナーと出会って、バーテンダーにしてもらいました」

仙川がカウンターの隅にあった将棋盤を引き寄せた。

「みんなが来る前に、早指しで一局どう？」

子供のころ、咲和子は仙川と対局してコテンパンに負かされ続けたのを思い出す。仙川は、年下だからと容赦はしてくれなかった。

「望むところです」

駒を並べていると、昔の仙川が思い出される。考えるときに顎に手を置く癖も変わらない。けれど、その指と顎には深いしわが寄っている。年齢を重ねたのは自分も同じはずなのに、他人の老いに心が痛む。

勝負は、やはり仙川の勝ちだった。咲和子は悔しさよりも、兄貴分の健在ぶりに嬉しくなる。

「はい、どうぞ。店からのサービスです。次の勝利を目指して」

目の前に置かれたのは、白い飲み物だった。

「ありがとう。どぶろくかしら？」

咲和子が尋ねると、仙川がニヤニヤと笑う。

「馬乳酒です」

柳瀬がどうぞというように手のひらを上にした。

「ウワッ、すっぱーい！」

油断して口に含んだせいか、ものすごい酸味に驚く。

柳瀬によると、モンゴルでは健康になる飲料だと信じられ、子供も飲むという。言われてみれば、薄い牛乳かヨーグルトのようにも見える。

モンゴル産の「純正品」は、日本ではまず手に入らない。この品は、北海道の酪農家グループから、柳瀬がモンゴル仲間を通じて手に入れた国内特製品だという。

舌の刺激に負けずに我慢して飲み続ける。すると、次第に飲めるようになってきた。本場の馬乳酒のアルコール度数は二パーセント前後だが、この特製品は一〇パーセントくらいだというから、ビールとワインの中間だ。

そのとき、野呂が「こんばんは〜。ジャジャーン」と言いながら現れた。麻世と亮子もいっしょだ。亮子が背中に隠していた大きな花束を咲和子の前へ差し出した。さらに麻世が「加賀料理の本もいっしょにどうぞ」と手渡してくれる。咲和子がおいしい加賀料理を父に作りたいと言っていたのを覚えてくれていたのだ。

「遅くなりましたが、きょうは咲和子先生プラス僕の歓迎会だそうでーす」

野呂自らの音頭で、仙川や麻世、亮子が拍手をする。バーテンダーの柳瀬もいっしょに。

「うそ……」

咲和子は胸が詰まった。これまでと大きくかけ離れた新しい仕事に、戸惑う日々だった。在宅医療なんて、大学病院の救急医だった自分には簡単だと半分なめていた。なのに、教わることばかりで毎日が過ぎていく。祝ってもらえるようなことなど、まだ何もできていない。

「ありがとうございます。皆さんのご指導、ご協力あっての……」

ふいに涙がこぼれてしまい、後ろを向く。柳瀬がハンカチを差し出してくれた。

「それじゃあ、改めて始めようか。柳瀬君、始めていいよ」

仙川の指示で、冷えたビールがそれぞれにサーブされ、続いて見事な舟盛りが運び込まれる。野呂が立ち上がった。

「では皆さん、グラスのご準備はよろしいでしょ……」

「ちょっと待って、野呂君」

咲和子は野呂を制した。

「まずは、並木シズさんのご冥福をお祈りしたいのですが」

仙川と麻世もうなずき、亮子も笑顔で同意を示す。

「では、一分間の黙禱《もくとう》をどうぞ」

野呂の合図で目を閉じる。奮闘した日々がよみがえってきた。一分の合図で目を開ける。

野呂が小声で咲和子に告げた。

「咲和子先生、ご発声を」

咲和子はグラスを取る。

「ここに来て初めての患者さんの一人、並木シズさんからは多くのことを学ばせていただきました。多くの感謝を込めまして、献杯させていただきます。献杯」

皆と杯を重ねながら、ぽつりぽつりと並木シズについて語り合う。

「分からないものだな。シズさん、二年前までは、本当に元気なオバチャンだったんだが……」

仙川が、残念そうに言う。

「栄養が行かなくなって、衰弱が一気に進みましたからね」

麻世がしんみりとした声になる。咲和子もそれは切なかった。

思いがけないほど、静かな歓迎会だ。けれど、こうして在宅看取りを振り返る機会は貴重だ。

柳瀬が乾いた声で言う。

「物を食べる生き物だけが生きる。食べる行為は、命を長らえる行為なのです。それが自然の姿です」

「草原の動物の話ですか」

咲和子が尋ねる。

「ええ。馬も羊も牛も犬も人間も、同じではないでしょうか？　命には限界があります。生き物は、食べられなくなったら終わりです。モンゴルの大草原ではそれを実感します」

柳瀬の言葉は動かしがたい事実を示していた。

「命には限界がある」。咲和子はどこか救われる思いだった。患者を救えなくても仕方のない局面があると、人智を超えた存在に許されたような不思議な感覚だ。

シズもそうだ。限界を迎えたのだ。

ＳＴＡＴＩＯＮからの帰り道、柳瀬は仙川を軽々と背負い、坂の石段をヒョイヒョイと上がっていく。その後ろで、野呂が車椅子を運ぶ。野呂は仙川の家に間借りさせてもらっていた。野呂も仙川も、お互いに助かっているようだ。

金沢に来て一か月が経っていた。ついこの間まで勤めていた巨大な現場が遠くに感じられる。心の中をのぞいてみれば、不安よりも期待の方が大きい。自分はやっぱり金沢を選んだのだ、と確信に似た気持ちが満ちてくる。

月明かりの差し込む暗がり坂をおぼつかない足取りで一歩ずつ進みながら、咲和子はクスクスと笑い声を上げた。

「咲和子先生、特製馬乳酒、飲みすぎっすよお」

「野呂君こそ、呂律《ろれつ》が回ってなーい。仙川先生とまっすぐ帰ってよ」

軽口をたたきながら、笑いが止まらない。なぜだろう。何も面白いことは起きていないのに。

第二章　フォワードの挑戦

金沢の雨の日は、静かだ。東京に比べると雨粒が小さく、風も伴わない。霧を思わせる雨が、空から真っ直ぐに降りてくる。慎ましやかで我を張らず、降ってきたと思うと、いつの間にか止んでいる。

七月に入ったばかりのその日も、朝からそんな空模様だった。

野呂はあえてワイパーを動かさず、車を走らせていた。うっすらとした雨は、ほこりと混じり合うとかえってフロントガラスを見えにくくするからだ。東京から戻ったばかりのころ、咲和子はうっかり作動させたワイパーで視界を失い、冷や汗をかいたものだった。

金沢駅前通りを駅舎正面の中央交差点で左折する。しばらく進んだ後に北陸本線の高架下をくぐり抜け、駅の東口から西口側に出る。新幹線の開業を機に都市開発が進み、ホテルやオフィスビル、マンションが立ち並ぶようになった古都・金沢の新市街地だ。

きょう、訪問診療するのは、そうしたビルの最上階に住む患者だった。

助手席の麻世が、沿道に立つ荘厳な外観の建物を珍しそうに眺めている。

「すごいな、あのホテルは……」

珍しく声が小さくて聞き取れない。

「麻世ちゃん、なんか言った？」

野呂が運転席から尋ねた。

「いや、ウチの古くてちっさい旅館と比べると、なんか、すごいホテルだなって」

「金沢に住んでて、初めて見るの？」

「普段はこっちの方に来ないから」

紹介状とともに亮子が言い添えた情報によると、患者は、この先にあるオフィスビルの最上階を専有している。階下のフロアには、彼の経営する会社がテナントとして入居し、従業員約百二十人が働いているという。

エントランスを天然石で重々しく飾ったホテルの前を通り過ぎる。少し進むと、今度は全面ガラス張りの建物が姿を現した。二十階建てのオフィスビルは威容を誇り、金沢を覆う空を誇らしげに映し込んでいる。ただきょうは、雨をたっぷり含んだ重い曇り空だ。

「にしてもスゲーよな。あの最上階全部がひとつの家って」

あらかじめ指示された通り、地下にあるゲスト用駐車場に車を停める。エレベーターホール前のオートロック操作盤で部屋番号を入力すると、「案内の者が参りますので、どうぞ座ってお待ちください」という声とともにガラス扉が開いた。

「別に僕たちだけで行けるのに、面倒くさいなあ」

野呂が貧乏ゆすりをする。

ガラス扉の奥は、ホテルのロビーのような空間となっていた。白を基調としたデザインで、中央に丸い水槽が置かれている。咲和子たちがソファに座っていくらも経たないうちに、年配の男性がやって来た。咲和子たち一行は、男性の後をついて患者宅に向かう。その際、内扉やエレベーターに乗るたびにカードキーが使われる。案内人が必要な理由はこれだった。

最上階に着くと、そこは住居の玄関になっていた。

「おお、ペントハウスって感じだあ」

野呂の目が輝いている。咲和子がどこで靴を脱げばいいのかと戸惑っていると、「靴はお履きになったままで結構です」と案内人が言う。

光沢のある床を汚してしまいそうで気が引ける。その先も、ふわふわの白い絨毯《じゅうたん》が敷かれていて、土足で踏むのは一層ためらわれた。野呂は気にもかけない様子で進むが、麻世は絨毯のない壁側の、細い板張り部分を爪先立ちで歩いている。

いくつかのドアの前を通り過ぎたあと、案内役の男性が突然立ち止まった。

「こちらです」

黒檀調の背の高いドアが自動で開く。

光を通す天井と、三方を大きな窓に囲まれた広い空間が目の前に開けた。まるでサンルームかと思うような明るい部屋だった。中央にはベッドがあり、まだ若い男性が横たわっていた。背中の部分が少し持ち上げられており、長椅子にでも座っているような雰囲気だ。

「白石先生ですか？　江ノ原《えのはら》です」

咲和子の側から名乗るタイミングを取れず、一瞬戸惑う。江ノ原はニヤッと笑ってウインクをした。

江ノ原一誠《いっせい》は、四十歳。金沢を代表するＩＴ企業の社長だ。加賀大学大学院で情報通信工学の修士号を取得した後、ニュージーランド留学を経て、商品の最速配達を売り物にするファッション通販サイトを立ち上げた地元の有名人だ。ダンス用ファッションの充実や、サイト内の着こなしアドバイス・アプリがあっという間に人気を呼んで、全国的な知名度を誇るようになった。

ところが一か月半前、ラグビーのプレー中に脊髄を損傷し、手足が動かない四肢麻痺の状態となった。江ノ原が経営する会社内のラグビー愛好家チームで紅白試合を行っている中で起きた不幸な事故だった。

ワンマン社長を中心メンバーに据えて、和気あいあいとボールを追っていたゲーム中に発生した悲劇。チームと会社には大きな衝撃が走ったことだろう。

江ノ原は、そんな様子をおくびにも出さずに話し始めた。

「三十代最後のメモリアルゲームがとんでもないことになっちゃって参りましたよ。ねえ先生、初めにいろんな質問があるんだけど、いい？」

最後のところで江ノ原は、急にくだけた口調になる。

「もちろん、いいですよ」

案内役の男性にうながされ、咲和子はベッドサイドの一人がけソファに浅く座る。野呂と麻世も席をあてがわれた。

「僕の、体の動きについては知ってるよね？」

「はい、紹介状である程度のことまでは。ただ、もしよろしければ、先にお体を簡単に拝見してもよろしいでしょうか？　その方が質問にもお答えしやすいと思いますので」

診察の段取りを決める前に、腹の探り合いをしているようだ。これまでの医師人生を通じて咲和子は、救急車で到着するあまたの患者を、一分一秒を争って有無を言わせず診察し、治療してきた。いま自分が交わしている、ある意味のんびりとした患者との会話は不慣れであり、霧の中を手さぐりで進む気分だった。

「はあ、いいよ。どうぞご自由に」

江ノ原は目を閉じた。

咲和子は江ノ原の胸に聴診器を当てる。呼吸音はよく、心音にも問題はない。だらりとベッドの上に置かれた足に触れる。浮腫《むく》みはなく、皮膚の状態は良好だ。

「少しだけでも、足を持ち上げてみてください」

全く動く気配がない。足だけでなく手も同様だった。江ノ原は、五指を広げようにも力が入らない。

つまり江ノ原が動かせるのは首から上のみで、両手両足はほとんど動かせなかった。紹介状に「頸髄損傷レベルは五番」と記載されていた通りだ。

頸髄は、頭に近い側から順に第一〜第八頸髄と名前が付けられ、損傷部位が上位であるほど障害範囲が広くなる。ダメージを受けた部位から下へ脳の指令が伝わらなくなるためだ。

江ノ原は第五頸髄に障害を負い、四肢麻痺の状態に陥った。ただ、呼吸に係わる横隔膜をつかさどる第四頸髄は機能が残存しており、人工呼吸器に頼る生活はギリギリのところで回避できた。江ノ原のように頸髄損傷で何らかの障害を負う人は、全国で年間五千人にのぼるとされる。

一通りの触診を終えた咲和子は、麻世に血圧と脈拍の測定を指示した。麻世はうなずき、口を真一文字に結んで江ノ原の袖をまくり上げる。そのとき、麻世の手が滑り、江ノ原の首に触れた。

「ひゃぁっ！　なんだ、お前」

江ノ原の声が飛んだ。

「まるで氷の手だな。なんとかならんのか！」

叱責だった。

「すみませんっ」

手を引っ込めた麻世が体を硬直させる。一瞬迷ったが、ここは代わった方が良さそうだと判断した。きょうは野呂も麻世も、どこか落ち着きがなかった。

「では、私が。あなたは、カルテを用意して」

咲和子は手早く測定を終え、診察所見を書き留める。全身状態の評価とともに、今後の在宅医療で取るべき主な方針を簡潔に記入した。内科的な評価の継続、尿道カテーテルの管理、皮膚の褥瘡《じよくそう》予防、そして理学療法士による在宅リハビリテーションの導入——などだ。

「では江ノ原さん、ご質問をどうぞ」

江ノ原は再び落ち着いた口調に戻った。

「まず最初に申し上げたいのですが、きょうは採用面接だと思ってください」

思いもよらぬ通告だった。だが江ノ原は、咲和子の反応など興味がない様子で咳払いをし、少し顔を上げて「静香《しずか》」と声を発した。

ノックとともに、小柄で色の浅黒い女性が入ってくる。江ノ原の小さな声は襟元のマイクで拾われ、他の部屋に通じているようだ。

女性は無機質な声で「失礼します」とだけ言うと、壁際の椅子に座った。

「彼女のことは気にしなくていい。妻です」

江ノ原は咲和子に視線を戻した。

「病院に一か月半入院してリハビリテーションを行っていたんですけれど、最近はリハビリの効果が全く感じられないんですよね。僕は会社を経営していますから、ここを長く離れられない事情もある。それで結局、入院の意味を見いだせなくなって在宅医療に切り替える方針を取ったのです」

咲和子はうなずく。トップダウンの経営で事業を拡大してきた企業家らしく、合理的で素早い判断だと思った。いい悪いは別にして。

「白石先生は、どこの大学出身ですか？」

「城北医科大学です」

「ああ、私大ですか。成績は？」

江ノ原が疑わしそうな目をした。

「……まあ、上位の方でした」

咲和子は戸惑いながら答える。

「在宅医の経験は？」

「二か月です」

江ノ原が「へえ、新人さんなんだ」とつぶやく。

「では、ここに来る前はどこに？」

「城北医科大学病院の救命救急センターで勤務医をしていました」

「失礼ですが、そこでの肩書は？」

「准教授、副センター長です」

江ノ原は、「准教授」のところでわずかに片眉を上げただけで、あとは矢継ぎ早に質問を投げかける。その後ろで、妻の静香が咲和子を採点するかのようにメモを取っていた。

「で、ご結婚は？」

江ノ原は咲和子の指輪のない左手に目を向けていた。

「過去に一度……」

恋愛に奥手で、同期の男性医師と結婚したものの、生活のすれ違いからすぐに別れてしまったことが痛みのような感覚とともに思い出される。

「お子さんや、ほかの家族は？」

子供がいないことについては、孫を期待していただろう両親に対して申し訳ないと思って生きてきた。

「子供はいませんが、この街に父がおります……あの、江ノ原さんの治療と何の関係が？」

声に不快感がにじむのを抑えられなかった。

「失礼、どれだけ仕事に集中してもらえるのか知りたくて。では病気の質問に戻ります。救命救急が専門だったということは、脊髄損傷の治療についてはそれほどご存知じゃない、という理解でいいですか」

こんな形で患者から治療能力に疑義を呈されたのは初めてだ。咲和子は一瞬、言葉を失った。

「ご指摘の通り、脊髄や末梢神経疾患に関して専門医ほどの知識は持ち合わせておりません」

さすがに正直に答えざるを得なかった。咲和子が得意なのは、命が不安定な患者だ。すでに脊髄損傷後の、命という点では安定した患者に何をすればいいか、一〇〇パーセントの自信はなかった。

「せめて整形外科出身の在宅医なら、もっとお役に立てるかもしれません。市の医師会などに当たられてはいかがですか」

それならば、江ノ原が求める治療にも詳しいはずだ。だが彼は首を左右に振った。

「もちろん探しましたよ。一人いましたが、ダメでした。自分の専門分野にプライドがありすぎるんでしょうかね。リハビリが終わってもいないのに中断して退院するなんて愚かだ、と言われましたよ。効果の出ていないことを続けろと言う方がどうかしている。考えが硬直していますす」

江ノ原の唇が怒りで震えるのが分かった。

「そちらから、何かご感想は？」

採用担当官が面接の終了を告げるような言い方だった。

「診療をする前に、患者さんからここまでの質問を受けたのは初めてです」

出身大学や専門を尋ねられることはたまにあった。けれど、専門外である点を指摘されたり、プライベートな話題に踏み込まれたりする経験はなかった。

「それは失礼しましたね。僕には常識がないんですよ。常識なんかに縛られていたら、起業なんてできやしない。むしろ常識を壊すのが僕の仕事です」

江ノ原は、冷たい目のままハハハと声を発した。野呂が不快そうに口をとがらせる。

「正直に言いますとね、在宅医っていうのを信用できないんですよ。他にも何人か面接しましたが、ろくな知識のない奴らが多すぎます。そのくせ、専門外だけれど大丈夫だ、なんて言いやがる。僕は中途半端な医者に見殺しにされたくないんです」

確かに、近年ニーズが急速に高まっている在宅医療の現場では、在宅医の専門性が確立されないまま裾野が広がっている。

大学病院や大規模な病院では、「診療科横断的チーム医療」が取られ始めている。患者の疾患や容態に応じて、複数の医師が専門の枠組みを超えて一人の患者の診療に加わる体制だ。城北医科大学病院では、咲和子が所属していた救命救急センターが、そうしたチーム医療の中核的な役割を担っていた。

「今にも死にそうで、お前の手に負えない患者が運び込まれて来たときは、どうする？」

新人のころ、医局で先輩にそう質問されたのを思い出す。口ごもっていると、明快な答えで諭された。

「――その患者を助けられる別の専門家を探してこい」

在宅医療でも、脳卒中や心臓病、癌など長期療養に対応できる医師のほか、褥瘡の処置を得意とする皮膚科医や、老人性うつやアルコール依存症に詳しい精神科医などもチームに加われば理想的である。けれど現実問題として、規模の小さい在宅診療所が各専門の医師をそろえるのは不可能だ。

そもそも、一人ですべての疾患をこなせるオールラウンドな医師は、勤務医であっても在宅医であっても多くない。ところが患者の目には、チームを組めずに一人で闘わなければならない在宅医は、個々の力量に大きな差があるように映ることだろう。

「白石先生、あなたのような大学病院の要職にあった人が在宅医になる理由って何ですか？ 僕から見れば、大手シティホテルの支配人クラスの人間が、小さな旅館の仲居にでもなったようなイメージなんです」

麻世が唇を噛むのが見える。

「白石先生はお局様《つぼね》になって、病院勤務の人間関係に嫌気がさしたんでしょうか。それとも何かとんでもない失敗をしてしまったのか……」

咲和子は何も言い返すことができなかった。明らかに何らかの意図を持った挑発だ。稚拙なトゲのある比喩に屈するつもりはない。だが、図星を突かれた部分もある。年齢を重ねたことを自覚させられたのは確かだ。そして、責任を取って辞めたのも事実だ。

「咲和子先生は、そんな人じゃないっす。東京で活躍したすごい先生ですから！」

野呂が大声を出した。江ノ原があざ笑うように眉を上げる。

「へえ、そんな立派なセンセイなんだ。それにしても君は随分、白石先生の肩を持つんだねえ」

野呂が口を半開きにして何か言おうとする。その直前に静香が立ち上がり、それまでつけていたメモを江ノ原の眼前に差し出して退室した。野呂と麻世が息をのむのを感じる。

黙っている咲和子に、江ノ原は予想外のことを告げた。

「白石先生、あなたは合格です。僕の在宅医として採用します」

麻世が「えっ、まさか」と声を上げた。

咲和子も「採用」の判定に驚きを隠せなかった。

「あの……脊髄損傷については専門外ですが。私は、何をすればいいんでしょう？」

江ノ原は満足そうにうなずいた。

「結構ですねえ。皮肉で言ってるわけじゃないですよ。大切なのは、そんな白石先生の態度です」

口元をゆがめて犬歯を見せつつ、江ノ原は言葉を継いだ。

「僕のビジネス分野であるビッグデータやＡＩ、それにＩｏＴといった情報技術のたまものです。これまで医師と病院に独占されていた医療情報やデータは、今や患者のものとなり、患者による主体的な医療が現実的なものとなりつつある。アメリカの経済誌『フォーブス』も『医療の主導権を患者が取る時代が到来した』という記事を掲載しました。だから僕はね、先生のそういう従順《サブミッシブ》な質問を待っていたんです」

「どういうことでしょう?」

江ノ原の話は、飛躍が大きい。咲和子には患者が何を言おうとしているのか理解できなかった。

「先生、僕に最先端の医療をやってほしい」

江ノ原が咲和子を見据えている。真顔だ。

「最先端……の?」

江ノ原の絡んだ視線は、離れようとしない。

「こちらからのリクエストはまだあります。窮屈で苦しい入院生活を送らず、妻と暮らす在宅の形態を保ちながら、です」

驚いた。最先端の医療とは、江ノ原は一体何を期待しているというのか。

江ノ原の切実な気持ちは理解できるが、在宅で行える医療には限界がある。自宅で新しい先端医療を行うなど、仕出し弁当屋に、フランス料理のフルコースをオーダーするようなものだ。食べたければ、専門のレストランに行くしかない。設備も何もない自宅での医療には限界があるというのを理解してもらわなければ……。

「それなら、そういう治療を行っている病院を受診されてはいかがでしょう。残念ですが、在宅医療ではお望みになるような治療は無理で……」

咲和子の話の途中に、江ノ原の鋭い声が響いた。

「決めつけるな！　在宅では無理、無理って言ってたら、進歩がない！『できる』のに、やろうとしないのは、在宅医に知識と勇気がなく怠慢な証拠だ」

咲和子があっけにとられていると、江ノ原は急に優しい笑顔になった。

「もちろん、先生に先端医療をしてもらおうなんて思っていません。知らないことは知らないと、素直に認められる白石先生だから担当していただけると思って採用するんです。僕が求めるのは、他の専門家をチームに取り込める医者かどうか、です。何もかもできる人間なんて、どの世界にもいませんよ。僕の会社にも、僕より仕事ができる社員は、いっぱいいます。でも、僕には僕の存在価値がある。あなたは、とりわけ他科との連携が求められる救急のエキスパートだ。堂々と他の医師に頼んでください。先生にはコーディネート役をお願いしたい。お金ならいくらかかっても構いません。リクエストしたいのは、幹細胞治療です」

腑に落ちた。幹細胞治療――。二〇一九年に脊髄損傷に対してのみ保険適用になった最新の治療法である。

幹細胞は、自分と同じ細胞を複製する能力と、さまざまな細胞に変化する能力を併せ持つ。こうした働きを利用して、患者本人の骨髄などから取った幹細胞を培養して体に戻すことで、怪我や病気で壊れた組織の修復と再生を進めようというのが幹細胞治療だ。将来的には脳梗塞や認知症、肝不全、腎不全治療をはじめ、若返り効果も期待されている。

咲和子は、心臓が大きく拍動するのを感じた。在宅医療の新しい可能性を教えられた思いだった。それも、患者の側から。

「在宅医療にできることには限りがある」――いつの間にか、そう思い込んでいた。それを江ノ原が真っ向から否定したのだ。

救急医の仕事は、命の危機に瀕した患者の全身状態を安定させることにある。出血を止め、血圧を保ち、呼吸を安定させて、専門の外科医が手術できる状態に持っていく。そうやって患者の容態を落ち着かせ、次の専門医に託す。いわば命のリレーの第一走者だと思ってきた。自分がバトンを渡す相手が先端医療を担う医師であっても抵抗はない。

「幹細胞治療について調べてみます。少しお時間をください」

幹細胞治療は完全に咲和子の専門外だ。

「新しい医療の可能性を求めて、僕は白石先生のストレッチャーに乗った。どうかよろしくお願いします――」

冗談めかした口調でありながら、江ノ原の目は真剣そのものだった。

江ノ原宅を辞去し、次の患者宅へと向かう。すっかり上がったかと思った霧雨は、再び粒子となって降り落ちていた。

車中は、空模様を映したようなムードだった。麻世は手をこすり合わせ、江ノ原に嫌がられた「氷の手」を温めている。野呂は野呂で、「なんかあいつ、馬が合わない」と何度もぼやく。そんな中で咲和子は、異質のミッションの重みを痛感していた。

昼をはさんで計七人の患者宅を回り終えたときには、午後七時半を過ぎていた。

「あ、先生。お帰りなさい」

まほろば診療所に戻った三人を亮子が迎えた。所内を見渡すと仙川の姿がない。

「さっき出て行っちゃいました。店に連絡してみます？」

亮子がクイと飲む仕草をする。仙川はＳＴＡＴＩＯＮに行ったようだ。

「いいの、いいの。明日の報告で十分だから。みんなも、もう帰ってね」

診療カバンをデスクに置き、亮子と野呂、麻世が「お先に」と帰るのを見送る。

静かになった診療所で、咲和子は書架の前に立った。江ノ原に託されたミッションに向き合うためだ。

ガラス戸を開け、『ハリソン内科学』をはじめ、『朝倉内科学』や『ザビストン外科学』『整形外科診断書』『脳神経外科学』などの「成書」のタイトルに目をやる。医学の分野では、内容が網羅的かつ標準的なテキストや権威が認められた大著のことを成書と呼ぶ。分厚いこれらの本は、該当分野に関する包括的な知識を得たり、一般的な症例や治療法をフォローしたりするのに欠かせない。ただし、幹細胞治療のような最先端の治療法をチェックするのには向かない。

マガジンラックに並ぶ医学雑誌にも目をやった。しかし、そこに掲載されているのは、比較的、科学的根拠が高い治療や、新たな疾患概念、あるいは検査方法の進歩に関するものなどで、求めるものを見つけることはできなかった。

咲和子は自席に戻り、診療所に持ち込んでいたノートPCを起動させた。インターネットで国内外の医療文献に当たる。

Google や Bing といった一般の検索エンジンにキーワードを入れるだけではない。日本語の論文は、医学中央雑誌刊行会が運営する論文データベース「医中誌 Web」に当たれば、医学雑誌約七千五百誌に所収された一千三百万本超のペーパーを検索することができる。英語の文献は、「PubMed」を活用する。アメリカ国立医学図書館のデータベースで二千万件以上の文献情報を網羅している。

咲和子はまず、医中誌 Web で幹細胞治療の情報を得ることから始めた。日本語の論文を、とりわけ概括的なものから優先的に読み進めて知識を蓄積する。論文中に引用されている海外文献は、PubMed から引き出してポイントを把握する。これはと思った論文は、日本語も英語もすべて印刷に回す。デスクの上でプリンターがうなり声を上げ続けた。

文献を読み進めるうちに「幹細胞治療は、動脈硬化や糖尿病、心不全、腎不全ばかりでなく、脳梗塞や神経変性疾患といった疾患にも有用である」と明言する論文に行き当たった。

病気や怪我で組織が傷つくと、もともと体に備わっている幹細胞が必要な細胞に分化し、傷を負った部分を再生する形で組織を修復する。部位によって再生の難易に違いがあり、たとえば皮膚や肝臓の細胞は再生されやすいが、脳梗塞や脊髄損傷で傷ついた神経細胞の再生には限界があり、完全な修復は不可能だと考えられてきた。

ところが、それを覆す画期的な症例報告があったのだ。

脳梗塞や脊髄損傷などで手足に麻痺が起きた場合、傷ついた神経細胞に点滴で幹細胞を補給することによって、手足が動くようになったという症例だ。修復のいわば原料となる幹細胞を再生医療の技術で増やし、患部に大量注入する。そうした治療法で、「難物」とされた神経細胞も回復のスピードが何倍にも増す可能性があるようだ。

夢の治療法――そんな気持ちにもなった。

ただ、問題も少なくない。

文献では幹細胞移植の成果が強調されているが、それらはいずれも実験的な段階に過ぎなかった。症例数も少ない。どういった疾患で幹細胞を用いることが可能なのか、どのような患者に、どういったプロトコールで治療を進めればいいのか。有効性はどの程度期待できるのか、どんな副作用があり、生じる頻度はどれくらいか？　新しい治療法をめぐる情報は、確立を見ているとは言い切れない。また、注入する幹細胞は、患者の細胞を培養して増やす。脂肪組織なら比較的安全だが、骨髄組織を使うとなると、採取するだけでも体への負担は大きい。

江ノ原のような脊髄損傷のケースへの適用はどうなのか？

医中誌 Web と PubMed の両者を相互に開きながら、「脊髄損傷」「幹細胞」「麻痺」などといった用語を入力してエンターキーを押下《おうか》する。

画面に表示された論文の、まずはアブストラクトに目を通して足元の知識を固め、検索の方向性を確認し、論文の山脈にさらなる一歩を踏み出す。新たに手に入れたキーワード「間葉系幹細胞」「静脈注射」「再生医療等製品」を検索リストに加える。

咲和子は、目指す治療法に関する知識が、蓄積から整理の段階へと進んでいくのを感じた。喉の渇きを覚えて顔を上げる。午後十一時四十分――瞬く間に四時間以上が経過していたことに気づく。

時計を見て少しばかり思案したものの、咲和子はスマートフォンのアドレス帳を呼び出して発信ボタンを押した。

「はい、先端医学研・坂上《さかがみ》」

賭けは当たった。

城北医科大学の先端医学研究室。四年前、めでたく教授に昇進した元同級生は、今でも研究室に寝泊まりするような生活を送っているらしい。

「お久しぶりです。私、白石咲和子です。大学で同期だった……」

「おお」

抑揚のない声に、かすかに驚きの発露があった。なぜ深夜の時間帯に電話をかけてきたのかという思いより、咲和子が自分の研究領域に興味を抱いた点についていぶかしく感じているはずだ。

挨拶もそこそこに、咲和子は幹細胞による脊髄損傷の治療効果について質問を開始した。

「幹細胞による脊髄損傷の治療をさせたい患者がいるんだけど」

「道都医科大の治験がうまくいって、保険適用になったよ」

さすが、専門家は話が早い。

「ええ、それは知っている。だけど札幌は遠くて。私の患者は、こっち――金沢を離れられないのよ」

「白石さんは相変わらず優しいな。俺なら患者にぐずぐず言わせないで、さっさと札幌に送っちまうけどな。あ、でも保険適用の条件は、受傷から一か月以内だぞ。幹細胞を作る準備期間も考えると、受傷から二週間以内に送り込まないと」

「受傷からは、もう一か月半が経ってる……」

「そっか。じゃあ、道医はダメだ。あとは、それでも幹細胞治療をやってくれる所を探せばいいんじゃないか。希望はゼロじゃないよ。保険適用じゃなくなるがね」

「なるほど」

「東京なら再生医療クリニックはいっぱいある。自費だけど、海外からお客も来て繁盛している」

「すごいね。ちなみに、自費の費用ってどのくらい？」

「病院によっていろいろだが、Cクラスのベンツ一台分くらいは取るそうだ」

電話を終えたところで、プリンターの赤ランプが点滅しているのに気づく。紙切れだ。用紙を補充すると、印刷し残していたジョブが束となって排出されてきた。机上には、さらに論文がうずたかく積まれる。

久々の夜なべ仕事か――。咲和子は心の中でひとりごち、文献の山に取りかかった。

「おはようございまーす」

翌朝、咲和子がまほろば診療所のドアを開けたのは、午前九時半を過ぎたころだった。野呂の表情が、パッと明るくなる。

「咲和子先生、よかった。何かあったんじゃないかと……」

仙川が、笑いながら一枚のメモ用紙をひらひらさせた。

「咲和ちゃんがこんな置き手紙をしたから、朝から野呂君が落ち着かなくて困ったよ」

メモは、咲和子が仙川の机に残した遅刻の事前アナウンスだ。「人に会う予定があり、出勤は一時間ほど遅れます　白石」と書いておいたものだ。

「このメモのどこに心配な要素が？」

そうつぶやきつつ、咲和子は何冊もの本で膨れあがったリュックを抱えて自席につく。少し遠くから亮子と麻世がクスクス笑う声が聞こえてきた。

「まずは昨日の報告をさせてください。脊髄損傷で四肢麻痺の初診患者、江ノ原一誠さんの件です」

咲和子はそう言って、江ノ原に突き付けられたリクエストを中心に話をした。

「……なるほど、患者は先端医療で奇跡を起こしたいということか」

「はい。しかも江ノ原さんは、それを在宅でできないかと」

「さすがIT界の風雲児ですね。発想のスケールが違います」

すかさず賛意を示してきたのは、亮子だった。ただ、仙川は腕組みをして天井を仰ぎ見た。

「しかし、在宅の場でどうやるってんだ。幹細胞治療を」

咲和子は脊髄損傷の再生治療を詳細に記した二本の論文と、具体的な処置手順を公開したパワーポイントのハードコピーを仙川に手渡した。続いて自席に戻り、リュックの中から『再生医療の細胞培養全技術・上巻』と『幹細胞移植臨床実践アトラス』を取り出し、付箋を付けたページを開いて仙川に示した。今朝一番で加賀大学医学部の図書館へ行って借りてきた再生医学分野を網羅した最新の専門書だった。

「これを借りるために、わざわざ加賀大まで？」

仙川は、分厚い本の裏表紙に貼り付けられた蔵書シールに目をやりつつ苦笑した。

「咲和ちゃんはこれを一から勉強するつもりなの？」

「そうしたいところだけど」と咲和子は仙川の言葉をさえぎった。

「残念ながら、ゆっくり勉強している時間はなさそう。再生医療による脊髄損傷の治療は、早ければ早いほど効果が期待されるから。厚生労働省から薬事承認を受けた方法は、受傷後三十一日以内を目安に患者自身の骨髄液を採取し、それをもとに間葉系幹細胞を作ると聞きました。つまり、保険適用があるのは受傷後、間もない患者のみなのです。江ノ原さんは障害を負ってから、すでに一か月半が経過している。効果を考えれば、もはや一刻の猶予も許されないと考えられます」

咲和子の言葉に、仙川は眉を寄せる。

「その通りだろうね。じゃあ、どうするか――」

「患者を再生医療の専門医につなぎます」

咲和子は胸ポケットから一枚の名刺を取り出した。

加賀大学医学部　教授
再生医療センター長
日本再生医学会理事　柿沢芳城《かきざわよしき》

「江ノ原さんの治療に適した臨床経験と実績のあるクリニックを紹介してもらう約束を取りつけてきました」

仙川は、「ほお」と小さく感声を上げる。

「なるほど、仕事が早いね。確かに今や、医療は一人の医師が抱え込む時代ではない。リクエストを受け入れて、専門医を取り込む形もアリだね。患者の自宅を治療の拠点《ハブ》にして、主として在宅医が糖尿病や高血圧など日常の体調管理やリハビリ治療の評価を行い、必要に応じて専門医による治療を組み入れるという方式だね」

「さすがです、咲和子先生！」

野呂が目を輝かせて咲和子を見つめた。

「柿沢教授から専門医の紹介が得られ次第、動きだそうと思います。いわば『ふたり主治医』のスタイルです」

ふたり主治医制度——専門的な治療をつかさどる医師と、生活の進め方や家族との関係に目配りして療養生活をサポートする地域の医師。この両者が連携し、切れ目のない治療と支援によって患者を支えようという試みで、近年、癌治療の場などで積極的に採用されている。

「それで行こう！　よろしく頼むね、咲和ちゃん」

仙川は満足そうにうなずいた。

午後、訪問診療の合間を縫って咲和子は江ノ原の自宅を再訪した。

患者の病状に変化がないのに、二日続けて訪問するのは異例だ。咲和子の胸の内には、江ノ原のリクエストに沿って新しい治療法に取り組むのなら、できるだけ早期にスタートした方がよいという思いがあった。

江ノ原の住むガラス張りのビルは、昼下がりの陽光を受けて一層輝いて見えた。前日とは打って変わって空には雲一つない。

「きょうは正面の車寄せで降りるわ。で、野呂君は車内待機でお願い。時間はかからないと思うから」

野呂がハンドルを切りかけたタイミングで、咲和子が指示を出す。江ノ原と野呂による前日のやり取りを思うと、無用なトラブルを避けるにはその方がいい。

「ほーい、ごゆっくり」

咲和子の配慮などどこ吹く風という様子で、野呂が運転席で大きな伸びをした。

麻世を伴って車を降りる。広いエントランスを抜けると、エレベーターの前は昼食から戻ったクリエイター風の若い男や大勢のOLたちでにぎわっている。あらためてここが、オフィスビルであることを実感する。咲和子と麻世は一番奥の専用エレベーターに乗り込み、最上階を目指した。

「……脊髄損傷に対する幹細胞治療についてですが、ご希望通り、在宅医療を継続しながら行えるよう、まほろば診療所がコーディネートさせていただきます」

ペントハウスの中央で横になる江ノ原本人とベッドサイドにいる妻の静香を前に、咲和子はそう切り出した。

「受けていただけると思ってましたよ、白石先生」

江ノ原は、小さなウインクで咲和子に礼を返した。

「昨日、ご不快な点がありましたらお許しください。どうか、主人をよろしくお願いいたします」

静香も親しみを込めた笑顔とともに、体を折り曲げる。

「つきましては江ノ原さん、きょうは事前にチェックしておきたい点をお話ししたいと思ってうかがいました」

咲和子はカバンから文書を二部取り出し、一部を静香に、もう一部を麻世に手渡した。麻世は受け取った文書を大判のクリップボードにはさみ、江ノ原が読みやすい位置に回り込む。

「第一に、基本的な確認事項です。江ノ原さんが希望される幹細胞治療は、再生医療の一手法で、まだ安全性や有効性が確立されているわけではありません。標準的な治療として承認されるまでには、さらに経過のデータを集めている段階にあり、いわば発展途上の医療です。この点、よろしいですね？」

咲和子の説明に合わせて、麻世がボールペンの先で文書の文字を追う。

「もちろんです。僕もそれなりに勉強してきました」

江ノ原の回答は明快なものだった。

「第二に、治療のリスクをご確認ください。現段階で再生医療には、①感染症に罹患する可能性があること、②アレルギー等を引き起こす可能性があること、③腫瘍が形成される可能性があること——が指摘されています。治療の開始に際しては、同意書を交わした上で、ご自身の意思と責任で参加していただくことになります」

「いずれも先刻承知です。それと、そこには書いてないが、過去に死亡例があることも知っています。二〇一〇年、京都で幹細胞治療を受けた韓国人男性が亡くなっていますね」

言い終えて江ノ原は口元をゆがめる。静香は表情を曇らせ、「本当ですか？」と咲和子を不安そうな目で見た。

「江ノ原さんのおっしゃる通りです。死因は血栓が肺動脈に詰まる肺動脈塞栓症。因果関係は不明ですが、患者は糖尿病で七十三歳と比較的年齢が高かっただけでなく、脂肪から採取した幹細胞を一度に大量に注射した事実が指摘されています。ほかに、ドイツでも死亡例が二例報告されています。死因は脳内出血で、一例目は十歳児、二例目は十八か月の乳児。ともに幹細胞を脳に注射したケースです」

咲和子が手元のメモから目を上げると、江ノ原は「ほお」という顔つきをしていた。

「白石先生、ゆうべは徹夜で文献に当たったというところですか」

江ノ原に見つめられてハッとする。自宅に帰らず診療所で大量の資料を読みあさった咲和子は、昨日と同じ服を着たままだった。白衣に隠れて見えないはずだが、髪も乱れていたかもしれない。

咲和子は咳払いをして、江ノ原の質問を無視する。

「第三に申し上げたいのは、江ノ原さんご自身の治療についてです」

麻世が一枚文書をめくり、「治療をめぐる方向性」と書かれたページを出した。

「江ノ原さんの治療は、二〇一八年末に国から承認された道都医科大学の幹細胞治療をモデルに進めることになります。治療に使うのは、江ノ原さんご自身の骨髄液から採取した幹細胞。これを特殊な機械で培養した後、点滴で体に戻すことになるでしょう。担当医は、関係学会の理事でもある加賀大学医学部の教授に紹介を仰いでいます。治療のより詳しい説明は、選任された専門医にしてもらうことになります」

「だいたい思い描いていた通りです。よろしくお願いします」

「最後にお伝えすべき点は、コストとベネフィットです」

江ノ原は無言でうなずき、先を促す。

「江ノ原さんのケースは、治療の有効性が公的に確認されていない段階でご参加いただく形ですから、健康保険が適用されない自由診療の扱いになります。ご負担は高額にのぼりますが、よろしいですね」

「一回分の点滴が千五百万円、でしたよね。先ごろ開発された脊髄損傷のための幹細胞治療製剤は」

金額を口にした江ノ原は、涼しい顔をしている。咲和子の方が困惑の色を浮かべる番だった。

「……実は、具体的な価格までは把握していません。ただ、そうした薬剤に準じた価格となると思います」

咲和子と江ノ原のやり取りを聞き、ボードを持つ麻世の目が見開かれる。静香は特に表情を変える様子もなかった。咲和子は、「ここから先は、文書に書きませんでしたが」と断りを入れて話を続ける。

「私が考える問題のひとつに、コストに見合うベネフィット——つまり治療効果が得られるかどうかという点があります。脊髄損傷への幹細胞治療に限って言うと、『十三人中十二人で麻痺の改善があった』という報道があり、『幹細胞を点滴した翌日から肘や膝が動き出した』という研究者の証言も紹介されています。ただし、まだ論文にはまとめられていませんん」

江ノ原は目を閉じて聞いていた。

「幹細胞治療は、もっともっと幅広い範囲で行われています。ぜんそく、血管障害、腎臓病、脳梗塞などの治療から、豊胸術や美肌づくり、薄毛対策、アンチエイジングにまで。でも、実際にそうした治療を行っているクリニックや病院の現場から、信頼できる形で治療効果が公表されていません。日本国内で一万例以上、二万例にも及ぶとされる再生医療の治療結果に関するデータは絶対的に不足しているのです。新しい医療では、誰に何ができるのか、何をなすべきなのかを、みんなで考える必要があるのに。それが現実です」

咲和子は一気に話し終えた。

「僕も経営者のはしくれです。利益《ベネフィット》に関して、人の話をうのみにする気はありません。ただ、少しでも可能性があるのなら、自分で試してみたいのです」

江ノ原はきっぱりと言った。

「それにデータ不足については、僕たち患者の責任じゃありませんよ」

なるほど、鋭いところを突いてくる。

最先端とされる医療技術の一部は、安全で確実な環境を整えないまま走り始めている。そうした現状に流されてしまい、広く共有されるべきであるデータの保存と蓄積に努めていないのは、医療者側の責任だ。また、救いを求める患者の切実さを知りつつも、安全性を楯《たて》に旧来の技術だけで手をこまねいている医療者の態度は冷たくも感じられる。問題の根深さを咲和子は思い知る。

城北医科大学の救命救急センターで過ごした闘いの日々も同じだった。

救急医療の技術も革新が早い。運び込まれてくる患者を一人でも多く救うには、古い技術に縛られていてはだめだ。新しい医療を取り入れるため、咲和子は積極的に他科との連携を強めた。たとえば、条件を満たした患者への心肺蘇生療法として、経皮的心肺補助療法を使用したり、蘇生後に低体温療法を行ったりする試みがそれに当たる。脳卒中しかり、重症の多発外傷しかり、救命率を少しでも上げられるならと新しい試みへの努力を惜しまなかった。

「ご意思は、確認させていただきました。頑張りましょう」

江ノ原と静香の目を見つめ、宣言するように咲和子は言った。

「再生医療は、規制と推進、批判と賞賛、研究とビジネス、そういったさまざまな要素が同時多発的に進んでいる。これからです。だから面白い。僕は、買いますね」

咲和子も納得する思いだった。

江ノ原は遠くを見つめるような目をしたかと思うと、今度は麻世に声をかけた。

「看護師さんもせっかく来てくれたんだ。ちょっとだけマッサージを頼めるかな？」

思いがけないリクエストだった。咲和子が麻世に「やってあげて」と促すように目で合図する。麻世はこくりとうなずくと同時に、さっと白衣のポケットに手を入れた。

「では、失礼します」

そう言って麻世は、まず江ノ原の頰に両手を当てた。咲和子は少し驚いたが、江ノ原の表情が穏やかであったのでそのまま見守る。麻世は江ノ原の耳の周囲をマッサージし、さらに耳介《じかい》をいろいろな方向に引っ張った。続いて眉の上や頭を指圧のように押す。

「気持ちいいなあ――」

江ノ原は満足そうにつぶやいた。

麻世はさらに江ノ原の手を取った。握ったまま拘縮しかかっている指をゆっくりと開いていく。掌をくるくるとなでてから、中心部を丁寧に押す。続いて手背《しゅはい》の、骨と骨の間を親指でマッサージする。江ノ原の指を一本一本、丁寧に揉み上げるように。青白かった江ノ原の手が、ほんのりとピンク色に染まる。

「手の感覚はほとんどないんだけれどね、リハビリのときより気持ちいいのが分かる。不思議だなあ」

江ノ原は嬉しそうな表情を見せた。

咲和子は感心した。頸髄での脊損《せきそん》患者の場合、障害部位以下の感覚は低下している場合が多い。麻世は、江ノ原の感覚が障害されていない部位である顔からマッサージを開始したのだ。そこでの心地よさを知った江ノ原は、安心して麻世に腕も任せる気持ちになったのだろう。

さらに麻世は、江ノ原の前腕から上腕へと手を滑らせ、リンパ液を心臓へ押し戻すようにマッサージし続けた。

「看護師さんの手の動き、実にいいね。昨日はずいぶんぎこちなかったのに」

江ノ原の横で、静香が小さな拍手を送っている。麻世は白い歯を見せてうつむいた。

「まほろば診療所の医療と看護は、まさに日進月歩じゃないですか。これならきっと、僕の未来も明るいぞ」

江ノ原が軽口をたたく。ただそのセリフには、再生医療を一夜漬けで勉強した自分へのからかいも込められていると気づき、咲和子はヒヤリとする。

「白石先生、とにかくありがとう。どうかよろしく――」

江ノ原が、これまでにないような親愛に満ちた目で咲和子を見つめた。静香は目頭をハンカチで押さえる。

江ノ原宅を辞去し、ビルの一階に降り立った。野呂が乗った診療所の車を探すが、大通りに面した車寄せにも、裏手の駐車場にも姿がない。

「先生、車はあれでしょうか？」

駐車場からビルの正面に戻る中通り。二十メートルほど先の地点で、スーツ姿の男性数人が車を取り囲んでいるのが見えた。いずれも肩幅の広い大男たちだ。大声が響くが、何を言っているのか分からない。まさか反社会的勢力の面々ということはあるまい。足がすくむのを感じる。

一瞬の後に、空から大粒の雨が降り落ちてきた。男たちは一斉に車を離れ、ビルの中に駆け戻っていく。包囲を解かれた所には、まほろば診療所の車が停まっていた。

「野呂君、大丈夫？　何なの、あの人たちは？」

雨足が勢いを失うのを見極めて、咲和子と麻世は野呂の待つ車に乗り込んだ。

「ちょっと居眠りしてたら、周りを取り囲まれてて……。『誰が乗ってる？』とか、どこの車だとか、次はいつ来るんだとか、わいわい勝手に騒いでました。何なんでしょうね、あれ」

野呂の説明は要領を得ないが、ひとまず大ごとではなさそうだ。それにしても髪の毛がずぶ濡れになった。咲和子は、麻世が手渡してくれたタオルで髪や洋服を拭く。

「弁当忘れても傘忘れるな、だね。久しぶりに思い知らされたわ」

野呂は「なんすか？」と言いつつ、車を発進させる。

年間を通して雨の日が多く、一日のうちに晴れ、雨、曇り、ときには雷と、天気が変わりやすい金沢に古くから伝わる暮らしの格言だ。この街で生まれ育った麻世は、「ですね」とうなずいた。

「そういえば麻世ちゃん、さっきのマッサージ、よかったよ」

「子供のころ、旅館に来ていたマッサージ師の人に教わったんです。それに……」

助手席の麻世は、使い捨てカイロを取り出して咲和子に見せた。七月のこの時期には不似合いな品。しかも、白衣の左右のポケットから一つずつ。

「あたしの手って、とにかく超冷たいんです。で昨日、江ノ原さんに叱られて、何とかしないといけないと思って用意してよかったです」

「さすが、麻世ちゃん！」

「あとは江ノ原さんの奥さんです。いっぱい拍手してくれて、嬉しくて長めにマッサージしちゃいました。それにしても先生、あの奥さんって意外でした」

麻世がクスクスと笑い出す。

「もとラグビー部のマネージャーだったらしいわね。どうして？」

「江ノ原さんのような人なら、トロフィーワイフっていうか、もっとセレブ風の美人を奥さんにするものかと思っていたんです。あたし、静香さんを見ているうちに、なんだか江ノ原さんを好きになりました」

「なにっ！」

野呂が大声を上げ、車内が笑い声に満ちた。

車に揺られ、規則正しいワイパーの音を聞いているうちに、咲和子は強い眠気を覚えてくる。昨夜から眠っていないせいだ。これから夕方にかけて、残る訪問診療のアポイントメントは三軒もあった。咲和子の長い一日は、まだ始まったばかりだ。

翌日は、朝からよく晴れていた。

いつも以上にまぶしさがこたえる。自転車を降りると、腰がやけに痛む。今朝は体が悲鳴を上げていた。咲和子は睡眠時間を削って無理したことを後悔する。蓄積した疲労を一晩で回復するのが、年齢を重ねるごとに難しくなっていた。

こんなときこそ、気の持ちようが大事だと自分を叱咤しながら、まほろば診療所のドアを元気よく開けた。

「おはようございます」

診療所に入ると同時に、バッグの中でスマートフォンが鳴った。

加賀大学の柿沢教授からだ。

もしや、ここに来るまでに何度か着信があったのに気づかなかったのかもしれない。

「はい、白石です」

「加賀大医学部、再生医療センターと申します。ただいま、教授の柿沢にかわります」

うんざりした様子の女性の声。やはり、医局秘書を通じて呼び出しを複数回かけられていたようだ。

「ようやく出たか、白石先生」

「気づかず、申し訳ありません」

見当をつけて咲和子は詫びを入れた。

「遅いですよ！」

言葉とは裏腹に、柿沢の声は存外明るい。

「例の脊損患者の幹細胞治療ですけどね、やってくれそうな医師の有力候補が見つかったんですよ！　以前、僕の教室で助教を務めていた男ですが、再生医療の治療実績を積む道を選んで二年前に独立しまして……」

大丈夫だ、大丈夫な気がする。そんな思いで鼓動が高まった。

「しかし問題はですね、場所です。そのクリニックは富山市なんですよ。県外ですから……」

「大丈夫、大丈夫です。患者の送迎は、こちらで責任をもって行います」

さっき胸に浮かんだ言葉を、別の意味で繰り出した。

ならば、と柿沢の口から、クリニックの名称、住所、電話番号、医師の名前などが伝えられる。咲和子はデスクに向かい、バッグから手帳を引っ張り出してメモを取った。

「こんなに早く治療先をご紹介くださいまして、本当に、本当にありがとうございます、柿沢先生――」

咲和子は拝むようにして、電話の相手に頭を下げた。

「礼なら、坂上に言ってやってください。ええ、あなたの大学同期の。『白石に専門医を紹介する件、どうなった?』って、午前一時過ぎに電話をよこしてきましたよ」

柿沢はそう言って笑いながら電話を切った。江ノ原の件で眠れぬ夜を過ごした医師は、咲和子一人ではなかったようだ。


金沢の旧市街では、新暦の七月十五日にお盆を迎える。七月中旬の日曜日の朝、咲和子は父とともに母の墓に参った。犀川の左岸、にし茶屋街の南側に寺町の寺院群が広がる。その中ほどに位置する常安寺が菩提寺だった。

「こんにちは。ご苦労様です」

白石家の墓は、少し奥まった場所の角にある。歩きながらすれ違う人と挨拶を交わす。好天にも恵まれたせいか、予想以上にお参りに来る人が多い。

「絶好のお参り日和ですね」

そう言ってほほ笑み合うだけで、同じお寺で手を合わせる者同士という不思議な縁を感じる。

「咲和子、先に行ってくれ」

住職に挨拶してくると言い、父は寺の社務所へ向かった。

白石家と刻まれた古くて小さい石塔の前に立つ。その瞬間、以前には感じたことのない思いを抱いた。自分はこれまで、たった一人でこの墓の前に立ったことがあったろうか——と。込み上げてくるのは、強い寂寥感だった。

墓所は砂利が敷き詰められているため、あまり草は生えていない。それでも石の間から顔を出す雑草があり、ひとつひとつ雑草抜きを使って丁寧に根から抜く。こうしておけば、すぐには生えてこない。墓石はスポンジと歯ブラシで洗い、花立香炉も水洗いした。

母の好きなオレンジ色のバラを持参した。中心部が濃いオレンジ色で、周辺の花弁は白みを帯びている。母は植物を育てるのが好きで、特に香りのあるものが好きだった。今でも庭にはジンチョウゲやクチナシ、キンモクセイ、ラベンダー、タイム、ローズマリーなどが育ち、手入れをする主を失っても花を咲かせる。

バラに添えようと、庭からローズマリーの枝とラベンダー、クチナシを切って持ってきていた。花を供えると、急に母の姿が立ち上ってくる。「ああ、いい香り」と言いながら、花ばさみを手に朝から晩まで嬉しそうに庭の手入れをする母だった。

「お、母さんらしくなったな」

父がやって来た。

「うん。切っているだけで手がいい匂い。ほら」

手を父に近づける。

「分かった、分かった」

父は少し迷惑そうに笑う。

墓地は木の陰になり、通り抜ける風が心地いい。いくつもの蝉の声が聞こえてくる。

「母さんには悪いことをした」

父が墓石に彫られた母の名前、康代《やすよ》の文字をなでながら言った。

「え？」

母は五年前に七十九歳で亡くなった。交通事故による外傷性くも膜下出血だった。

「意識もほとんどないのに長く生かし続けてしまった。あれは可哀そうな延命治療だった。回復しないと分かっていたのに、どうして生かし続けたのか……」

治療としては一般的な流れだった。頭部外傷に伴う血腫を手術で取り除き、合併した水頭症に対しては脳室に排液用のチューブを入れるＶＰシャント術が行われた。胃瘻が造設され、母の命は経管栄養によって約半年続いた。意識はほとんどないままであったが、いったん治療を開始してしまえば、それを中止するという選択肢は心情的に取りがたい。

「お母さんはまだ七十代だったし、私も同じように治療したと思うよ。昨日まで元気だったのに、すぐには受け止めきれないよ」

咲和子も当時を振り返る。点滴をしないと死を迎えると分かっていて、その選択をすることなどできなかった。

「咲和子、約束してくれ」

唐突に父は、深刻な声を出した。

「何を？」

「俺をあんなふうには死なせんでくれ。自分でない姿になってもなお、生きたいとは思わん」

「何言ってるの。どんな最期を迎えるかなんて、分からないよ」

母のように事故なのか、あるいは持病が悪化するのか、それとも病気を発症するのか。どういう状況かによって、対処法は全く違う。決まりきった方針なんて立てられるはずがないのは医師である父も知っているはずだ。

けれど、父は強い調子で言葉を重ねた。

「いいから、約束してくれ」

その厳しい表情には深いシワが刻まれ、手足は細く、弱々しい。父には見えてきているものがあるのか。咲和子は、ふっと息を吐いた。

「分かった、約束する」

咲和子は小指を立てる。父は満足そうにうなずいた。

掃除道具を片づけ、線香に火をつけた。手を合わせて目をつぶると、蟬の声が耳をふさぎたくなるほどに勢いを増して聞こえてくる。自分が宇宙の喧騒のなかに放り込まれたような、不確かな存在に感じられた。


「再生医療クリニックTOYAMA」と連絡を取り合い、金沢と富山とを結ぶ江ノ原の診療体制は、まほろば診療所の主導によって準備が進んでいった。

幹細胞治療を始めるにあたり、全身状態の安定を維持する必要があった。持病の糖尿病のコントロールや褥瘡予防、便通調整などのほか、脊髄損傷に詳しい理学療法士による訪問を週に五回入れ、在宅でのリハビリを強化しつつ、予約した受診日を待った。

「いよいよ明日ですね。まず一回目の受診では、江ノ原さんの骨髄を採取して、治療のための幹細胞を作るところから始める——と」

麻世もこの治療について、ずいぶんと詳しい知識を得たようだ。

「培養した幹細胞を体に注入するのは、骨髄採取の二週間後でしたっけ？」

壁に貼り出した治療スケジュール表を眺めながら、亮子がフェルトペンを手に確認を求めてくる。

「早くて二週間ね。ケースによっては一か月くらいかかる可能性もある。そこは、培養の状況に合わせて、江ノ原さんの細胞次第ね」

咲和子の言葉に、亮子は感慨深げだ。

「これって、まるでプライベート・バンキングの世界ですよ」

プライベート・バンキングとは、スイスで生まれてアメリカで発展した、資産額が一定額以上の顧客を対象とした総合的な金融サービスだという。個人の資産を一括して預かり、オーダーメイドの運用・管理と幅広いコンサルティングを行う。亮子によると、資産の運用ではある程度のリスクを覚悟し、ハイリターンの成果を求めるケースが多いとのことだ。

まほろば診療所は、江ノ原から命という「資産」を一括して預かり、自由診療による再生医療というハイリターンの成果を得ようと力を合わせているようだ、と――銀行に勤めていた経験のある亮子ならではのユニークな感想だった。

「在宅医療の現場が、ここまで顧客重視だとは思わなかったです」

「実は、私も同感なのよ。手さぐり状態な部分もあるから、あとは祈る気持ち」

意外そうな表情の亮子と目が合い、咲和子は口元を引き締める。

再生医療クリニックTOYAMAを受診する当日の早朝、手配してあった介護タクシーが到着した。江ノ原を乗せ、車椅子を固定する。咲和子と麻世も付き添いのために乗り込んだ。

車中で、江ノ原が咲和子にしみじみとした様子で語り出した。

「白石先生、いろいろ無理を聞いていただき、感謝しています。ウチの会社は、僕の頭のキレひとつで生き残れるかどうかが決まる。のんびりと病院のベッドに寝ているわけにはいかなかったんです」

「分かります」

救急医療の現場でチームを引っ張ってきた経験のある咲和子にも実感されることだった。

「新しい治療は効果も確定していませんし、知られていない副作用があるかもしれません。それでも挑戦したいと思われるのは、切実な理由があるからだと思います。医師としても、患者さんに治っていただきたいという思いは切実です。これからも精一杯、力を尽くしますね」

江ノ原はうなずく。

「ただですね、無意味な延命治療は望みません」

江ノ原は意外なことを言い出した。

「何のために生きるのか――僕は、社会に対して自分がどこまでやれるのか、追い求めたいだけなんです。起業家として社会貢献を続けるために、幹細胞治療も受けてみたいと思った。もし頭が働かなくなったり、誰かのために役に立てない状態になれば、もう命はいりません」

きっぱりと言い切ると、江ノ原は目を閉じた。

咲和子は、介護タクシーの運転手に車を出すよう指示する。車は地下駐車場から陽光の中へ出た。まぶしさに視界が奪われる。その次の瞬間、車の前方に立ちふさがる大柄な男たちが目に入った。

総勢十数人。先日診療所の車を取り囲んでいた男たちだ。全員がものすごい形相をしている。咲和子は恐怖にとらわれた。車の進行を阻もうとしているのか。いや、違う。何かが大きく違った。

目の前の男たちは、紫色のラガーシャツを着ている。盛んに手をたたいて足を踏み鳴らし、自らの力を誇示するような動きを見せる。

「ハ、ハカ？」

麻世がすっとんきょうな声を上げた。

〈カ　マテ！　カ　マテ！　カ　オラ！　カ　オラ！

カ　マテ！　カ　マテ！　カ　オラ！　カ　オラ！〉

確かにそれは、ラグビー・ワールドカップでニュージーランド代表が披露したマオリ族の戦士による踊り、「ハカ」だった。

〈テネイ　テ　タナタ　プッフル＝フル
ナア　ネ　イ　ティキ　マイ　ファカ＝フィティ　テ　ラ！〉

男たちが身につけたラガーシャツの胸には、江ノ原が経営する企業の名が縫い込まれている。江ノ原の部下たち、おそらくラグビー仲間なのだろう。

「あ、あいつら……」

江ノ原の目が見開かれた。突然の驚きに貫かれたような表情だ。

運転手がクラクションを鳴らそうとしたタイミングで、男たちは白地に赤の横断幕を広げた。

「One for all, all for one」

咲和子や江ノ原が息をのむ。すかさず、幕が裏返された。

「社長、がんばれ！」

そこには、黒々とした墨の文字でそう書かれていた。

男たちは幕をしまって踊りの態勢を解き、クモの子を散らしたように四方へ走り去っていく。

「もう、俺のことはいいのに……」

見ると、江ノ原の目から涙があふれていた。

にぎにぎしく送り出された介護タクシーの走りは順調だった。金沢西インターチェンジから北陸自動車道へ入ったあたりのことだ。

「白石先生、僕は自分の体がこんなふうになったからといって、決してラグビーが危険なスポーツだとは思っていませんよ」

江ノ原が爽やかな笑顔で言った。確かにラグビーに限らず、スポーツに怪我はつきものだ。救急外来にもトランポリンや水泳、自転車、アイスホッケー、柔道の選手たちが来たのを思い出す。

「江ノ原さんは、どんな状況で事故にあわれたのですか？　スクラムでしょうか？」

江ノ原のすがすがしいまでの表情につられて、咲和子は聞けなかったことを尋ねてみた。

「スクラムで脊損が起きやすかったのは、昔の話です。今のスクラムは三段階に分かれていて、一で組んで、二で相手の場所を手で確認し、三で押すから、ほとんど起きなくなりました」

「では、江ノ原さんは？」

「偶然です。ボールを持って走っているときに、二人からタックルされたのです。一人のタックルをうまくよけて姿勢を低くした瞬間、もう一人のタックルがちょうど僕の首に当たった。プロレスで言えば、首にラリアートが入ったような状態になりました」

「うわあ」

麻世が小さなうめき声を上げる。

「狙ったわけじゃない、偶然が重なって起きた事故です。僕も、相手を振り払おうと足を上げながら走っていて、相手の顎に膝を当ててしまったことがあります。たまたま、なんですよね」

そんな話をしているうちに、江ノ原はうとうとし始めた。

出発から二時間弱で、車は富山市に入った。クリニックには間もなく着く予定だ。

「もうすぐですよ」

咲和子のささやきに、江ノ原はカッと目を見開いた。

「僕は死にたくない。会社のためにも、あいつらの頭として機能しなければならないんだ」

咲和子は江ノ原の強い視線に圧倒された。だが次の瞬間には、気弱な表情を見せる。

「でも、もうそんなものは全部手放して、楽になりたいという気持ちもどこかにある。まさか自分がこんな情けない姿になるなんて、まだ信じられない。僕は、弱い人間です……」

咲和子は首を左右に振った。

「江ノ原さんは身体的に大変な状況になったのですから、葛藤があって当然です」

「先生、もし今度の治療で副作用が起きて、僕が僕でなくなったら、すっぱりと楽に死なせてください。社員のためにも、妻のためにも。そういう時期が来たら、そんな最期を望みます」

どこか父の言葉と重なって聞こえた。咲和子は、江ノ原に向かってあいまいにうなずくしかなかった。

明るい街並みが開けてきた。フロントガラスから陽光が降り注ぐ車内で、江ノ原はまぶしそうに目を細めた。

「再生医療は、治療結果に関するデータが絶対的に不足している――と先生はおっしゃいましたね。新しい医療のためには、『誰に何ができるのか、何をなすべきなのか』をみんなで考える必要があるとも」

江ノ原が何を言いたいのか測りかね、咲和子は戸惑った。

「ウチの会社で、データ収集を行いましょう。再生医療の治療効果データを収集・蓄積するシステムを新たに構築して、ネットで公開します。対象とするのは、日本全国にあるクリニックと患者たち。治療効果のデータ提供のインセンティブはウチから対象者に与え、同時にウチの責任でデータの精度や客観性を評価してシステムを管理する。持ち出し分はあるだろうけど、将来的には十分にビジネスになると思うんです」

江ノ原の目には力がみなぎり、頼もしい経営者の顔つきになっていた。

「江ノ原さん、素晴らしいアイデアだと思います。個々の患者さんのデータが、治療を待つすべての人の役に立つようなシステムですね」

予想外の話だった。咲和子は武者震いする。

「One for all, all for one――。一人はみんなのために、みんなは一人のために、ですよ。先生、やっぱり僕は負けません。社員のためにも頑張ります」

江ノ原は唇を強く結んだ。車は再生医療クリニックＴＯＹＡＭＡの玄関口に到着する。介護タクシーのハッチが開けられた。


「これ、もしかして治部煮《じぶ》か？」

咲和子お手製の郷土料理を、父がやっと認識してくれた。

「やだお父さん、ずっと東京の料理だと思ってたの？」

父はもごもごと口を動かしつつ、「……にしては、うまいと思ってた」と小声で言う。

治部煮は、加賀のスダレ麩と鴨肉などを入れた煮物だ。郷土料理の中でも、それは昔から父の好物だった。

「確かに、お母さんの味とは違うなあとは思うけど。お母さん、一体何を入れてたのかなあ」

咲和子は碗の中に、少し醤油を足してみる。

「なんか違う……」

父は「これはこれでうまいよ。うん、いい、いい」と言いながら、地酒をちびりちびりと飲んだ。

「ねえ、お父さん。ドジョウの蒲焼って、今はどこで買えるの？」

「昔はどこでも売ってたけど、あまり見なくなったなあ」

子供のころ、母が「カルシウムが豊富だから、おやつにいい」と、よく買ってきてくれたものだ。串に刺して甘いタレとともに焼かれたドジョウは、歯ごたえがあり、噛んでいると少し苦さを感じた。

「ちょっと苦いよね」

父が不思議そうな顔で「いいや」と首を振る。

「焦げとったんでないがかな」

「へえ、そうなの」

てっきりドジョウは苦いと思い込んでいたが、違ったようだ。

父の頬が赤くなってきた。そろそろ眠くなるだろう。

最近、父は外に出るのをおっくうがるようになった。

「今度、ちゃんとした郷土料理を食べに連れて行って。味の勉強をするから」

父は、「おお、連れてってやる」と、嬉しそうに声を上げた。

父と食事を済ませた後、咲和子は暗がり坂を下りて、バーSTATIONのドアを開ける。

バーテンダーの柳瀬が「先にいらっしゃってますよ」と笑顔で迎えてくれた。

カウンターの手前で、仙川が日本酒を飲んでいる。

咲和子を見ると、仙川は何かをつまむような仕草をした。将棋を指そうという意味だ。

咲和子はすぐに赤ワインとチーズを頼んだ。うかうかしていると馬乳酒が来てしまう。体にいいと勧められるが、あの酸っぱさは苦手だった。

カウンターの脇の、置物やビンがごちゃごちゃ積まれている横から将棋盤を引っ張り出した。カウンターに広げ、盤面に駒を並べる。

江ノ原を富山市のクリニックに送り届けた一件を、仙川に詳しく報告する。

「経営者っていうのは、自分の体が大変な時期にも、いろいろ考えるものだよ」

仙川はしみじみと言う。診療所が危機的な状況に陥ったときのことを思い出しているようだ。

柳瀬が「リーダーは大変です」と話に加わる。

「モンゴルのオス馬は、オオカミが来ると体を張って出て行きます。群れを守るためにね。ふさふさしたオスのたてがみは、勇気ある者の印なんです……」

それを聞いた仙川が、柳瀬に待ったをかけた。

「勇気ある者だって？」

「はい、それが何か……」

柳瀬が仙川のグラスに冷酒を注ぐ。

「それだよ、それ！　モンゴルの話は、ちょっとストップだ」

仙川はグラスを持った手をゆっくり口に運び、いたずらっぽい目を咲和子に向けた。

「江ノ原さんは、マオリ族のハカを見て泣き出したって？　それってほら、カ　マテ、カマテってやつだろ？」

「そうですけど……」

咲和子は苦笑いする。仙川はスマートフォンを操作して画面を見せた。

「ハカの歌詞には、ちゃんと意味がある。これだよ」

仙川が示したサイトには、ハカ『Ka Mate』の日本語歌詞が紹介されていた。

〈私は死ぬ！　私は死ぬ！　私は生きる！　私は生きる！

私は死ぬ！　私は死ぬ！　私は生きる！　私は生きる！

見よ、この勇気ある者を。

この毛深い男が　太陽を呼び　輝かせる！

一歩上へ！　さらに一歩上へ！　一歩上へ！　さらに一歩上へ！

太陽は輝く！〉

「この歌はね、死を覚悟したマオリの部族長が、親しい友に救出された喜びと感謝の気持ちを込めた歌だそうだ。戦いの前の踊りという意味だけじゃなくて、死から生への希望のメッセージにもなっている」

根っからのラグビーファンを自任する仙川の面目躍如だった。

「孤高のリーダーを支える、いい仲間たちじゃないですか」

柳瀬も仙川の部下の話に感心した様子だ。

新しい治療に挑む者と、それを応援しようとする仲間たち——咲和子は、江ノ原の挑戦がうまくいくようにとひたすら願わずにはいられない。

考えごとをしていたせいか、うっかり仙川に「金」を取られ、詰まれてしまった。今夜も咲和子の負けだ。

「頑張ってください、白石先生」

柳瀬の声とともに、目の前に馬乳酒が置かれた。

第三章　ゴミ屋敷のオアシス

徐々に肌寒くなり、朝夕はカーディガンがほしくなる。思えば金沢の秋の始まりは、いつもこうだった。

新しい患者の依頼があったのは、そんな九月下旬のことだ。七十八歳の大槻《おおつき》千代《ちよ》、犀川の西方、住宅街にポツンとある北鉄石川線の始発駅、野町《のまち》駅にほど近い住宅で独り暮らしをしている。

かつてそのあたりは「石坂」と呼ばれ、遊郭があった。花街といえばひがし茶屋街、にし茶屋街、主計町茶屋街が有名だ。この三か所は芸妓と格式の高い料亭の街で、大人の観光名所としての表の顔を持つが、石坂はチープであやしげな街という裏の雰囲気に満ちていたという。咲和子はほとんど行ったことがなかった。

「患者さん本人は、訪問診療を拒否しているらしいんですけれど」

ため息まじりの亮子から患者の資料を手渡された。市内の病院やクリニックがファクスで送ってくる見慣れた形式の紹介状ではない。厚みのある何種類もの文書が、「金沢市」と刷り込まれた大判の封筒に入っている。

「どういうこと？」

「少し前に、包括からです」

始まりは九月の半ば、それも早朝のことだったという。

新聞配達員がバイクで通りかかったところ、千代の家の中から奇声がするのに気づいた。千代の家はそれまでにも、「異臭がする」という苦情が複数寄せられていたこともあり、市の地域包括支援センターが介入を決定。相談員が生活実態の把握に努めた結果、「独り暮らしが限界に来ている」と判断されたというのだ。

隣町の、犀川に近い中村町に住む一人娘、小崎尚子《こさきなおこ》とはなかなか連絡がつかず、介護や医療などの福祉サービスの手続きが遅れた。尚子は夫と二人で定食屋を経営していて日程の調整が難しく、ランチタイムの営業を終えて店が休憩に入るタイミングに合わせて訪問診療の時間を設定した。

午後二時前、咲和子は麻世と野呂とともに診療所を後にする。

患者の診療拒否に加えて、近隣トラブルの要因も抱える複雑な事案だ。本来なら事前に娘の尚子と会い、母親の様子を詳しく聞いてから診療に入りたかった。しかし、その思いは

「日中に店を何度も空けるわけにはいかない」という尚子側の事情でかなわず、当日、現地での合流を余儀なくされた。

野呂の運転する車は、金沢駅を背にして交通量の多い幹線道路を快調に走りゆく。

患者の家は、住宅街の細い路地の奥にあった。大きいが、古い平屋だった。

家の周囲や門口《かどぐち》に変わったところはない。ただ、雨も降っていないのに雨戸が閉められている。玄関の左脇に造りつけられた出窓に目をやると、山となった古新聞と汚れたポリ袋がこちら側に崩れかかっているのが見えた。さらに、何とも言えない異臭がする。

隠れゴミ屋敷——。家の敷地内から隣家や道路にまで廃棄物があふれ出し、朝のワイドショーで「ゴミ屋敷」として取り上げられるほどではない。だが、住居内の生活環境は相当に悪化しているものと思われた。

約束の時刻を過ぎたが、娘の尚子は姿を現さない。診療所に電話を入れて確認すると、亮子が伝言を預かっていた。

「到着が遅れるので先に診察を始めていてほしい、とのことでした」

「午後の訪問はあと三軒あるから、時間がもったいないわね。入りましょ」

咲和子が玄関のドアに手をかけようとしたとき、麻世が叫んだ。

「ちょっと待ってください。先生、これをどうぞ」

麻世は大きなバッグから何かを取り出した。

「足カバーです。防水のコートとパンツ、防塵《ぼうじん》マスクもありますので、使ってください」

麻世の配る品を、野呂が怪訝そうに受け取った。

「なんすか、これ？」

「とにかくお願いします。すぐに分かりますから。ここ、前に一度、来たことがあるんです。そのときは患者が拒否して訪問診療の契約は不成立になったんですけれど」

麻世は、用意した一式をその場で手早く身につける。

玄関の外から大きな声で「大槻さーん、まほろば診療所でーす。おじゃましますねー」と叫んでも、返事はない。

「失礼しまーす」

咲和子も声を張り上げるが、同じだった。

家の奥からテレビの音だけが聞こえてくる。麻世がドアノブをひねった。鍵はかかっておらず、簡単に開いた。

玄関口に入ると、胸が悪くなる臭気の塊に襲われた。よどんでいた下水のガスが、正面から一気に押し寄せてきたかのようだ。

この臭いの中で麻世は大丈夫だろうか。そんな咲和子の心配をよそに、麻世は平気な顔で

「上がらせてもらいますよ」と室内へ足を踏み入れた。

咲和子も足カバーを付けるために靴を脱いだとき、麻世が叫んだ。

「先生！　ガラスの破片や割れ物があるかもしれませんから、カバーは靴の上からお願いします」

麻世に従って室内に踏み入る。だが、至る所が激しく散らかっており、どこに足を置いていいのか迷うほどだった。足を床に置いたとたん、小さな虫が飛んだ。異様な臭いも強さを増した。数歩進んだところで、嫌な感触があった。何かヌメッとしたものを踏みつけた。おそるおそる点検してみると、食べかけのパンだった。全面に青カビが生えている。

物を片づける気力や体力がないため、ゴミ屋敷となっている高齢者の家は少なくない。千代の場合もその典型だろう。このままでは腐ったものを食べて中毒になったり、転倒したりする危険がある。

「こ、これはひどい。一体どうなってんだ……」

野呂はすっかり腰が引けてしまい、足取りが危ういほどだ。

「野呂君、足元にしっかり目をやって！　見た目に驚かされないこと」

出血の量や勢いに動揺することなく、創傷の問題箇所を冷静に見極める――救急の現場で身についた基本原則を自分に言い聞かせるつもりで口にした。

家に上がったものの足の踏み場を見つけられず、患者の捜索はなかなか進まない。

「こっちの部屋にはいませーん」

すでに隣の部屋を捜していた麻世の声がした。

「台所にもいませーん」

麻世の報告が続けざまに入る。

突然「いました〜」という悲鳴に似た声がした。野呂の声だ。彼は浴室の入り口で固まっていた。

家庭の中で最も危険な場所は、浴室だ。とりわけ高齢者の入浴事故が少なくない。入浴中に急に血圧が低下して溺れ、死に至るケースも多い。冬場にはまた、冷えた体で熱い湯につかることで血圧が大きく変動し、心筋梗塞や脳梗塞につながる。いわゆるヒートショックだ。自宅での溺死者は年間約五千人、溺死以外の死因も含めると二万人近くが浴室で命を落としている。これは実に、交通事故死の約六倍に相当する。

浴室で倒れた高齢者は、ほとんど例外なく救急車で救命救急医のもとへ運び込まれる。咲和子にとってこの種の統計データは、耳にタコができるほど聞かされてきた数字だった。

咲和子は、最悪の場合を覚悟して浴室をのぞき込んだ。

「ひっ」

浴槽を見てぎょっとした。水面ギリギリの所に老女の顔があり、じっとこっちをにらんでいたからだ。

そのとき、咲和子の背後で女性の笑い声が聞こえた。

声の主は、エプロン姿の四十代半ばの女性だった。

「お母ちゃん、返事してよお。もお、やだあ」

そう言って、湯船に身を沈めていた白髪の女のもとへ歩み寄る。女性は、娘の尚子のようだ。黙ったまま浴槽に浸かっていたのは、患者の千代だ。

尚子は咲和子たちに頭を下げ、「こんな人のために、どうもすみません」と言った。

「ご長女の尚子さん、ですね？」

咲和子と麻世が尚子と挨拶をかわしていると、傍らで野呂が無駄口をたたき始めた。

「おばあちゃん、死んでんじゃないかと思ったよ。ビビったあ」

直後に千代が叫んだ。

「出て行け、この痴漢ヤロー」

浴槽の湯を浴びせかけてくる。

「お母ちゃん、やめて、やめて！　お医者さんたちだよ。昨日、電話で言《ゆ》うたやろ」

続いて石鹸が飛んできた。

「お前も何《なん》しに来たんや。普段はなーんも来んくせにっ。どうせ何《なん》か盗りに来たんやろ。あんたなんか娘やないっ。出て行け、泥棒」

尚子はとたんに白けた表情になった。

「ずっとこの調子なんです。もう疲れました。母がどうなっても自業自得だと思うんです。でも、このまま死なれたら保護責任を問われるって市役所の人に脅かされたから……」

ひどく投げやりな調子だった。

「お母ちゃん、しょっちゅう来れるわけないがいね。私がお店やらなんだらお母ちゃんも生活できんがよ。弁当サービス、要らんが？」

「あんなまずい弁当で、恩着せがましいっ」

「ほんなら、やめるよっ」

「やっぱりお前は、母ちゃんが死ねばいいと思とるがや。でき損ないのダラ娘めっ」

千代は吠えるようにわめき散らす。

「お母ちゃんが嫌なことばかり言うからやっ」

「言い訳は聞き飽きたわいね。早よ出て行けっ。娘づらして二度と敷居をまたぐなっ」

「あっそ」

尚子はそこで親子喧嘩を強制終了させるように、咲和子を振り返った。

「こんな親なんです。電話をするたびに、二度とかけてくるなって怒鳴られるだけ……。何のために私はわざわざ電話するのか。生存確認と、声の大きさで元気度を測ることはできますけれどね」

尚子は自嘲ぎみに笑い、あきらめの表情を浮かべた。

仕方がない。ここは自分たちの力で千代と向き合うしかなかった。

改めて浴室内の様子を探る。浴槽の周囲には食べかけの菓子や弁当、それに食パンが散在し、中途半端に中味の残ったペットボトルが何本も置かれている。

異常な風景だった。浴室内にだけ生活の兆候があり、ほかの部屋は過去の残骸で埋め尽くされている。患者が精神面のケアを必要としていることは間違いない。

咲和子は防水コートを脱ぎ捨て、バッグから白衣と聴診器を取り出した。患者の信用を得るには、医療関係者であることを印象づけるのがときに有効だ。特に高齢者には。咲和子は白衣を羽織った。

それを見て、千代がハッと顔を上げる。

「千代さん、こんにちは。まほろば診療所から健康診断に来ました。お風呂、気持ちよさそうですね。きょうは、いつから入っているんですか?」

咲和子は患者の目の高さにしゃがみ込み、ゆっくりと大きめの声をかけた。

「ずっとや」

怒声が影を潜める。少し落ち着いたようだ。

「ずっとって、朝からですか？」

「なーん。ゆんべから」

「え……」

「なんしろ風呂入りゃあ、体がこっとことになる」

なんと千代は昨日の夜から風呂で食べたり飲んだりして過ごし、朝になっても風呂から上がっていない状態だった。時刻は今、午後三時になろうとしている。

尚子が言うには、千代は一日の大半を浴室で過ごしているらしい。ゴミ屋敷の住人が風呂好き——なんとも奇妙な組み合わせだ。

「ほや、薬がもうないがやった」

やはり持病があるのだ。薬を飲まなくてはいけないという意識だけは残っていた。

「じゃあ、お薬をお出ししましょう。その前に診察をさせてください」

うまく誘導に乗ってくれそうだ。

「ほうか。ほんなら出るか。きょうは若い人足《にんそく》がおるしな」

千代は、ふやけてシワシワになった手を湯船の縁にかけた。だが長湯だったせいか、一人でうまく立つことができない。

「何しとるがいね。早《は》よ手貸して！」

麻世が背後から千代を抱え、浴槽から引き上げた。麻世に容赦なく湯がかかる。ここでも防水着の重要性が分かった。

「これまで何の薬を飲んでいたか分かりますか？」

咲和子は尚子に尋ねるが、「さあ」という返事しか来ない。

「お薬手帳はあります？」

咲和子の問いに答えられず、尚子が母親の耳元で大声を出す。

「お母ちゃん、お薬手帳はどこ？」

「はあ？」

「お、く、す、り、手帳」

「あんたには見せんっ」

お互い、喧嘩腰だ。尚子は絶望的な目でゴミ溜めと化している部屋を眺めた。

「ひとまず体を拭きましょうね」

咲和子は、麻世といっしょにバスタオルで千代の体を包む。水滴を拭《ぬぐ》いながら、傷はないか、体の関節はどのくらい動くかといった診察を進めていく。野呂は麻世の指示を受けて、部屋の中でゴミをポリ袋に入れている。

「お宝、発見しました〜」

野呂がお薬手帳をヒラヒラさせながら戻ってきた。

「よく見つけてくれたわ。どこに？」

「仏壇の前。こういうのはたいてい仏壇にあるからって、麻世ちゃんが」

手帳を開くと、高血圧と糖尿病の薬が処方されていた。記載通りとすれば、最後に処方を受けたのは半年前だ。

千代の病気は、ひとまず高血圧と糖尿病。そして薬は飲んでいないが、おそらく認知症もあるだろう。

千代の髪の毛を拭き終えた麻世は、タンスの中から尚子が見つけてきたワンピース型のルームウエアを千代に着せた。

次に千代を横たわらせたかった。だが、寝室も足の踏み場がない。獣道をたどるような心もとなさで、なんとかベッドにたどり着く。酸っぱい臭いのする布団をはぎ取り、そこへ千代を座らせる。それだけで介護する側も汗みどろとなる。

咲和子は千代の体調をチェックした。血圧は収縮期が一七八ｍｍＨｇで拡張期が九八ｍｍＨｇ、簡易血糖測定器で測ると、血糖値は正常値が一四〇ｍｇ／ｄｌ未満のところ、二八〇

mg／dlもあった。降圧剤と糖尿病薬は早急に再処方する必要があった。

「薬を内服したかどうか、毎日確認できるよう手配した方がよさそうね。麻世ちゃん、よろしくね」

「はい、先生。ヘルパーと訪問看護ステーションへの申し送り項目に、服薬チェックを加えておきます」

咲和子の指示を復唱して、麻世が手帳にメモする。

傍らで尚子は先ほどのお薬手帳のページを繰っていた。そこに挟まっていた何枚かの紙片を取り出しては、並べ置いて点検する。処方箋や服用の指示書ではなさそうだ。そして、いきなり怒鳴り声を上げた。

「お母ちゃん、何やこれ！　また新聞を余計に取って！　いま、四紙と契約しとるがいね。ろくに読んどらんがに……」

手帳にはさまっていたのは、新聞の契約書だった。尚子の関心は、母の病状とは別のところに向かう。娘の叱責に、母もいきり立った。

「そっちこそ、余計なお世話や。母ちゃんの好きにさせてたいま！」

「無駄遣いやがいね。もう、こっちは弁当サービスやめてしもうげんぞ」

ひとしきりの言い合いが続く。しばらくすると、千代は布団を頭からかぶって、ふて寝の態勢に入った。時間を置かずに寝息が聞こえてくる。

咲和子はカルテを閉じ、帰り支度を始めた。尚子には、投薬を続けながら高血圧と糖尿病の治療を続ける必要があることを説き直し、日常の注意点についてもアドバイスする。

「長湯は事故につながる危険があるので、なるべく避けるようにしてください。それから、家の中を片づけて健康的な生活を送れるようにしないといけませんね」

「風呂のことは、母に直接言ってやってください。ウチは店をやってますので、ここに来られるのは二、三か月に一度かそんなものなんで」

尚子は不満そうな表情を和らげずに答え、さらに首をかしげた。

「それと——確かにこの家、ちょっと散らかって見えるかもしれませんけど、これはこれで母の個性ですから。昔っからのライフスタイルなんです」

咲和子と麻世、野呂の三人は、重い体を引きずるようにして、車の駐車場所まで歩いていた。

「ちょっと散らかって見える？　モノは言いようだなあ。いやあ、臭かったあ」

野呂は両手を広げ、外の空気を胸いっぱい吸い込んだ。

「こういうのって線引きが難しいけど、あの家は極端ね。マスクや足カバーの用意がなかったら、正直キツかった。それにしても麻世ちゃん、準備万端だったわね」

麻世は下を向いてポツリと答える。

「経験です」

「え？　経験って……」

野呂の言葉に、麻世は首を横に振って笑い出す。

「仕事での経験よ。何十軒も回ったら、少しは自衛策も考えるようになるものよ。『変な臭い』の家は特に要注意なの。腐った生ゴミで床が溶けてたり、すべての食器が割られてたり、そこらじゅうにペットの死骸が放置してあったり。本当に危ないのよ。だから、あれやこれやのグッズは必需品。みんな百均で買ったもんですが」

肩をすくめて麻世は笑った。

「麻世ちゃん、あとでそのレシートくれる？　仕事に関する出費だからね」

麻世は「助かります」とうなずく。

咲和子たちは訪問診療車にたどり着き、それぞれの座席に身を沈める。野呂は、運転席の窓を全開にして次の訪問先への道を急いだ。

一日の訪問を終え、まほろば診療所に戻った。沈みゆく赤い夕日が窓辺から見える時刻、仙川の部屋にスタッフ全員が集まる。最近は何か懸案事項があるときに、自然とこの部屋に集合するようになっていた。

「セルフ・ネグレクトということでしょうか、あの患者さん」

地域支援の事例紹介本を膝の上に載せ、麻世が咲和子に質問する。

「別名・自己放任。介護・医療サービスの利用を拒否するなどにより、社会から孤立し、生活行為や心身の健康維持ができなくなっている状態。生活環境や栄養状態が悪化しているのに、改善の気力を失い、周囲に助けを求めない。ゴミ屋敷や孤立死の原因とも言われる。セルフ・ネグレクト状態にある高齢者は、認知症のほか、精神疾患・障害、アルコール関連の問題を有すると思われる者も多い」

麻世は開いた本の記載を読み上げた。

「ちょっと待った。ここにセルフ・ネグレクトには六つの要素があるって……」

そう言って、野呂がネットに接続したパソコンの画面を示した。
①不潔で悪臭のある身体
②不衛生な住環境
③生命を脅かす治療やケアの放置
④奇異に見える生活状況

⑤不適当な金銭・財産管理
⑥地域の中での孤立
「最初の項目が気になるんだよな。もちろん全部一致しなくてもいいんだけどさ」

野呂はペン先で画面をコンコンとたたく。液晶がさざなみを作ったように見えた。

「確かに、それって決定的に違いますよね。千代さんは、お風呂に一日中入っていますから」

麻世が首をかしげる。

「なるほど、風呂か。それはやっかいな特徴だな。咲和ちゃん、どうする？」

仙川が腕組みをする。

「大槻千代さんについては、高血圧と糖尿病の管理を。それに加えて、ここにある生活環境の改善を図ることが当面のタスクと考えています。それをどう進めるか……」

「そうだなあ――」

仙川が苦しそうな表情で言った。

「何より家族の協力が必要だが、患者を前にすると互いに感情がもつれるんだよな。今度、その娘の家に行って、冷静に相談してみたら？　真っ正直に患者の家だけを訪ねるんじゃなくて、周りから攻めてみる感じで」

その日は早めに訪問診療が終わった。十月の夕暮れどき、日はあっという間に落ちる。リュウヘイ食堂——中村町で尚子が夫と経営している食堂に続く道は、思ったより分かりにくかった。

金沢は、曲がりくねった細道が多い。敵に攻め入られることを想定した城下町特有の町割りだ。方向感覚の鋭い野呂を誘ったが、「どうせ、きったねえ定食屋ですよ。僕、ゴキブリといっしょにメシ食いたくないんで、遠慮しときまーす」と断られた。

中村町の停留所で麻世とともにバスを降りたときにはもう雨が降り出していた。傘をさしながら狭い道を行く。

小さな用水路を渡り、ひとけのない表具店と古びた理髪店が軒を並べる路地を曲がる。

「昭和時代？　的な街並みですね」

角から二軒目。自動販売機が頼りと見えるタバコ屋の隣に、リュウヘイ食堂はあった。

へえ、という声が咲和子の口から漏れた。店名からは、小路に埋没してしまう昔ながらの定食屋を想像していたが、目の前にあるのは南欧のカフェを思わせる小ぎれいな店だった。

「意外にも、おしゃれでしたね」

麻世が鼻の穴を膨らませる。まさしく「意外にも」だった。

白木枠のガラス扉を押し開く。軽やかなドアベルが鳴った。店のフロアはダークブラウンの板敷だ。アンティーク調の小さな丸テーブルがいくつも並び、背の高い観葉植物がそれぞれの卓を見下ろすように立って、ゆったりとした雰囲気を出している。夕食の時間帯にはまだ少し早いが、カップルや若い女性客で席の半分ほどが埋まっていた。

「いらっしゃ――あ、先生！」

厨房から尚子が駆け寄ってきた。初診の際に見たのと同じエプロン姿だった。

「母に何か？」

尚子は眉間にシワを寄せる。

「いえ、ただ食事に来たんですよ」

咲和子は首を振る。

「素敵なお店ですね。ちょっとびっくり」

そう言いながら麻世も店内を見回す。

「ありがとうございます。わざわざお越しいただいて」

尚子は嬉しそうな笑みを浮かべた。千代の家では見られなかった表情だ。

「こちらがメニューです」

尚子が銀盆で運んできた水は、背の低いおしゃれな丸グラスに入っていた。

「うーん、どれもおいしそうで……」

麻世がメニューを見て、困ったようにうなる。咲和子も同感だった。

迷いに迷った挙句、二人は「加賀旬彩定食」を選んだ。いくつもの小さな器に、金沢らしい食材を使った、彩り豊かな総菜が盛りつけられている。小さな味噌田楽やノドグロの塩焼き、ジュンサイの酢の物、濃厚なゴマ豆腐に生麩のお吸い物、最後にはたっぷりの小豆が入ったミツマメのデザートが付いてきた。

「これにして正解でした」

「ヘルシーで、最高においしかったです」

食器を下げに来た尚子に向かって、口々にほめる。尚子は、「サービスです」と小さく言い添えて、一口サイズのあんず餅とコーヒーを出してくれた。

「毎日バタバタしてるものですから、診察に立ち会えずに申し訳ありません。よく診ていただいているのは、母との電話で聞いています。相変わらず喧嘩腰ですけど、機嫌は良いようで。ええ、『あの先生には、世話んなっとる』って」

銀盆を手に立ったままの尚子に、咲和子は腰かけるよう促した。

「これ、あれから四回お訪ねしたときの、診療メモです。細かい数値はともかく、体調の変化を書いておきましたので、そこだけでも後で読んでください」

　咲和子は手書きのメモを渡す。「お母さまのこと」という題字を指先でなぞり、尚子は神妙な顔つきになる。

「先生、ありがとうございます。ほんとに、すみません」

　下を向いた尚子が、エプロンの裾を目に当てる。

「メモに書きましたように、ご家族には、①薬を飲むこと、②食べること、③生活環境の改善、という三つの面でお母様を支えてほしいと思ってます。お忙しくて難しい点もあるとは思いますが、少しずつ工夫して……」

　本当なら三番目は、「ゴミ屋敷の片づけ」と言いたかった。だが、どうやら大きな見解の相違がある事柄で、尚子と対立する事態は避けておきたかった。

「尚子！　お前、先生のおっしゃる『生活環境の改善』って、分かっとるがか？」

　背後から男性の声がした。振り向くと、真っ白いコックコートを着た背の低い男性が難しい顔をして立っている。尚子の夫、小崎裕斗《ゆうと》だった。

「先生、この記事を見てくださいませんか」

　金沢のタウン誌だ。裕斗が店の奥から引っ張り出してきたバックナンバーの巻頭には、リニューアル・オープンしたリュウヘイ食堂を取材した記事がでかでかと掲載されていた。日付は七年前のものだ。

「ビフォー・アフター的な紹介記事になっとるんです。こっちが昔のリュウヘイ食堂の写真。外観と店内が写っとるんですが、きったない店でしょ。恥ずかしい話ですが、ハエといっしょにメシを食わせるような店やったんですよ、実際。当時は妻と義母が二人で店をやっとったんです。ここは店舗兼住宅でもあるんですが、住宅部分もまさにゴミ屋敷でした。この写真に、ほら、ちらっとだけ写り込んでます」

店の大々的なリフォームと経営の代替わりは、裕斗と尚子が結婚した翌年のことだという。尚子より一回りくらい年下に見える裕斗は、面長の顔をこちらに向けてフランクに話し続ける。

「ここは俺が、店も住まいも毎日手入れしてるんでいいんですけど、義母の家は、当時の汚い店と同じ状態なんですよ。前々から何とかしてやれって妻に言ってきたんですが、全く分かってないというか……」

裕斗は弱ったといった顔つきをした。尚子が「そこまで言わなくても」と唇を突き出す。

「あんたは、ちょっと片づいとらんと文句ばっかり。店のことは、裕斗の考えに従うけど、あたしもお母ちゃんも、そう何もかもは――」

そのとき、レジの前でカップルが「すみませーん、お会計を」と声を上げた。先ほど店に入ってきた四人連れは、メニューも水も出てこないことに不満げな様子だ。

タイミングが悪かった。これからが忙しさを増す夕食の時間帯なのだろう。

「そろそろ帰りますね。またお話ししましょう。ご夫妻でも、お母様の今後のことを相談していただければと思います」

咲和子は麻世に目で合図して立ち上がる。

尚子が営業用の笑顔をさっと取り戻し、「次はぜひ、海鮮天ぷら定食を。主人の自信作なんです」と言った。裕斗も「ありがとうございました」と明るい声で咲和子たちを送り出す。

「年下の旦那っていうのもいいですね。キビキビしてるし、料理もすごく上手だし」

麻世は妙なところに感心する。雨はいつの間にか上がり、路地の水たまりに満月がゆらゆらと映っていた。


日曜日の朝、父が古いアルバムを引っ張り出して眺めていた。そんな姿を目にすると、父は本当に写真が好きだったのだと今さらながら思い知らされる。

「これ、かわいい」

父の横に座り、咲和子も分厚い一冊を手に取った。そこにあるのは自分の写真なのに、思わず目を細めてしまう。

咲和子が落ち葉の上を寝転がったり、頭から落ち葉をかぶったりしている写真だった。金沢城公園の三十間長屋のそばには、秋になると落ち葉で覆われる場所がある。父は、いい背景の場所をよく見つけたものだ。

「ねえお父さん、この場所にもう一度行ってみる？　兼六園でもいいよ」

咲和子が尋ねると、父は「あの辺は今、混むからなあ」と気乗りがしない様子だ。新幹線の開業で金沢は観光客であふれるようになった、といつもの繰り言を始める。

「じゃあ、どこか行きたいところある？」

父は少し考え、「卯辰山がいいな」と言った。

卯辰山は浅野川の北東にある小高い山で、子供のころには何度も行った。というのも、そこには「金沢ヘルスセンター」と呼ばれる遊園地のような場所があったからだ。

金沢ヘルスセンターは、本来は温泉施設だったように思う。そこにプールや動物園、水族館などが併設されており、子供たちにとっても夢の王国だった。今は取り壊されてしまったらしいが、跡地に行ってみるのも面白そうだと思った。

ガレージから車を出し、記憶を頼りに卯辰山を目指す。浅野川の天神橋を渡ったところから、山腹のくねくねと曲がった道をたどって登る。思った以上に急な坂道だが、なんとなく記憶に残っているせいか、懐かしさが込み上げてくる。

金沢ヘルスセンターの跡地は、ピークへ登り切る手前の道を入ったところにあった。

「すっかりなくなったな」

父は入り口で立ち止まり、芝生とベンチくらいしかない小公園に成り果てた夢の王国を眺めた。女子高生が数人、片隅でダンスのレッスンをしている他には、人がいない。

「こんなに狭かったんだね」

ここに動物園も水族館も、そしてプールもあったなんて、信じ難いほど小さな土地だった。

「私、実はあんまりプールが好きじゃなかったんだよ」

咲和子は当時、泳ぐ練習が苦しかったことを思い出した。

「知ってた。母さんは泳ぐのがうまかったのに。咲和子は父さんに似たんだな」

「あれ、そうだったの？」

意外だった。プールに行こうと父がよく誘うから、てっきり水泳が好きなのだと思っていた。

公園の端からは、金沢の市内が一望できた。

眼下に浅野川が流れ、奥には金沢城の城壁が見える。こんもりとした木々は、兼六園だろう。

「ここからの景色は変わらないね」

「そうだな」

霧のような雨が降り始める。傘をさすほどではなかったが、服や髪が徐々に重くなってきた。

「咲和子、帰ろう。混んでなくてよかった」

咲和子の口から、フッと笑いが漏れる。

「確かに、混んでなかったね」

ゆっくりと夢の王国を後にする。雲の切れ間から強い太陽の光が射しこみ、急に明るくなった。

女子高生のはしゃぐ声が聞こえ、後ろを振り返る。さっきまで眺めていた金沢の街を覆うように、大きな虹がかかっているのが見えた。


千代の家を定期診療で訪れるたびに、部屋の中は徐々にきれいになっていく。尚子の夫、裕斗が手伝ってくれているらしい。

その日の訪問では、裕斗と尚子の夫婦がそろって集中的に片づけていた。

「お店は大丈夫なんですか？」

咲和子が尋ねると、二人は首をすくめるようにして笑った。

「もう少しで終わるので、一か月ほどランチ営業を休むことにしたんです。なじみのお客さんにはなぜ秋の味覚の時期に、と叱られましたけどね。気持ちよく新年を迎えようと思いまして」

すでに千代の家は、危険な場所がほとんどなくなっている。咲和子は安心して訪問診療を続けた。

診療に訪れる時間は午前だったり午後だったりとまちまちだが、千代はいつも浴室にいた。ぬるめの湯に浸かって顔だけ湯船から出す。そんな姿勢で迎えてくれる千代が、咲和子にはだんだん愛らしく思えてきた。

診療にあたっては、まず麻世とともに千代を浴槽から引っ張り出すところからスタートする。

「千代さん、前世は両生類だったんじゃない？」

麻世も同じように患者をいとおしく感じているようだった。軽口をたたきつつ、手早く体を拭き、血圧や血糖値をチェックする。血圧が一三二／七四ｍｍＨｇ、血糖は一二八ｍｇ／ｄｌ。いずれも問題ないレベルだ。

薬もきちんと飲めるようになり、体調が整ってきた。薬だけでなく、部屋が片づいたことも大きい。食べ散らかした食品、容器類、汚れた衣類に新聞紙、それらの廃棄物をすべて入れた無数のポリ袋……。今までは、室内に築き上げられたゴミの山の中で、体をまともに動かすスペースも見つけるのが難しかった。千代はその結果、寝床—浴室—トイレを結ぶ「獣道」だけをたどる毎日を過ごしていた。

それが今や、室内を思うままに歩くことができるようになった。玄関周囲の障害物がなくなり、外出も自由になった。運動量が増えれば、食欲も増進する。

「娘の弁当サービス、もうやめさせるかなあ。あたしも、うまいもん食いたいし。このごろは、ちょっと遠くまで出かけとるがや」

初診時に懸念されたセルフ・ネグレクトの六要素のうち、①不潔で悪臭のある身体ばかりでなく、②不衛生な住環境、③生命を脅かす治療やケアの放置、それに⑥地域の中での孤立は、明らかに解消されつつあった。

そうなってみると、やはり改めて気になるのは、④奇異に見える生活状況、すなわち長時間にわたる入浴だ。ただし「両生類」的な生活指導については、こちらが思ったように一足飛びには進められない印象だった。

咲和子は、長い目で患者とつきあうのを覚悟した。

患者に対して、長い目で、辛抱強く——。ふと、我に返って不思議に思う。今の自分が抱いているのは、救命救急センターに勤務していたころとは百八十度異なる時間の感覚だ。

「では、千代さんお大事に。次はまた再来週、来月の初めに来ますからね」

「あんやと。またよろしくお願いします」

きれいに片づいた玄関口で挨拶を交わし、にこやかな千代と別れたその二日後だった。夜九時過ぎ、裕斗から咲和子のスマートフォンに連絡が入った。千代が救急車で病院に運び込まれたという。尚子が今しがた入院先に向かったところで、詳しい容態は明らかでない。

「何があったんですか？」

咲和子は驚いた。このところ体調は決して悪くなかった。一体千代に、何が起きたのか。

「実は、外部から一一九番通報されまして……」

千代は脱衣所で頭部から出血した姿で見つかり、救急車で搬送されたというのだ。発見者は尚子でも裕斗でもない。新聞の集金スタッフだったという。

咲和子が金沢市民病院に到着したとき、待合室には新聞四紙の集金員がそろって並んでいた。新聞のロゴ入りヘルメットに集金バッグを手にした男たちは、ベンチの上で神妙な顔をしている。

「どんな感じで見つかったんでしょう？」

咲和子が尋ねると、彼らは事情を口々に話し始めた。

千代は新聞購読のセールスにはいつも寛容で、各紙の販売店の間では、よく知られた上客だった。

そんな良好な関係も、ここ一、二年は購読料の支払いが滞るようになった。毎月二十五日に始まる月末の集金では、いつ訪問しても空振りに終わる。家の中に人がいる気配はあるものの呼び鈴を鳴らしても応答がない。困りあぐねた末にこの日、四紙連合の呉越同舟で千代の家を訪ねたのだという。

「ゴミ屋敷って悪口言われてた家が妙にきれいになったんで、まさか夜逃げ――いや、急な引越しでもされたらまずいなと。今月は、グズグズしてられないって感じでヨソとも相談して……」

ところが今夜、呼び鈴を何回押しても反応がなかったという。

「ドアをたたいてもノーリアクション。玄関の左手にある、おしゃれなカーテンの下がってる出窓からのぞいても暗くてよく見えない。逃げられたのかって、焦ったのなんのって」

「ただ、家の周囲を見回すと、水音のする一角に、ほのかな明かりがついているのが分かったんです」

「そうそう。で、『こりゃあ、風呂場だ！』ってんで、窓をコンコンってノックしながら声をおかけしました。ええ、もちろん……ご近所に配慮したボリュームです。集金お願いしま～すって」

いろいろと割り引いて聞く必要はあるだろうが、咲和子は大ざっぱな状況を理解した。新聞各紙の集金員が夜間にそろって押し寄せ、通気窓をたたきながら支払いを求めてきたのだ。これは応じざるを得ない。

「じきにですよ。はいはいって言う声が聞こえて、湯をかぶる音。そしたら、今度は悲鳴に衝撃音、うめき声ですもん。ギャギャー、ガラガラドスンって」

「ええ、ただごとじゃないんで、中に入りましたよ。鍵が開いてたんで。そしたら、もう大惨事でして」

「大パニックになっちゃって」

そこで四人は口をそろえた。

脱衣所で転倒した千代は、額を切った。出血は結構な量に及び、床マットは赤く染まっていたという。素っ裸の高齢女性を前に、血を見るのに慣れていない男四人が「大パニックになっちゃって」と口をそろえる気持ちは理解できた。

市民病院の処置室で千代の傷口と患者本人の様子を確認させてもらう。傷は深くなかった。出血はあったものの、血液検査の結果では貧血が進んだ様子もない。頭部のコンピュータ《C》断層《T》撮影でも、骨折や脳出血は認められなかった。咲和子は、これなら夜のうちに退院できると思った。

しかし、若い担当医は、県内唯一の国立大附属高出身、ストレートで医学部合格という臭いをぷんぷんさせながら「脱水治療の経過を見ます。念のために脳波検査や、頭部の磁気共《M》鳴画像法《RI》検査を行ってから退院とさせていただきます」と言い出した。万に一つのミスも見逃したくないようだ。

杓子定規に入院させてまで行う検査ではないと咲和子は思ったが、若い医師は融通が利かなそうで、咲和子の意見を聞く耳を持っている様子はない。それに一泊入院程度なら、あえて反論することもないと考え、「よろしくお願いします」と丁寧に頭を下げて担当医の考えに従った。

千代は三階病棟の一室に移された。

翌朝、咲和子は訪問診療の開始に先立って市民病院に立ち寄った。

窓に緑が迫る病室で、千代はうとうとしていた。ベッド脇に尚子が座っていた。

「千代さん、お元気になりましたか？」

「白石先生、ゆうべは一晩中大変でした。元気になりすぎちゃって……」

尚子が疲れきった表情でこぼす。

深夜になって、千代は興奮し始め、ふらつきながら立ち上がろうとしたという。点滴や尿道に入った管はベッドに固定されていたから、むやみに動くと抜ける危険があった。

千代の落ち着かない様子は、病棟の看護師もすぐに察知したようだ。ただちに千代の両手にミトンがはめられた。勝手に起き上がらないように、体も巨大な腹巻きのような拘束ベルトでベッドに固定されてしまった。

大きなミトンがついた手を、千代は最初、不思議そうに眺めていたという。だが、やがて顔や頭をやたらにミトンでたたくようになった。かゆいところを手でかくことができなかったのだろう。そして朝まで、「手袋、はずせー」と叫び続けたと言う。

「帰るー」

ふいに覚醒した千代が口を開く。だがその声は、ささやきほどの音量しかない。

「千代さん、目が覚めましたか」

咲和子は千代の手をミトンの上から包むように握った。

「はずせー」

「バカヤロー」

「ヒトゴロシー」

声に迫力がない。夜通し声を出し続けていたせいで、かすれてしまったようだ。

「痛々しいですね」

いつもはヘラヘラとした野呂が、珍しく眉を寄せて千代の顔を見つめた。尚子がため息をつく。

「今朝、こちらの先生に言われました。他の患者さんの迷惑になるので、これ以上このままの状態で病院に置いておくのは難しい。拘束ベルトに加えて鎮静剤を使って入院を続けるか、家に連れて帰るか、どちらかを選んでほしいって」

咲和子は、無性に腹立たしい思いがした。病院側の対応に、昨夜の若い医師の判断に、彼にもう一言を発しなかった自分に、そして目の前の状況に……。

いや、今は憤慨している場合ではない。千代を前に、娘の尚子がこれほど悲しげな顔をしているのを見た覚えがなかった。きっと尚子は、母親を在宅に戻す段取りをつけたいのだ。

「分かりました。お体は回復しつつありますので、明日にでも退院できるよう、こちらの態勢を整えておきますね。在宅用の酸素や吸引装置を設置して、次に何が起きても駆けつけられるようにホットラインを……」

在宅医療に戻すなら、千代の生活環境を、より安全なものにしなければと考えをめぐらせる。

「家だったら大声も出し放題ですしね」

野呂が横から冗談めかして言った。

だが、尚子の表情は硬い。

「もう……なんです」

「え？」

「もう、うんざりなんです。独り暮らしの心配をして、弁当サービス手配して、電話で悪態つかれて、忙しい店の仕事を休んで実家の片づけして……。なのに、それなのに、またこのざまです。もうホント、関わりたくない。この人と離れられるなら、どんな形でもいいから病院に置いてもらいたい」

尚子は憔悴《しょうすい》しきった表情だった。

千代はひとまず、そのまま入院を継続することになった。だがその日の午後、再び事件が起きた。きっかけとなったのは、千代が現下《げんか》の人生で最も幸せを感じるはずの、入浴時だった。

「では大槻さん、お風呂に入りましょうね」

看護師にそう言われ、千代は三階病棟の突き当たりにある「介助入浴室」に案内された。緑の見える廊下を進み、広くて明るいスペースに足を踏み入れた千代は、そこがホテルの大浴場のような場所だと思ったと言う。そこまではよかった。ところが、魚屋のようなゴム製エプロンをつけた男性に服を脱がされ、身体障害者トイレのような場所に連れ込まれた。しかもその中央にデンと据え付けられた細長い浴槽をまたげと命じてくる。千代がたじろいでいると、二人の男性介助者が来た。そしてゴム手袋をした手で無言のまま両脇を抱えようとした。

「いやらしい！　こんな風呂、入るもんか！」

千代が大きく手を振ったとたん、かたわらの介助者は足を滑らせて激しく転倒した。もう一人は制止しようとするも、千代がその腕に嚙みつき、二センチ長の傷をつけた。

物音に驚いて駆けつけた別のスタッフが入浴の続きを行おうとするも、「お前、何しに来た！」と、攻撃的な状態は変わらない。せめてシャワーで体を流そうとしたら、「ヒトゴロシー」と叫んで逆上した。結局、入浴は中止になったという。

咲和子が見舞いに行った際も、千代は興奮して入浴の様子を語った。

「いやらしい風呂やった！　ああ、恐ろし、恐ろし。もうこんな所におられんわ！」

その直後から、千代には鎮静剤が処方された。「当該患者は、介護者が害を及ぼす存在ではないという合理的な認識を持つことができない。このままでは患者自身にも危険が及ぶ状態になりうる」というのが市民病院側の下した判断だった。

千代は薬が効いている間はうとうと眠ったような状態になった。だが、夜になると再び元気になって声を上げる。日中ではさほど気にならない音量でも、夜間は他の患者の安眠妨害になった。そのため、さらに鎮静剤が追加投与された。

鎮静剤が十分に効き、千代は全く声を出さなくなった。咲和子がいつ行ってもぼんやりとしているか眠っている。体はほとんど動かさない。足は屈曲したまま徐々に伸びにくくなった。覚醒状態が悪いために食事をとることができなくなった。胃に栄養剤を流しこむためのチューブを鼻から入れられた。

入院から五日目の夕刻だった。その日は千代の病室に尚子が来ていた。パイプ椅子に腰を落とし、沈鬱な表情で母親の顔を見つめている。

「白石先生……」

咲和子の姿を認めても、尚子の顔つきは変わらず、口数も少ない。

「どうですか、お母様の様子は」

尚子はただ、首を小さく振る。いつものエプロンに窓枠の長い影が落ちていた。

「さっき担当の先生に、老衰が進んでいるので先は短いだろうって言われました。私、どうしていいのか……」

この状態を継続していけば、近く予想される結果ではある。けれど、本当に老衰だけで片づけていい状態と言えるのか。今の状況で「老衰」というマジックワードを持ち出せば、患者の家族は思考停止に陥ってしまう。担当医の物言いは正確ではない——咲和子は尚子に現状をどのように説明しようかと考えていた。

「ごちゃごちゃ、ごちゃごちゃ、何から何まで散らかしっぱなしの人生だったのに。こんな所で、眠らされたまま死んでいくのを待つ——。そんなの、母らしくないです」

エプロンの上で尚子の拳が強く握り締められた。

「わがままがすぎるということは承知しています」

そう言って尚子は顔を上げた。その瞬間、咲和子には尚子の胸の内が理解できた。

「白石先生……。もう一度在宅で母を診てやってくださいませんでしょうか」

すがるような目だった。まさに、咲和子の想像した思いと一致していた。救急搬送された翌朝に「うんざり」と語った尚子は、もうそこにはいなかった。

咲和子はしっかりとうなずく。

「いっしょに頑張りましょう。ここまでの状態になると、ご自宅で過ごされても急変するリスクは高いですが」

咲和子も覚悟を決めた。千代の胸元に触れ、そのぬくもりを伝えるように尚子の手を取った。

「僕からもお願いします」

病室の入り口で声がした。裕斗がこちらに向かって頭を下げている。今到着したばかりのようだ。

「義母に、また元気になってもらいたいんです。これも読んでもらわなくちゃ」

裕斗は新聞の束を抱えている。入院から五日間、せわしない世間の動きを伝える見出しの数々が胸元で躍っていた。


「じゃあ、開けますよ〜。誰もいないでしょうが、失礼しまあす」

古びた鍵を開けながら、野呂が声を上げる。

咲和子はこの日、尚子の許可を得て千代の家を訪れていた。浴室を含めた住宅内のリスク点検が目的だ。脱衣所で再び転倒事故を起こしそうな場所をはじめ、浴槽での溺死リスク、室内での段差や台所やトイレの危険要素などについて、くまなくチェックを進めた。

「廊下と寝室の境にある段差、えーと七センチ。転倒リスクは大。これは、廊下をかさ上げして平らにする必要ありですー——」

野呂が先頭に立ち、チェックシートを手に家の中を歩き始めた。持参したのは、仙川が懇意にしているケアマネージャーに作成を依頼したものだ。

なるほど生ゴミやポリ袋、新聞紙などの障害物に覆われていた室内は、きれいに片づいてはいる。だが、指示された点検項目と照らし合わせると、目に見えない危険はなおも解消されていないことが分かる。

「トイレは、開閉式のドアね。これはスライド式の引き戸が望ましい、と」

咲和子が目を落としたアドバイス項目には、「開閉式のドアは、開け閉めの際に体を前後に動かすため、高齢者はバランスを崩しやすい」とあった。

千代が好んで過ごす浴室には、リスク要因が集中している。

「浴槽は、現状の長さが……一・六メートル。安全性を考えれば、膝が曲がって溺れにくい一・二メートル程度がベストだそうです」

「リフォームするのが難しければ、せめて滑り止めのバスマットを敷く必要があるわね」

浴槽の高さも問題だった。ケアマネの資料によると、安全面で理想的な高さとされるのは三十五センチ。ところが、千代の湯船はその倍の高さはあるように見える。

「これは、団地サイズの七十センチありますね。改めて見ると、すっげえ高い」

「確かにこれだと、いったんお湯に浸かったら二度と出たくなくなる高さよね」

風呂に入るときは、浴槽の縁を腰の落ち着け場所として使える。だが、出るのが重労働になれば自然と長風呂になる。筋力の衰えというのは、生活のささやかな場面にも影響し、意欲の低下につながる場合もある。

「浴槽の上に手すりがあるけど、これは新築時の造り付けみたい。ちょっと高すぎる感じね。千代さんの身長はどれくらいだっけ？」

「えと、一メートル五十三センチです」

「すると、どう考えても合わないわ。これも改善項目に入れておいた方がいい」

「了解っす」

翌日の夕刻、尚子から預かった家の鍵を返却するために、咲和子はリュウヘイ食堂に立ち寄った。住宅内のリスク点検の結果についても、チェックシートを見せながら概略を報告する。居室内の点検作業に同行してくれた野呂もいっしょだった。

「それにしても老人って、危険と隣り合わせで生きているんですね」

尚子がメモを取りながら、嘆息する。

「家でなら自己責任の事故で済むことでも、病院や施設ではあってはならないこと。だから病院ではそうした事故が起きないよう、鎮静薬や拘束帯を選択してしまいがちなんです。二十四時間、ずっと見守るためだけのスタッフは置けませんので」

咲和子の説明に、尚子はなるほどと理解を示す。

「家の中は世の中で一番安全な場所——と思われがちですが、現実はそうではないのです。在宅医療は、そこも理解しながら進める必要があります」

尚子は神妙な顔でうなずいた。

「よく分かりました。あの家で最後まで暮らすというのは、母の望みなんです。そのためには、離れて生活する私たちも支える側に回る必要があるんですね。住宅のリフォームや生活面や介護の工夫についても、夫とよく話し合ってみます」

嬉しい答えだった。それまで孤独だった患者に、しっかりと支える家族が加わったと咲和子は感じた。

「では続きは、ご都合がよろしければ訪問診療のときにでも。日程は……」

「はい、来週の月曜日ですよね。次回からは必ず同席させていただきます」

念を押すまでもなく、食堂のカレンダーに印がついていた。咲和子は、店の中が混雑の度合いを増すのを感じ取った。尚子に会釈をして席を立つ。

「え、あれ？　せ、先生、ご飯食べていかないんですか？」

野呂はテーブルから立とうとしなかった。なんとかこのまま評判の定食にありつきたいという顔をしている。初めて声をかけたときには、「僕、ゴキブリといっしょにメシ食いたくないんで」とすげなかったのに。

「またにしましょ」

野呂の腕を引いて立ち上がらせた。新規の客がすぐに座る。

野呂が先にドアを通り抜けて出て行く。咲和子も続いて店を出ようとしたそのときだった。

一枚の写真に目が吸い寄せられ、動けなくなった。

なった。

「……先生、どうしたんですかあ。帰らないんですかあ」

野呂の声で、我に返る。咲和子は、ドアベルの音とともに入ってきた客とぶつかりそうに
「咲和子先生、さっきからお客さんの邪魔してますってば」

今度は野呂が咲和子の腕を取る。

「ねえ野呂君、これって……」

入り口近くの壁に飾られた、額縁入りの大きな白黒写真を指す。

「へえ。昔のリュウヘイ食堂ですかね。店先で撮影した集合写真かな」

写真の下部に、細マジックでキャプションが書き入れられていた。

〈贈・大槻竜平《りゅうへい》、千代さん江　リュウヘイ食堂親睦会一同。『第十回湯あみの会』山中温泉日帰りツアーにて　昭和四十四年六月十四日〉

「これって、あの千代さんよね？」

間違いない。写真の中央には、若かりしころの千代の姿があった。今よりずっとふくよかだ。その隣で千代と手をつないでいるのは、スポーツ刈りで背の高い青年だった。細面で眉毛がりりしい。彼が千代の夫で、この店の初代店主、大槻竜平氏なのだろう。

ふたりはそろいの手ぬぐいを首から下げ、満面の笑みをたたえている。とても幸せそうな

笑顔だった。

入院から一か月が経ち、十一月の中旬に千代が在宅に戻った。咲和子は診療の回数を増やし、生活と家事を支援するヘルパーの訪問も毎日受けられるように手配をした。鎮静剤については投与を中止し、点滴をしている間はヘルパーや尚子に手を握ってもらう。そうしているうちに、千代は再び自力で食べ、歩けるようになった。

「ご心配をおかけしましたが、この家の安全対策も徐々に進めることにしました。まずは来週、浴室のリフォームで業者と打ち合わせに入ります」

千代を訪問するや否や、尚子が意気揚々と報告してきた。浴槽のサイズ変更や手すりの設置などのほか、浴室内に見守りセンサーを取り付けることも検討しているという。

「入浴中に溺れたり転んだりする事故を自動的に感知して知らせてくれる警報器って、いろいろなメーカーから発売されているみたいです。浴室のリフォームは、家に住み続けながらでも工事を進めてくれるようで……」

いつもの千代は、尚子と咲和子の話など知らぬそぶりでいる。だが、話題が風呂に関するものとあってか目元が動いている。関心はあるようだ。

「お風呂、工事するんだって。千代さん、よかったね」

麻世の言葉に、千代が反応した。

「なんやって！　ほしたら、しばらく風呂に入れんがか？　冗談やないわ、そんなん。やめといて、今のままでいいがや」

麻世は「しまった」という顔をするが、後の祭りだ。

「母ちゃん、何言《ゆ》うとるがいね。安全に暮らすには仕方ないがや。すぐ終わるさかいに、我慢しまっし」

またもや親子喧嘩が勃発しそうだった。咲和子は苦し紛れに思いつきを口にした。

「千代さん、それなら尚子さんの家で入れてもらってはどうですか？」

一瞬の沈黙があった。

「……もらい湯か？」

千代が口にした言葉に、麻世が首をかしげた。咲和子は小さく笑う。

「そうそう、もらい湯。昔はしょっちゅうあったわよね」

「それもいいな」

千代は懐かしそうな目で天井を見上げた。

「薪で炊く風呂釜は、定期的に修理するのが当たり前でなあ。使えん日は、近所や親戚の家へ行っちゃあ、『お風呂ください』って、もらい湯をしたもんやて」

千代は急に饒舌になった。

「尚子、覚えとるかいね？　父ちゃんが寄り合いで、でっかいスイカを二個もろうてきて。それを水風呂で冷やしとったらお前、わんわん泣き出したんや。きょうはスイカにお風呂取られたって」

冷たい空気はいつの間にか消えていた。

その二週間後だった。訪問診療の帰り際、尚子が駆け寄ってきた。

「例の浴室のリフォーム、やめようかと思いまして」

あんなに意欲的だったのに、何があったのかと咲和子は驚いた。

「計画がうまくいかなくなったんでしょうか？」

「いいえ、計画を進める必要性がなくなったといいますか……」

尚子は、嬉しそうに笑い出した。

「実は母が、毎日のように風呂に入りに来るようになったんです」

あれ以来、千代はいつも、昼食を終えた後にバスに乗って食堂を訪ねるという。湯上がりの数時間を店舗兼住宅のリビングでゆっくり過ごし、ときには娘夫婦と夕飯もともにしてから車で帰宅する。すっかり活動的になったものだ。

「うちの風呂に入っているとき、いっつも母は大声で『ああ、いい湯や、ありがたい、ありがたい。娘を産んでよかった。ああ、ありがたい』って。まさか今になって、母から感謝の言葉が聞けるなんて、思ってもみませんでした」

尚子は目を細める。

もらい湯という小さな楽しみに目覚めた千代は、その延長線なのか、近所の風呂屋にも尚子といっしょに行って楽しんだという。

「それなら尚子さん、とっておきの資料があるんです。大浴場を備えたデイサービス施設のリストです」

「週に一回でもそういう所に母が行ってくれれば助かるわあ。たまに店が忙しい日は相手をしてあげられなくて」

尚子が手を拝むように合わせる。

「お風呂屋さんが楽しめる千代さんなら、気に入ってくれると思いますよ。見学に行かれてはいかがでしょう」

「そのリスト、今晩、私がお店の方へお届けしましょうか。ちょうどついでがあるんです」

麻世が気の利いたことを言った。

「ぜひお願いします。お礼に今夜、当店自慢のスペシャル定食をごちそうしますよ。お腹すかせて来てちょうだい」

咲和子は吹き出しそうになる。

実は、麻世が口にしたリストとは、仙川に命じられて、野呂が一生懸命に作った資料だった。仙川は「いつか自分のために必要になるかもしれない」と、大浴場とリハビリのプログラムが充実した施設を野呂に探させたのだ。なのに、その手柄を麻世に横取りされる形になった。リュウヘイ食堂の評判の定食をいつも食べ損ねている野呂が、このことを知ったら何と言うだろう。

咲和子はその晩、またもリュウヘイ食堂に行きそびれた野呂と合流する約束をかわし、少し遅い時間にバーSTATIONのドアを押し開けた。

野呂はいつもよりピッチが速い。すでに酔いが回っている様子だった。

「野呂君、何考えてたの？」

「千代さんや尚子さんを見てると、家族ってつくづく不思議だなあと」

咲和子は赤ワインを注文し、ぼんやりと答えた。

「ほんと、ね。分かるわ」

馬乳酒のグラスを手にした野呂は、咲和子の顔をまじまじと見据えた。

「咲和子先生、僕も家族の話していいっすか？　兄貴の話、聞いてほしいんす」

咲和子はもちろんとうなずく。

野呂の兄は、父親と同じ消防士だという。

「消防士って人種は、現場の人を命がけで救う。だから火傷したり怪我したり。兄貴はそんな男の一人です。いっつもバカみたいに体を張って。人がいれば、危険かどうかなんて関係ない。きっと、自分の目の前で救える人を全部救わなければ気がすまない男なんす」

野呂は特製の馬乳酒を飲み干す。

「そんな兄の唯一の不満は、救急病院の医者っす。いろいろと理由をつけて——たとえばベッドがいっぱい、専門医がいない、と受け入れを拒否する救急医がいるって兄は怒っていました。どんな理由があるにせよ、僕もやっぱりそれは違うんじゃないかと思って。患者がいれば、受け入れるのは医師の使命だと思うんです。だから僕は、兄貴のためにも絶対に断らない医師になろうと思って……」

そこで野呂は急に恥ずかしそうに黙った。

「あの、僕、医師になれなかったくせに、偉そうなこと言ってすみません。ちょっと頭冷やしてこないと……。お先に失礼です」

野呂はそう言って、珍しく一人で店を出た。

「野呂さんのお兄さん、殉職されたそうですね」

柳瀬がポツリとつぶやいた。

「え……？」

野呂がここまで酔った姿を見たことがなかったが、理由が分かったように思った。

「ご存知かと思っていました。去年の正月、東京のお台場で帆船が燃え上がった火災です。お兄さんと同僚の消防士二人が犠牲になったと話されていました」

去年の正月と言えば、その翌月に野呂は医師国家試験に臨んだはずだ。

「だから……」

咲和子は深いため息をつく。

家へ帰ると、居間の電気がついたままだった。父はいない。もう休んでいるのだろう。

「もう、お父さんったら、つけっぱなしだよ」

馬乳酒が効いているのか、口調が荒くなっているのを自覚する。こんなときは「母さんに似てきたな」という父のお決まりのセリフでおしまいにされてしまう。

冷蔵庫からペットボトルの水を取り出してテーブルに置いたとき、足の指先にふにゃりとした感触を覚えた。テーブルの下を見て、ぎょっとする。

父が横になっていた。

「お父さん！」

最悪の事態を想定して、恐る恐る脈をみる。ちゃんと拍動していた。

「お父さんっ」

咲和子は父の肩を揺する。

「触るなっ」

かすれた声で父が答えた。ひどく苦しそうだ。意識は正常、口唇色も悪くはない。命に別状はなかった。

「どうしたの？」

「痛い！」

「起きられそう？」

「痛い、痛い、痛い！」

まるで駄々っ子だ。直感的に咲和子は、改まった声を出す。

「先生、いつからここにいるんですか？」

興奮した父を落ち着かせるには、「先生」という呼びかけが効果的だ。思った通り、父の表情は少しシャキッとした。

「三十分ほど前に……」

「転んだのですか？」

「落ちた」

言われてみると、椅子がひとつ離れた場所にある。タンスの上にある箱が少しずれていた。

「あの箱を取ろうとしたの？」

母が着古した衣類の一部を、捨てきれずに入れておいたものだ。「スカーフ」と書かれていた。父はその箱を取ろうと椅子の上に立ち、バランスを崩して落ちたようだ。頭や顔に傷を負わなかったのは幸いだった。

咲和子は座布団を持ってきた。

「これ、枕にして。頭を少し上げるよ」

「イタタ……」

父は、ほんのわずかに姿勢を変えただけでも激痛を感じるようだった。

父を診察する。腕を動かしても問題はない。左足も何とか動いた。だが、右足は少し動かすだけで悲鳴を上げる。

「お父さん、右足が折れてるかも……」

父はうなずく。大腿骨骨折が強く疑われる。表面からは分からないが、硬膜下血腫や内臓損傷を起こしている可能性もある。咲和子は迷わず救急車を呼んだ。

第四章　プラレールの日々

父はやはり、右足を骨折していた。

「白石達郎さんの大腿骨です。ほら、ここ」

自宅の近くにある泉が丘総合病院で、整形外科医がモニターに映し出された右の大腿骨のくびれた部分を指で示した。

「ここが骨折線です。分かりますでしょう？」

咲和子はベッド上の父とともに画像を見つめた。大腿骨が上の方で折れ、ズレている。

「このズレが神経を刺激して痛むのです。除痛のためには、手術がおすすめです」

整形外科医の説明は明快だった。椅子から落ちた夜、父はそのまま入院し、翌朝に手術を受ける予定となった。

金沢の平均気温は一桁にまで下がり、ずいぶんと寒くなっていた。入院は、約二週間になるだろう。すると、退院は十二月半ばか。それからは通所で機能回復に努めることになる。

父のリハビリ開始がせめて正月にならなかっただけでもよかったと思った。

手術した日の午後、咲和子は父の着替えを持って病院を訪れた。

「お父さん、手術はどうだった？」

「麻酔で数を一、二、三、まで数えたところまでは覚えているけれど、気がついて続きを数えようとしたら、『はい白石達郎さん、終わりましたよ』やて。本当に手術してくれたんかて思うた」

父は面白そうに笑った。術後にもかかわらず、案外元気そうでホッとする。

「でもな、傷口はしっかり八針も縫われてるし、足に力をいれると痛みもある。ちゃんと手術してもろたと、かえって嬉しいくらいや。術後のレントゲンだけ見せられて、こんなふうに治しましたて言われても、本当に自分の足かどうか分からんしな」

再び父はカラカラと笑う。そして、小さく顔をゆがめた。

「やっぱり痛むの？」

「笑いすぎると少し響くだけ。多少の痛みは、まあ当然や。手術前の激痛を思えば、嘘みたいにいい」

それから急に声をひそめた。

「咲和子、あんまりワガママ言う気はないんやけど、梅干しとクリームパン買《こ》うてきてくれんか？　病院食が上品すぎて口に合わんのよ」

父流の皮肉だった。体はともかく、普段より多弁で、頭の方は絶好調のようだ。病院食が口に合わない、デザートがないと食事が終わった気がしない、などと言って、売店であれこれと買ってくるよう咲和子に命じた。ちくわ、チョコレート、羽二重餅、頭脳パン粒ピーナッツ、イワシの缶詰と、日によってリクエストはさまざまだった。

「咲和子、本が読みたいな」

手術の翌日、父はすっかり退屈した様子だった。咲和子は早速、売店で週刊誌を買ってきた。だが、父はパラパラと目を通すと、すぐにベッドの脇に置いてしまう。

「家に『The Lancet Neurology』があるから、あれを何冊か持って来てくれんか」

なんと父は、神経内科学の専門書を読みたいと言った。世界的に評価の高い論文が掲載されている医学雑誌だ。確か、父の本棚の右下に並んでいた。

「分かった。明日、持ってくる」

咲和子は、父の尽きない研究者魂のようなものに驚かされた。

手術して三日後、主治医から少しなら車椅子で動いてもいいと許可が出た。父に行きたい場所を尋ねると、真っ先に売店と答える。父は売店で、カゴにいっぱいになるくらい食料品を買い込んだ。

病棟に戻るとき、戦利品を手に父はご機嫌だった。「母さんのかぶら寿司、うまかったなあ」と歌うように父がつぶやく。そういえば冬の時期、母がよく作っていたのを思い出す。子供にとってはそれほどおいしいと思わなかったが、思い出すと、不思議に咲和子も食べたくなってくる。自分で作るのはハードルが高い。父が退院したら、金沢で一番おいしいかぶら寿司を買ってこようと思う。

「ただちに上京してもらいたい――」

その夜だった。咲和子のもとへ城北医科大学の雨宮医学部長から電話が入った。

「木曜の午後イチでお願いできませんか。二時から教授会だから、その前の時間帯で」

突然の連絡を謝する様子も咲和子の近況を尋ねるそぶりも見せず、有無を言わさぬ口調であることに驚いた。咲和子が用件をただしても雨宮は、「個人情報が絡むことなので、電話で話せない事情を察してほしい」とはぐらかす。

雨宮は同じ城北医科大の出身で血液内科が専門だった。年次はわずか二期上と近いが、学内では遠い存在だった。

「察せよと言われましても……」

これまで医学部長から仕事のことで直接の指示を受ける機会などなかった。大抵のことは現場の救命救急センター長からオーダーされてきた。しかも自分は、すでに大学を離れた身だ。医師としての専門分野も雨宮と咲和子は大きく異なる。だが、その雨宮がなぜか直々に咲和子を呼びつけたのだ。

「分かりました。こちらでも仕事がありますので、当日の朝に向かいます」

もう辞めたのだから、従う理由は何もない。そう思いつつも、一方で雨宮の切羽詰まった緊張感のある声に、逆らうという選択肢も選べなかった。

「ありがとう」

雨宮の声があまりにも安堵した様子で、それもまた咲和子には意外だった。

そういった事情で咲和子は今、古巣の大学へ向かっている。父が入院中であったのは、不幸中の幸いであったかもしれない。

半年前には逆方向の新幹線に乗っていた。もう戻らないと思っていたのに――。木々が色づき始めた風景を車窓から眺めながら、咲和子は感慨にふけった。乗車間際に買い求めた柿の葉寿司は手つかずのままだ。大宮を過ぎ、長いトンネルを抜けると、高層ビルがひしめく東京の風景に変わる。

通い慣れた山手線の目白駅に降り立った。学習院大学のキャンパスを過ぎ、目白台から護国寺の方面へ向かって歩く。沿道に門前薬局が増え始めた少し先に、城北医科大学の本部棟と附属病院が見えた。

学舎は、少し見ないうちに白さが増したような気がする。正門のそばに立つ守衛の顔には見覚えがあった。

学部長の秘書室に声をかける。

「白石咲和子です。雨宮先生に……」

話し終える前に、「お待ちしておりました」と秘書が答えた。彼女は「白石先生がご到着です」と短い電話を終え、咲和子に「ご案内します」と言って立ち上がった。

向かった先は、すぐ隣の医学部長室ではなかった。大学の本部棟から病棟へつながる通路を抜けると、個室ばかりの病室がある七階へ着く。差額ベッドの代金が一泊十万円以上に設定されている特別室のフロアだ。

その一室の前で秘書が立ち止まった。

「白石先生、こちらで皆さんがお待ちでいらっしゃいます」

咲和子はノックをして、扉を開ける。

広々とした室内だった。入り口から右手には大画面のテレビがあり、その奥にヨーロッパ調のデザインのテーブルとソファが置かれている。トイレや風呂も完備され、窓からは遠くの景色まで見晴らすことができた。そこだけ見れば、まるでホテルのようだ。だが、左手にはベッドがあり、病室らしく酸素や吸引の設備がスタンバイされていた。

「白石咲和子です」

咲和子が一礼すると、ソファに座っていた男性たちが立ち上がった。

雨宮医学部長のほか、二人の医師も控えていた。

「白石先生、遠くからお呼び立てしましたね。紹介は無用だろうが、こちらは消化器外科の小野寺《おのでら》教授と消化器内科の前田《まえだ》教授です」

もちろん知っている。プライドの高さでは学内有数とされるツートップだ。二人は、面白くなさそうな表情で頭を下げた。

この間、一人掛けのソファに座ったもう一人の男が咲和子を凝視していた。パジャマ姿でひどく痩せており、枯れ枝を思わせる。シャープなラインの銀縁メガネが冷然とした印象を増幅していた。

「そして、こちらにいらっしゃるのが宮嶋《みやじま》様です。前田君、カルテを見せてやって」

咲和子は宮嶋に目礼する。すると宮嶋は、とがった風貌からは想像できないほど柔和な表情を見せ、ゆったりとしたほほ笑みを返した。

咲和子は前田から受け取ったカルテに素早く目を通す。

患者の名前は宮嶋一義《かずよし》、五十七歳の男性で、病名は膵臓癌。肺転移もあり、見つかったときはすでに手術不能の状態で、抗癌剤の効果は乏しく、ステージ4の末期進行癌だった。

宮嶋の職業欄を見ると、厚生労働省の統括審議官と書かれている。局長級の高級官僚だ。なるほど、さすが七階個室の患者だ。

「宮嶋様は当院に入院して三か月半。今後はご郷里、金沢での在宅医療を希望されていらっしゃる」

雨宮は重々しい声で言った。

金沢か——それを聞いて咲和子は、なぜ自分に呼び出しがかかったのか合点がいく。消化器外科と内科の教授が苦々しい顔で陪席している理由についても。つまり、城北医科大病院を挙げて取り組んだ宮嶋への膵臓癌治療は効果が見込めなくなったということだ。そして自分は、地元で終末期医療の受け皿になることを求められている。

「私でよろしいんでしょうか？」

咲和子は雨宮の目を見た。

「誤解してもらっては困るが、ぜひ君にというご指名があったわけではない。ただ、あちらに戻られてからも、『当院の医師』による在宅医療を受けたいというのが宮嶋審議官のご希望なのだよ」

隣にいる前田が、ひどく不満そうな顔で「おそれながら……」と言い出した。

「以前にも申し上げましたが、在宅医療なんて、行き場のない者の選択です。このまま城北医科大学病院にいていただければ、最高のスタッフが最高の技術で最高の医療を提供しますのに」

宮嶋は、くすりと笑った。

「私の癌は限りなく強いようだな。あなた方の最高の医療にも負けなかったんだからね」

前田がうなだれる。

「いやいや、先生方には感謝していますよ。膵臓癌では日本有数の治療実績のある城北医科大病院で、最高の治療を受けさせてもらったからこそ、私も結果を受け入れた。おかげで、撤退する時期を悟れたのです」

「撤退とおっしゃいますが、その方法もさまざまです。緩和医療をするにしても大学なら最高の設備がそろっています」

今度は小野寺が食い下がる。

「宮嶋審議官が『病院から在宅へ』という政府のキャンペーンの先頭に立っておられるのは存じております。しかし、あれは国全体の医療費をトータルで削減するためのロジックでしょう？　何もあなたのようなエリートが実践されることはないじゃないですか」

宮嶋の眉が、ピクリと動いた。

「あなた方が私のためを思ってくれているのはよく分かる。だが私自身が国策に瑕疵《かし》を残すわけにはいかない。ウチの役所には優秀な人材がたくさんいますから、仕事ができなくなった者は去るべきなんです。それに前田先生、『在宅は行き場のない者の選択』なんて言い方、当の患者を前にして非礼ではないですか」

「め、めっそうもございません」

前田が頭を膝に付きそうなほど下げた。宮嶋は再び穏やかな表情に戻り、咲和子に目を向けた。

「白石先生、まほろば診療所は、家族に死の事前レクチャーをしたり、在宅で患者に再生医療を受けさせたりと、何かにつけてチャレンジングだと聞いてますよ」

いつの間にか調べられていた。病床にあるとは言え、トップ官僚の情報収集力に驚かされる。そこまで知っているのなら当然、咲和子の経歴やスタッフの状況など、すべてを把握した上で、まほろば診療所での在宅医療を選択したはずだ。

「……私どもの診療をご希望とあれば、お受けします。大学病院レベルは無理ですが、できるだけのことをやらせていただきます」

「うん、それで結構。今後は化学治療を含む積極治療を中止し、在宅で、緩和ケア中心の治療に移行する方針で頼みます」

宮嶋はすっきりとした面持ちで言い切った。先ほどから雨宮や小野寺は、しきりに時計を気にしている。目の前に座る患者のリクエストにはすっかり興味を失い、開始時刻が迫りつつある教授会を気にしている様子だった。

翌週、宮嶋は城北医科大病院を退院した。役所への届けを病気休暇から休職へと変更し、妻とともに金沢へ移ってきたのが十一月二十五日。宮嶋の両親はかなり前に亡くなっており、長く空き家となっていた実家を「終《つい》の棲家」に選んだ格好だ。

「やっぱりここは広々していいなあ。な、友里恵《ゆりえ》」

咲和子が野呂と麻世を伴って診療に訪れると、宮嶋は子供のように嬉しそうな顔を見せた。

「お恥ずかしいんですが、これまで住んでいた官舎は非常に狭かったんですよ」

妻の友里恵はほがらかな笑みを浮かべて咲和子らに説明する。快活で芯が強そうな雰囲気だ。

宮嶋の家は、長町《ながまち》武家屋敷通りに近い旧家だった。

土塀に囲まれ、威容を誇る邸宅の並びにあっても遜色ない造りに見える。けれど各部屋には段ボール箱が大量に積み上がる。一階の奥の間には、介護用ベッドが設置され、これから宮嶋が主な時間を過ごす寝室に仕立てられていた。けれど、ここも段ボール箱でいっぱいだ。

「役所勤めの大半は、霞が関と国会の周辺をウロチョロしていたんですけれど、途中で山形と三重県庁に出向した時期がありました。三十歳でスタンフォードの大学院に留学させてもらったり、ロンドンの日本大使館とパリのOECD代表部に勤務するチャンスにも恵まれて、いずれも得がたい経験を……」

ほの暗い照明の下、丁寧にメガネを拭きながら宮嶋は話し始めた。

「そんな事情で、引越しのたびに荷物は雪だるま式に増えちゃいましてね。狭い官舎に入りきらない分はその都度、実家に送っていたんです」

せっかくのお屋敷だが、長らくは単なる物置として使われていたようだ。

「でも、高級品なんてひとつもないんですよ。とにかく主人は本が好きで、本が増えない日はないくらいだったんです。仕事の資料もたくさんありましたし。あとは、たまの休日に家族であちこち出かけるたびに、『記念だ』『息子が喜びそうだ』なんて言って、いろんなものを買ってしまう人でしたから」

当時を思い出すのか、友里恵が懐かしそうな目をする。キャリア官僚として働き詰めだったろう宮嶋は、妻と子供を大事にする家庭人でもあったようだ。

息子は外資系コンサルティング会社のチーフコンサルタントとして、東京で活躍しているという。

「おかげさまで、やりがいのある仕事に恵まれたということなんでしょうか。東京に残った息子も、朝から晩まで仕事、仕事って――まるで昔の主人を見ているようです」

宮嶋のベッドサイドに座り直した咲和子は、大学病院での治療から在宅医療に切り替えた理由を改めて尋ねた。今後の方向性を共有するために、ぜひとも必要な質問だった。

「老齢期に入った、この国の話をしましょうか。若い看護師さんもいらっしゃることだし」

宮嶋は咲和子の問いを無視するかのように、思いもよらぬ話を始めた。

「東京オリンピック開催が迫った一九六一年、日本は、国民の誰にも安価で良質な医療を提供するという、世界に誇る国民皆保険制度を確立しました。所得倍増計画の初年度のことです。当時の日本は、とにかく若かった。大勢の元気な若年者が支払う保険料を原資に医療制度を支えることは容易でした。高度成長が勢いを増し、至る所に近代的な病院ができました」

野呂と麻世の顔を見た宮嶋は、コホンと一つ咳をした。

「お二人は、国民医療費がどれほどの金額か言えますか？」

「こ、コクミン……？」

「確か、四十兆円に迫るとか」

二人の答えに咲和子は冷や汗をかく。

「男性は落第。女性の方は、あなたなりに正解でしょう。この数字は、医師国家試験や看護師国家試験に毎年出題させていますから、ちゃんと勉強した人には記憶に残る数字でしょう。正しくは二〇一三年度に四十兆円を突破し、その後もほぼ毎年増えています。ところでこの国民医療費ですが、初期の一九六五年には、わずか一兆円に過ぎなかったんですよ」

生徒を指導する教師のような口調だった。宮嶋はメガネのフレームに手をやる。

「日本は国民の三人に一人が六十五歳以上になろうとしています。高齢化でますますコストがかさむ方向にある中で、巨額の医療費をどうやって賄えばいいのか？　現在は約五割を保険料、約四割を国や地方の税金で支えていますが、これ以上は、若い働き手に負担を強いることも、財政にツケを回すこともできない。もうそんな余力は、この国にないのですよ。つまり、国民すべてを病院で看取る余裕はない、ということです」

やや興奮気味に話す宮嶋に、妻の友里恵は「あなた、もう……」とたしなめるように首を振る。

「いや、いいんだ。これは私のケアをめぐる方針に関係する話だ。マクロな経済状況を現場の医療者の皆さんに理解してもらういい機会でもある」

咳払いをした宮嶋は、さらに続けた。

「だから私は、病院から在宅への転換を訴えてきょうまで来た。国のため国家のため、カネのかかる入院治療から、自宅で静かに最期を迎える在宅ケアへの転換ですよ。日本の医療システムを維持するには、自分だけが勝手なことをするわけにはいかない。一度でも厚生労働省に身を置き、尊い税金を預かる仕事についた者として、身をもって示したい——私は、家で静かに消え去る。それは可能なことだ、と」

宮嶋の国のシステムをめぐる卓説を耳にしながら、咲和子はベッドの点滴台の有無や角度調整の機能、痛みの程度などの状況を観察した。麻世も宮嶋に断りを入れ、バイタルサイン——血圧、脈拍、呼吸速度、体温の測定を行う。訪問時間に限りがある以上、長く手を止めてはいられない。あえて言えば、それが宮嶋の語るマクロな状況を下から支える、ミクロな医療現場の現実だ。

「それで統括審議官は、ふるさとの地を静養先に選ばれたのですね？」

野呂が、役所の正式な官職名で呼びかけた。先ほど国民医療費について答えられなかった分の穴埋めを図ろうとしているようだ。

宮嶋は苦笑した。

「ふるさとの地、ねえ。ここが果たして、ふるさとと言えるのかどうか。小学校時代は勉強に明け暮れていたから、友人らしい友人もできませんでした。私が金沢に住んだのは十二歳までで、中学からは東京の中高一貫校に進みましたし」

野呂は真剣な面もちで聞いている。都内の進学校出身で受験勉強中心の生活を送った男子として、なにがしかの共通項を感じているようだ。

宮嶋は東大教養学部から国家公務員採用上級試験を経て厚生省、今の厚労省入りし、省内では出世街道を歩いて「次の次の事務次官」の呼び声が高かったという。雨宮にそう聞かされた。かたや野呂は、私大医学部の中で難関校とされる城北医科大に滑り込んだものの、国家試験でつまずきを経験して現在に至る。

「正直、私にはこの地への強い思い入れはありません。ただ、本省で日夜激務に励む同僚に余計な心配をかけず、広さにゆとりのある住居となると、東京から離れた実家が手頃だろうと考えたのです。特に選んだというわけではなくて……」

「宮嶋さん、故郷っていいものですよ」

自分でも意外な言葉が、咲和子の口を衝いてでた。

「私も大学から東京へ出ましたから、金沢よりも東京で過ごした時間の方がずっと長くなりました。なのに、こうして戻って来てしまいました」

宮嶋が、ふんと鼻を鳴らした。一瞬の間を置いて、友里恵が頭を深く下げながら言った。

「白石先生、皆さん、主人をよろしくお願いします――」

その日の夕方、仙川の部屋にまほろば診療所のスタッフ全員がそろった。今後の宮嶋のケアの進め方について話をするためだ。

「今のところ病状は安定しているけれど、癌患者はあるとき突然、具合が悪くなって、二、三週間で亡くなってしまう場合もあるから気を抜かないように」

車椅子の仙川が、ホワイトボードの前に進み出た。フェルトペンを手に疾患別の死亡曲線を示し、時間の経過と症状の進行を四つのパターンに分けて説明する。

一般的な老衰は、虚弱《フレイル》の状態を経て非常にゆっくりと死が進行していく。重度の脳梗塞や脳出血など、発症の直後から数時間内に死亡するのが二つ目のパターン。三つ目に心不全のように急変と回復を繰り返しながらも徐々に状態が悪化し、最後の急変で命を落とすというパターンの疾病もある。四つ目のパターンとして、癌がある。末期のステージ4と診断されても元気な状態が比較的長く続いて、ある時を境に週の単位で状態が悪くなるケースが多い。

麻世が真剣な表情で手帳にペンを走らせる。途中から野呂もノートを取り始めた。

仙川が「ヘルパーはどうなっているの？」と尋ねる。

「今回は手配してません。『看護師以外の介護は希望せず』というのが奥さんの意向です」

亮子が宮嶋の「医療・介護連絡シート」を見ながら報告する。

「私はまだ若いので大丈夫です」

確かに友里恵はそう言っていた。まだ二回しか訪問していなかったが、友里恵からは介護に対する熱意が感じられた。閉ざされた空間の中で頑張っている妻の様子については、麻世が報告した。

仙川が腕組みをする。

「そうやって忙しくして、夫の命が短いという現実を忘れようとしてるんじゃないかな」

「ヘルパーの件、いずれ改めて利用を進言してみる余地はありますね」

咲和子のコメントに、仙川がうなずく。

「奥さんが倒れてしまってからでは遅いからね。特にそこは注意してフォローしよう」

このところ突然の雷鳴に驚かされる日が増えてきた。そんな十二月に入ったばかりの朝、泉が丘総合病院から咲和子に電話があった。

「お父様が四〇度の熱を出しました。呼吸状態も悪く、酸素が必要な状態です。昨日の昼、食事中にむせたのが原因かもしれません。医師の診察の結果、誤嚥性肺炎とのことです。肺炎治療のため、整形外科病棟から内科病棟への移動となりますが、よろしいでしょうか」

よろしいも何もない。治してもらうためにそういうシステムになっているのだから、従うしかないではないか。そう思いつつも、かつて自分が「病状が落ち着きましたので救急病棟から内科病棟に移しますが、よろしいでしょうか」と患者の家族に言っていたのを思い出す。

それが、こんなふうに聞こえていたのかと知って愕然とする。

夕方遅くに病院へ行くと、新しい内科の主治医が来てくれた。三十代の若い男性医師だった。コンピューターのディスプレイに胸のレントゲン写真を映しつつ、「手術後二週間目ですか。ま、よくあることですよ」と言った。

示されたレントゲンで、肺の右下が白くなっている。

「ご存知だと思いますが、典型的な誤嚥性肺炎ですね。ここ、肋骨骨折もありますが、ま、これは特に処置しなくてもくっつくでしょう。誤嚥は初回ですし、順調なら二週間ほどでリハビリに戻れるようになると思いますよ」

肋骨が折れていることは初めて知った。あの晩の転倒で胸も強打していたのだ。

主治医の話が数分で終わると、咲和子は病棟変更に伴う書類にサインし、看護師からいくつかの注意事項を聞かされ、やっと解放された。

病室は個室にした。その方が父がよく眠れるだろうと思ったからだ。

よく眠れる、どころではなかった。父はノックの音にも目を覚ます気配はなく、咲和子が「お父さん」と呼びかけても眠っているようだった。

父の額にそっと手を当てる。思いがけないほど熱い。枯れ木のような体から、よくこれだけの熱が発せられると感心するほどだ。老木なら、あっという間に乾ききってしまうだろう。

左腕から点滴が入り、酸素を鼻から吸っていた。点滴台にぶら下がる抗生剤は、ピペラシリンと書かれている。特に強力でもない一般的なペニシリン系の抗生物質が点滴されていることに、むしろホッとする。

呼吸音には痰の音が絡んでいる。静かな病室でその雑音が徐々に大きくなり、父は小さな咳とともに目を開けた。

「お父さん、大丈夫？」

父は、ぼんやりとした目を咲和子に向けた。

「痰を出してみて」

父は小さくうなずき、弱々しい咳払いをする。しかし、痰絡みの音は少しも改善しない。

「もっと、エヘンって。強く痰を出して」

父は再び咳払いをした。ただ、やはり力がない。咲和子は父の呼吸音に神経を集中させる。

「お父さん、まだ絡んでるよ。もっと頑張って」

父は、困惑の表情を浮かべた。その眼差しは昔テレビで見た、深い泥沼から抜け出せない野生のシカの目のようだった。

「咳は、響く……」

弱々しい父の声が、あわれに聞こえた。

「どこに？　足？」

「いや、胸に」

咳は、気道内から異物を排除するための生体防御反応だ。気道から空気を強く排出させるには、呼吸筋全体を使った運動が必要となる。その結果、父の咳は、肋骨の折れた部分をも震わせる。ところが傷が痛むせいで、咳を無意識に弱める反応も起きてしまう。それが痰の排出を遅らせ、肺炎をこじらせる。臨床医だった父も、当然それを知っているはずだ。

「痛くても、痰を出さないと。窒息するよ」

吸引器のチューブが入るのは、せいぜい気管の入り口まで。肺の奥の、細い気管にたまった痰は、自らの咳によって出さなくてはならない。

「分かっとる」

父は拗《す》ねたように言った。二度、三度、小さな咳払いをした直後、父は強く目をつぶり、歯を食いしばる。

「そんなに痛むの？」

父は、その顔つきのままうなずいた。自ら手を伸ばし、ナースコールのボタンを押した。

「白石さん、いかがされました？」

すぐに若い看護師が顔をのぞかせる。咲和子が状況を説明するのを待たず、看護師は患者の枕元にまっすぐ耳を寄せた。

「臨時のロキソニン座薬を頼む」

か細いが明確な声で父はリクエストした。

看護師は座薬を入れたついでに、痰の吸引もしてくれた。父の表情が和らいだのは、処置が終わって口の周りをきれいにしてもらった後だった。父はようやく取り戻した爽やかな声で言った。

「ずっとこんな状態なら、死んだ方がましだと思う人がいてもおかしくないなあ」

咲和子はぎょっとして、父の顔を盗み見る。澄ました面持ちの父は、むしろあっけらかんとしていた。

「早くよくなって、またドライブしたり、家でご飯食べたりしようね」

なんでもなかった日々が、いかに貴い時間であったことか。父は嬉しそうにうなずき、静かに目を閉じた。

翌日は宮嶋家の三回目の訪問日だった。咲和子は宮嶋の血圧を測り、腹部を押して痛みの有無を確認する。幸いなことに病状は安定していた。癌性疼痛もそれほど強くはなく、鎮痛剤と少量のモルヒネだけで十分にコントロールできている。

静かな室内で、窓からのぞく景色は雪に覆われている。

「審議官、毎日、退屈されていませんか?」

咲和子が冗談めかして尋ねる。

宮嶋はゆっくりと首を左右に振った。

「日中の大半の時間は、読書をしています。時間をかけて妻の手料理を味わい、気分のいいときは庭に出ることもあります。こんなふうに人間らしい時間を過ごせるのが楽しくて、退屈する暇なんてありません」

読書をする――少し前の父と同じだ、と咲和子はふと思う。

そのときだった。玄関で大きな物音がした。

「親父! いるか、親父!」

大きな足音を立てて三十歳くらいの男性が入ってきた。ピシッとしたスーツに身を包み、髪はしっかりと七三に分けられている。

「大樹《だいき》、先生の前で無作法だぞ」

「白石先生、失礼しました。息子です」

友里恵が頭を下げた。

「おふくろも何してんだよ。あんなに大学病院に残せって言っておいたのに。ちゃんとしっかり治療させろよ。大学の先生だって、まだ闘えるかもしれないって言ってたじゃないか」

宮嶋はうんざりしたような表情を見せた。

「かもしれないとか、一パーセントの成功とか、そんなものに振り回されて、最後の時間を無駄にさせないでくれ」

大樹が舌打ちした。

「またそんな屁理屈を。ここにいるのが無駄そのものだろ」

「お前には分からない」

宮嶋がため息をつき、そっぽを向いた。

「要するに親父は副作用が怖いんだろ。男なら、ちゃんとした医者に診てもらえよ」

「大樹、言葉を慎みなさい！」

友里恵が珍しく声を荒らげた。大樹は、ようやく咲和子に気づいた様子で振り返った。

「あなたが在宅医療とやらの先生ですか。大学病院で聞きましたよ。親父の癌治療を中断させるなんて、僕には非人道的としか思えません。東京に連れて帰ります」

「大樹！」

友里恵がいつになく硬い声を出した。

「お父さんにはお父さんの考えがあるの。めったに家に来ないくせに、こんなときだけ親に

のかよ」

「俺は親父やおふくろのために言ってやってるんだ。このまま、ここで死ぬのを待つだけな

指図するのはおかしいでしょ」

「そうだ」

宮嶋が静かに答えた。

「もういい。勝手にしてくれっ」

大樹は顔を真っ赤にさせたかと思うと、「タクシーを待たせてるから」と、慌ただしく出て行った。

「カッコつけたことばかり言って現実から逃げるのは、いつものことです。一人息子で甘やかしすぎたせいかもしれない。白石先生、私はここから動きませんし、気持ちも変わりません。これからもよろしくお願いします」

宮嶋の親子関係がそれからどうなったかは分からない。ただ、咲和子たちは訪問するたびに、宮嶋の変わらない日常を確認した。疼痛緩和医療と便秘や乾燥肌のケア、食欲増進のための処方などを変わらず行う。この繰り返しが続いている限り、宮嶋は命が保てるのだ。

薄紙を剝ぐように治る、という言い方がある。救急医療を行っていたころ、咲和子にはそ

の言葉がピンとこなかった。患者は劇的に良くなるか、あるいは死ぬかのどちらかだったからだ。

けれど、父の肺炎の治療経過はまさにその通りだった。毎日少しずつ、薄い薄い紙を剝ぎ取るように。そうやってゆっくりと一か月くらいかけ、徐々に熱が下がり、痰が少しずつ減った。

新年一月になって、肺炎がやっと落ち着いたとひと安心したときだった。ようやくリハビリに集中できるようになったと思ったのも束の間、再度、咲和子のもとへ病院から電話がかかってきた。

看護師によると、深夜に父が「火事だ！　みんな避難しろ！」と叫び出し、ベッド柵を乗り越えて降りようとしたという。歩けもしないのに。

「もう少しでベッドから落ちるところでした」

ベッドから降りたとたんに転倒し、再び骨折するのは、それこそ火を見るより明らかだ。

「ご迷惑をおかけしてすみません」

神経質なところがある父は、体の自由がきかない入院生活が長くなったせいか慢性的な不眠状態となり、せん妄を起こしたのだろう。

せん妄は、精神障害の一種だ。一時的に興奮などの症状を起こすが、しっかりと覚醒した後は、その時のことを全く覚えていない。寝ぼけたような状態に近いとも言える。二十四時間を明るい部屋で過ごす救命救急センターでは、不眠が原因でせん妄を起こす患者が少なくなかった。集中治療室《ICU》の収容患者に多いため、ICUシンドロームとも呼ばれた。

「安全確保のために拘束ベルトの使用と鎮静剤の開始をさせてもらってもいいでしょうか」

またもや「いいか」と問われたことにいら立つ。安全確保が錦の御旗にされ、同意せざるを得ない。

「それしか方法がないのでしょう。ならお願いします」

冷たい言い方になってしまった。

「すみません。看護師の数も限られていますので、マンツーマン対応というわけにはいかないんです」

先方の看護師が恐縮したように答えた。どの病院も事情は同じだ。咲和子は思わず「そんなことは知っています」と言いそうになる。ひどく気が立っているのを自覚する。父の病状が悪い方へ悪い方へと進む事態を止めることができず、もどかしさにイライラしているのだ。

「……分かります。父をよろしくお願いします」

咲和子はかろうじて穏やかな声を出した。

昔、父が大学病院で当直勤務をしていた晩に、自宅近くで大きな火事があった。小学校に入学したばかりだった咲和子は、泣きながら母とともに深夜の桜橋を走って逃げた。病院からの電話を切ってから、そんな出来事を思い出した。長いこと忘れていた火事の記憶。昨夜の父の脳裏によぎったのは、そのときの恐怖だったのかもしれない。

翌朝、見舞いに行くと、父は夜中に大騒ぎしたことを全く覚えていなかった。

「主人が全然、食べてくれないんです」

一月の半ばだった。宮嶋家を訪問すると、友里恵がずいぶん落ち込んでいる。

「あなた、どうして？　お願いだから召し上がってちょうだい」

ベッドに横たわる宮嶋に、友里恵は懇願するように言った。咲和子にも、その「食べてほしい」という気持ちは痛いほどよく分かる。

ベッドのそばにあるテーブルには、手のつけられていない料理が何皿も並べられていた。脇にはお菓子も大量にある。

宮嶋は、顎の線がさらに細さを増した。体重減少も著しい。とうとう来たか――という思いが咲和子の胸を突く。

一般的に癌の患者は、体重減少や全身の脂肪・筋肉の消耗が徐々に進む。これは「癌悪液質」と呼ばれる衰弱状態で、体が著しく痩せ細り、皮膚が灰黄色を呈することなどでも知られる。特に男性の癌患者に顕著に見られる傾向があり、膵臓癌や胃癌は女性でも深刻な悪液質を生じやすい。その結果、側頭筋と呼ばれるこめかみの部分の筋肉が痩せて顔つきが変わったり、尾骶《びてい》骨周辺の脂肪が減って床ずれができやすくなったりする。宮嶋の顔は、まさに悪液質が影響していると思われた。

悪液質の原因は、食欲低下だけではない。癌細胞が分泌するサイトカインと呼ばれる物質が全身に放出され、筋肉や皮下脂肪などの合成を抑えてしまう要因もあると考えられている。いずれにしても、食欲にはさまざまな要素が関わる。薬の影響も無視できない。すでに抗癌剤の投与は中止している。ほかに食欲に影響するような薬を飲んでいないか点検するが、特に疑わしいものはなかった。

体調も関係してくる。咲和子は宮嶋の下眼瞼を診て貧血の程度をチェックした。続いて呼吸音や心音を聴く。問題はない。腹部の柔らかさや、押したときの痛みの程度も変わらない。

「先生、参りましたよ」

診療を進める咲和子に、宮嶋は弱々しく苦笑いをして見せる。

「せっかく作ったのにとか、食べないと体がダメになるとか、妻の口から出るのは、恨み節と脅しばかりですよ。でも、食欲が出ないのだからしょうがない。精神的にむりやり口に物を押し込まれるようで、ちょっとした地獄の日々です」

友里恵は「またそんなことを」と、切なそうな顔で宮嶋を見つめる。

「私にできることは、あなたに病気と闘う力を養っていただくこと。毎日、近江町市場を回って新鮮な魚や加賀野菜を買い、できるだけ栄養のあるお料理を作っているのに……。味くらいみてくれてもいいじゃありませんか。私の料理は、もう信用してくれなくなったんでしょうか」

友里恵は寂しそうに目を伏せた。

「あのあと息子さんからは？」

友里恵を支えられる家族は、ほかに大樹しかいない。

「相変わらずです。ときどき電話してきますが、いつも東京の病院に戻れと言うばかりでして」

暗い表情のまま、友里恵はため息をついた。

触診の過程で、気になる点があった。手足の皮膚だ。悪液質の特徴でもあるのだが、明らかに肌に張りがない。日常生活の記録シートで確認すると、以前は一日に五、六回あった排尿回数が、このところは三回にまで減少していた。

咲和子は念のためにハンディタイプの超音波検査機で宮嶋の胸部を観察した。

すると、普段なら直径十三ミリ程度と標準サイズの下大静脈が、きょうは九ミリと細くなっている。下大静脈は体の中で一番大きな静脈で、下半身から血液を集めて心臓に流す役割を果たす。それが極端に細くなっているということは、宮嶋の体を巡る血液量——つまり水分が減少している証拠だ。

「総合的に見て、脱水による食欲低下が疑われます。せめて水分補給ができるといいのですが」

「いや先生、勘弁してください。何も飲む気がしませんから」

宮嶋が手を左右に振った。

「では、点滴してもいいでしょうか？　二時間ほどで終わります」

友里恵がいぶかし気な表情をする。

「点滴なんてしたら、ますます口から食事を食べるのをやめてしまうんじゃないでしょうか？　ネットにもそんなことが書いてありましたし」

友里恵も宮嶋が心配で、いろいろと調べているようだ。

「確かに、高カロリーの点滴をすると血糖値が上がるので、脳はお腹がいっぱいと判断して食欲が出ないこともあります。でも脱水で食欲が低下している場合は、水分補給の点滴で食欲が回復することが多いものですよ」

「あなた、ぜひ点滴をなさって」

友里恵は咲和子の説明を理解するや否や、宮嶋に向かって手を合わせる。宮嶋はほんの一瞬、天を仰ぐような仕草をした後、「友里恵がそう言うなら。先生、お願いします」とうなずいた。

咲和子は、点滴治療の開始を麻世に告げる。すぐさま野呂が訪問診療車に駆け戻り、中心静脈栄養法用輸液セットを運び出して来た。それを受け取った麻世は、慣れた手つきで点滴ボトルと輸液ラインをスタンドから吊り下げる。

「宮嶋さん、腕を失礼します」

麻世はそう言って宮嶋の腕に駆血帯を巻き、注射器とトンボ針をスタンバイさせる。トンボ針にスッと血液が逆流したところで手早く駆血帯を外し、針をテープで固定する。そこへ点滴ボトルから垂れ下がるラインをつなげた。最後に滴下スピードを微調整し、針が簡単に抜けないようにテープ固定を補強する。一連の動作は流れるようだった。

救急医療とはまた違った局面での素早い対応ができている。咲和子は野呂と麻世の状況判断や看護技術が安定してきているのを頼もしく思った。

点滴が順調に落ち続ける中、宮嶋は誰にともなく語り始めた。

「生涯医療費のうち、終末期にかかる医療費は約半分。この医学的な処置に意味があるのか……。財政問題では常に頭を悩ませてきたが、私が国のために最後にできるのは、『無駄な延命治療で若い人の税金を使わないこと』だろうな。死ぬときくらい国に迷惑をかけずにいきたい」

咲和子にも宮嶋の言葉は聞こえた。だが、何を言えばいいのか。麻世や野呂とも目が合う。二人とも同じように戸惑っている様子だ。傍らで一人、友里恵は両手のひらで顔を覆った。沈む気持ちを抱えたまま診療所に戻る。咲和子は仙川に、宮嶋が点滴にすら疑問を持っている様子を報告した。

「そういや終戦直後に、『自分は職務上食べるわけにはいかない』ってヤミ米を拒んだ末に餓死してしまった裁判官がいたなあ」

「まさに、それと同じです」

麻世が暗い声で言う。

「……一九四七年十月、東京地裁の判事が法律違反の闇市で食料を買うことを拒否し、栄養失調のために死亡。判事本人は、闇市を取り締まる食糧管理法を守る立場から、違法流通の食料に手を出すわけにはいかないと考えた」

野呂がスマートフォンで検索した結果を読み上げる。

「判事は三十四歳。アメリカの新聞に『Man of high principles』――高い信念の人って紹介されたそうです」

「いくら信念が高くても……」

咲和子はため息をついた。

宮嶋の「信念」は理解しても、医師としては「はい、そうですか」と患者を放置することはできない。疾患によっては、患者の判断力が低下している可能性もある。しかも終末期の患者は気持ちが揺れるものだ。病状の変化や時間の経過で、患者の思いや家族の意見も変わる。「絶対にこうだ」と決めてしまう方がむしろ怖い。ディスカッションできる余裕は、常に残しておくことが望ましい。咲和子はここ何か月かの経験を通じて、そう考えていた。

「宮嶋さんのケアは、あくまで当初の方針通りで行きたいと思います。私たちは、患者の希望をできるだけ支える——。点滴や経口栄養のあり方は、必要に応じてケースバイケースで考えましょう」

宮嶋の治療方針について確認し合いながら、咲和子は内心、本当にこれでいいのかという迷いがあった。家族が延命治療を希望し、一方で患者本人がそれを望まない場合、どちらの気持ちも無視するわけにはいかない。

二週間後の訪問時に、友里恵はトゲのある調子で言った。

「主人はどうせ、何を言っても食べてくれないんですよ。私のために生きようという意欲がないんです」

友里恵の表情から穏やかさが消え、イライラした様子が目立つ。ストレスがたまっているようだ。

「奥様、きょうもご主人に了承をいただきましたから、もう一日、点滴を続けましょうね。無理に口から食べて吐いてしまうよりも、点滴の方が安全です。脱水が改善して体調が安定すれば、また食欲が出てくるかもしれません」

麻世が友里恵に語りかける。

「そうですね。今は点滴を嫌だと言わないだけでもましと思わなければいけませんね」

友里恵は徐々に落ち着きを取り戻した。

「夫がここで死ぬと覚悟していて、私もいっしょに覚悟したつもりになっていました。だから、息子が言うようにはさせなかったんです。でも、いざ夫が痩せてくるのを見ると、ただもう悲しくて悲しくて。私だけでも夫を理解しなければならないとは思うんですが、一方で、大学病院で延命治療というのができるのなら、それもいいかなと思ってみたりと。情けないです」

友里恵は憔悴した表情で、唇を震わせる。

「考えてみれば、主人が私の料理を食べてくれないって、今に始まったことじゃないんです」

そう言って友里恵は髪をかきあげた。

「本省で今のポストにたどり着く前は、いつもそうでした。年がら年中、予算だ、国会だ、審議会だ、大臣案件だと言って、朝食も取らずに官舎を飛び出すと終電の時刻が過ぎても帰ってこない。連絡もなしに役所に泊まり込んでしまうんです。いつしか、泊まりが三日目になったら着替えを届けるというのが我が家のルールになりました。でもね、そのときだけは手作りのお弁当を持って行けるので、あれはあれで幸せでした……」

友里恵がふいと笑い、続いて肩をすぼめる。今まで気づかずにいたが、彼女の髪にも白いものがたくさん混じっていた。

「先生、私の方が先に参ってしまいそうです」

咲和子は、友里恵の手を取った。

宮嶋のケアを進めるとともに、友里恵の介護負担をどのように軽減するか——まほろば診療所のスタッフにとって、それも重要なテーマになりつつあった。

〈自分は役に立つ人間だとは思えない〉＝はい

〈わけもなく疲れたような感じがする〉＝はい

〈悲しかったり、落ち込んだり、憂うつだったりする〉＝はい
デスクの上に広げた、介護疲れの度合いを測るチェックシートに目をやり、仙川は腕組みをする。いずれも友里恵が記入した回答だ。

「ちょっと深刻だな」

亮子が仙川の手元をのぞき込む。

「どの問いに対しても、ネガティブな気持ちが支配的ですね」

「奥さん、長崎出身だそうです。縁もゆかりもない金沢に来て、審議官の介護をまるまる引き受けてますからね。あれ以来、東京の息子も帰ってこないし、審議官が一番大切に思っているお役所からも誰一人見舞いに来ない。毎日の食事の問題もあったけど、なんか孤立してるって感じですね」

野呂の総括は容赦がなかったけれど、かなり的確だ。

麻世が手を挙げた。

「よかったら宮嶋さんの奥さんを、実家にご招待したいのですが」

「麻世ちゃんの実家に？」

仙川がいぶかしげな声を上げる。

「旅館をされているのは知っているけど」

咲和子も麻世の意図を理解できなかった。

「介護の息抜きにどうかなって思って」

「なるほど、レスパイト・ケアか！」

仙川が手を打つ。

レスパイトは「一時休止」「休息」を意味する英語で、レスパイト・ケアは「休息介護」や「介護者の休息」などと訳される。在宅で介護する家族の疲れを解消するための取り組みで、患者と家族の共倒れを防ぐのが目的だ。介護者の疲労時だけでなく、冠婚葬祭などの事情で介護者が家を空けなければならないときにも用いられる。

「だけど、それって逆なんじゃないっすか？」

野呂の言う通りだった。家族を介護から解放して休ませる場合、患者の方をデイサービスやショートステイなどの施設で受け入れて家から引き離すのが一般的だ。けれど今回の場合は逆に、介護する側の家族を家の外へ連れ出すことになる。

「宮嶋さんをデイサービスに送り出すのでは、本当の意味でのレスパイトにはならないわね」

咲和子の言葉に、麻世が大きくうなずく。

「あたしも、そう思うんです。家に残った友里恵さんは、やっぱり旦那さんの食事やら介護やらの準備をし続けると思います。留守を預かりながら、旦那さんを心配し続けて、一日中ずっと働きそうです」

「確かに。それに宮嶋審議官を簡単に受け入れてくれる施設が見つかるとも思えませんし。『この施設は、国の助成を得ているのか？』とか、『職員の労働環境はどうなってる？』とか言って、施設の人たちも落ち着かなくなりそうっすよ」

野呂の指摘に、咲和子も麻世も吹き出した。

話し合いは結論に達した。まほろば診療所から、宮嶋夫妻に対してレスパイト・ケアを提案し、友里恵には麻世の実家への宿泊をすすめる。友里恵が不在となる間は、看護・介護ステーションとも協力しながら、宮嶋を在宅のままでケアする。

「あすにでもさっそく、宮嶋さんに話してみましょう。ただその前に麻世ちゃん、ご実家のＯＫをもらわないとね」

なぜだか麻世は、少しこわばった表情で「分かりました」と答えた。

翌朝、咲和子は麻世とともに、バスに揺られて卯辰山を登っていた。

昨年十月、父とともに金沢ヘルスセンターの跡地を訪ねたときは緑色に覆われていた卯辰山はすっかりと色あせ、肌を刺す寒風の中にあった。

この日、二人が目指していたのは、麻世の両親が中腹で営んでいる宿「三湯旅館《さんとう》」だった。

「すみません先生、お忙しいのに。でも私、一人じゃ心もとなくって……」

日頃、さばさばとした麻世からは想像できない姿だった。

「いつでもお客様第一、何でもお客様優先、家族はとにかく後回しだっていう旅館の仕事が私、大っ嫌いだったんです。学校の休みの日は朝から家の仕事を手伝わされて、グズだのさっさと片づけろだの、両親には叱られてばかりでした。だから、看護師になると宣言した日は、父親がポカーンとしてました。旅館をずっと手伝わせるつもりだったんでしょう。でも、私はそんなのごめんでした。私はつまり、実家から逃げたんです」

誰にとっても親子関係というのは思ったよりも簡単ではないのだろう。生活をしてゆけば、幼いころからの思い出がいいものばかりであるはずはなく、ささいなことがきっかけとなって爆発したり、修復困難なしこりとなるものだ。

「私がいっしょに行くことでお役に立つなら、お安い御用よ」

咲和子は麻世の肩を軽くたたく。忙しさを言い訳に実家に帰らなかったのは、咲和子も同じだ。

バスは豊国神社前の停留所を過ぎ、望湖台へと登り坂を進み始めた。あともう少しだ。

「麻世ちゃん、きょうはご両親と何年ぶりになるの？」

「看護学校の卒業式のあと、ちょっと寄ったんで……」

麻世は普段とは打って変わった弱々しい声で「八年、ぶりです」と答えた。

咲和子は麻世と家族との確執の深さを感じた。

バスを降りると、すぐに看板が目に入った。森の陰から姿を現した三湯旅館は、金沢市街を見下ろす絶好のビューポイントにある。古い門構えからは、昔ながらの客亭の格式が感じられた。

門の脇、日陰に残った雪がツルツルに固まって足を取られそうになる。

「そこ、キンカンナマナマ！　先生、気をつけてください」

とっさに麻世が声を上げた。

「あら珍しい。懐かしい金沢弁じゃない」

咲和子は息を弾ませて応じる。

「……この季節この場所で、昔っから両親にそう注意されてきたんです」

少女のような顔をした麻世に、咲和子は笑みを添えてうなずき返した。

咲和子と麻世は慎重に歩みを進め、やっとのことで玄関前にたどり着く。

麻世は、数寄屋造りの建物をしばらく眺めていたが、勢いをつけて玄関の扉を開けた。

「ただいまー」

麻世とともに中に入ってしばらく待つが、返事がない。麻世が腕時計を確かめる。十一時十分だ。

「この時間なら、風呂と部屋の掃除かな。お母さん、いるー？」

再び麻世が声を張り上げた。

奥から男性が、左足を引きずりながらやって来た。

「お父さん……」

麻世が驚いたような声を出す。その歩き方からすると、麻世の父親は、恐らく脳梗塞で左片麻痺になったに違いない。咲和子がお辞儀をして頭を上げると、隣に母親の姿もあった。

「お前が紹介してくれるお客さんっていうのは、その人か？」

母親が尋ねた。

「違うよ。それより、父ちゃんはいつの間に……」

麻世が低い声で答える。

「六年前だったかな」

「教えてくれればいいのに。あたし、看護師なんよ」

「父さんが、知らせるなって言うから。だいたい、あんたにかけても電話つながらんが」

「忙しかったんよ」

「忙しくても、かけてくるもんや」

「父ちゃんも母ちゃんもあたしのこと信用しとらんが」

「そんなことないが」

親子の言い合いが続く。だが、母親の目は潤み、隠し切れないほど嬉しそうな表情になっていた。

母娘が口を閉じた瞬間、咲和子は一歩前へ出る。

「まほろば診療所の医師の白石と申します。いつも麻世さんには助けていただいております」

咲和子は深々と頭を下げた。

「今回は、患者の家族の宿泊をお願いしたいと思って参りました。どうぞよろしくお願いいたします」

「昨日、電話で話したお客のことやが」

麻世が横から言い添える。

母親は、しっかりとうなずいた。

「……わたしらに、むつかしいことは分かりません。でも、娘をこんなに立派にしてくれた診療所のお客様なら、いつでも何をおいても大歓迎です」

母親は下を向いたまま、お辞儀を返してくれた。床に大粒の涙がポツリポツリと落ちる。ふと見ると、麻世も同じようにうつむいて、小さな肩を震わせていた。

レスパイト・ケアについての計画が整ってから、咲和子は宮嶋家に向かった。ところが、友里恵は提案を受け入れようとしない。

「夫を一人にしておくのは心配ですから、結構です。休息なんて言っていられません。お気遣いいただかなくとも私、主人の介護はしっかりできますからご心配なく――」

咲和子は、ひとまず相づちを打って共感の意を示す。想定内の反応だった。

「そうですね、友里恵さん。あなたは立派にやり遂げています。ご主人の食事についてはとても配慮して、安眠できるような心配りや快適で清潔に過ごせる環境作りも毎日、完璧にこなしていますね」

咲和子は、膝に置かれた友里恵の手を包んだ。

「でもね、友里恵さん。あなた自身は、ちゃんと召し上がっていますか？　夜は良く眠れていますか？　心穏やかに毎日を過ごせていますか？」

疲れて見えるのは、単に体だけではない。咲和子はそう言いたかった。

友里恵は突然、すすり泣いた。

「実は……私も食べられなくて……」

　咲和子は、結んだ両手に力を込める。

「在宅医療では、介護される側だけではなく、介護する側も心身のコンディションを調整していくことがとても重要です。介護を続けるなかで、どうしても心と体に積み重なってしまうストレスを、上手に解消してゆく手段を身につけましょう。それがひいては、ご主人のためにもなるのです。一日だけでも休みを取って、おいしいものを召し上がって気分転換してみてください」

　結局、友里恵からレスパイト・ケアを受けてみたいという申し出があったのは、翌日の朝だった。

　二泊三日のレスパイト・ケアから帰宅した日、まほろば診療所に友里恵からお礼の電話が入った。

「ありがとうございました。三湯旅館さん、素晴らしかったです。私にとって金沢は未知の土地でしたが、すごく魅力がある街だということも実感しました」

　電話口では、友里恵の晴れやかな声があふれんばかりだった。麻世の両親による心づくしの料理を堪能し、小さいながらも風情のある檜《ひのき》風呂で体の芯から温まり、金沢市街はもとより日本海まで見渡せる部屋からの眺めに心を洗われたという。

「実は私、長崎の出なのですが、あの卯辰山には江戸時代、長崎生まれの大勢のキリシタンが幽閉されていた歴史があったそうですね。厳しい抑圧の時代に、どんなことがあっても自分の信じる道を守り抜いた長崎の教徒が五百人以上も住まわされていたと……。悲しい出来事ですが、不思議なつながりを感じました」

電話の最後に、ほんの少しだけ声を落とし、卯辰山の「土産話」もしてくれた。友里恵が持ち前の明るさを取り戻していることに咲和子は安堵する。レスパイト・ケアの効果は思った以上だった。電話が聞こえたのか、仙川が「よかった、よかった。しなしなっーとできて。麻世ちゃんのおかげや」と小さく拍手した。

レスパイト・ケアから二週間後の二月上旬、咲和子が訪れたときに宮嶋は一階の寝室にいなかった。

「こちらです。お足元に気をつけてどうぞ」

友里恵が嬉しそうに案内してくれる。咲和子は不思議な気持ちを胸に抱いたまま二階へ上がる。階上からは何やらカタカタとした機械音が聞こえる。

居室に入って驚いた。小さな水色のレールが八畳間を一周し、四両編成のおもちゃの列車が忙しく走り回っている。宮嶋は、列車を目で追いながら、満足そうにうなずく。レールの向こう側には、さまざまな盤ゲームがひな壇を作るようにして飾られていた。

「プラレール、すごいですね！」

麻世が驚きの声を出す。

「人生ゲームやジェンガ、ダイヤモンドゲームもある……」

咲和子も、レトロなコレクションにワクワクする思いだった。押し入れの前には、キャンプの道具や天体望遠鏡、それに数々の本が並ぶ。

「ボードゲームやブリキのおもちゃ、昔の雑誌や図鑑も。お宝ばかりですね！」

宮嶋がやっとこちらに気づいてくれた。

「白石先生に麻世さん、ご興味ありますか？　じゃね、これ見てくださいよ、これ。息子といっしょによく遊びましてね」

宮嶋は、目を輝かせながら段ボール箱の中から新たなおもちゃを取り出した。

「妻が泊まりに出た二晩ですが、ぼんやり部屋を見回して過ごしていましてね。ふと、ベッド脇に積み上げられた段ボール箱に、『プラレール』って書いてあるのに気づいたんですよ。その字を眺めていたら、無性に手にしてみたくなったんです。それからですよ。次から次へと昔の思い出が詰まった段ボール箱を開けまくってしまって……」

三日間のレスパイトは、介護者の心に光をもたらしただけではなく、患者である宮嶋の心身にも少なからぬ影響を及ぼしたようだ。

「このプラレールは、息子が喜びましてねえ。いや、楽しかったなあ。まだ三歳の子が、一生懸命、脱線した電車を戻そうとするんですよ。自分だってまだちゃんと歩けないくせに」

宮嶋が大きな口を開けて笑う。

「子供が大きくなっていくに連れて、電車を少しずつ増やして、実際にその電車に乗りに行くという計画も立てました。新幹線や山手線、都電もあったんですよ。親子で共通の趣味を持ったような状態でした」

友里恵も懐かしそうに話に加わる。

「大樹がプラレールに興味を失くしてからも、主人はよく一人で、電車があっちに行ったりこっちに来たりするのをぼんやりと眺めていましたね。そんなときは、私がお茶を運んであげて、いっしょに付き合ってあげて」

宮嶋が、「おいおい、俺は友里恵に見せてやってるくらいのつもりだったけど」と笑う。

「実は私、子供のころにプラレールがほしくて仕方がなかったんです。でも勉強しなければならないし、両親にそんな贅沢を言えないことも子供心に分かっていた。だから、息子には思う存分、プラレールで遊ばせてやりたかった。ゲーム盤も同じです。でも、妻が言うように、私自身が楽しかったからなのか……」

宮嶋は友里恵と顔を見合わせてほほ笑んだ。

「子供の成長に連れて必要なものが変わり、いつしか独立していきました。でも、あのころの時間をともにした品々は、やはり忘れられません」

居室を埋め尽くしている物たちは、宮嶋自身の人生や、これまで家族三人で過ごしてきた日々を象徴するかけがえのない品々のようだ。

「これをきちんと整理して、物によっては大樹に渡してやらないと」

咲和子は宮嶋が、様変わりしたと感じた。大げさではない。仕事を失い、食欲も消え、天井を仰いでばかりいた宮嶋の胸の内に、「生きる目的」が芽吹いたようだ。

咲和子は宮嶋のコレクションの中に飴色の将棋盤を見つけた。

「とても風格のある盤ですね。何の木ですか？」

「お目が高い。これはね、上等な素材の本榧《ほんかや》です。駒の当たり具合が気に入ってましてね。もしかして、先生もお好きなんですか」

「ええ、大好きです」

宮嶋が「やりますか？」と、目をキラキラさせた。

咲和子は後先を考えずに、思わず「はい！」と答えてしまう。

麻世が困った表情で時計を見た。次の患者の訪問時間が迫っているのだ。咲和子は「分かってる。ちょっとだけよ、ちょっとだけ」と麻世を拝む。

盤上に駒を並べるそばから、木の艶にほれぼれした。甘い香りも感じられる。最初の数手で宮嶋が真面目で誠実な人柄であるのを十分に再確認する。駒を一手進めた直後、宮嶋と目が合って互いにほほ笑み合う。それだけで咲和子は満足だった。

「では、この続きはまた今度」

「ええ、ぜひ。盤面は私が記録しときますよ。これは、いい勝負になりそうだ」

宮嶋の言葉にうなずき、咲和子は立ち上がった。


それからの宮嶋は多くの「仕事」を成し遂げた。段ボール群の整理を完了し、懐かしい品々の分類を終えたほか、同じく箱から出てきた医療行政関係の稀覯《きこう》本や洋書を役所の図書室に寄贈し、さらには、社会保障関係の団体機関誌に「一九七〇年代のボードゲームに見る日本の高齢者観」という学術エッセイまで寄稿した。

寝室で宮嶋は、本当に穏やかな笑顔を見せた。

「白石先生、私は満足しています。在宅医療への転換を進める政策に関与した手前、おめおめと病院で入院生活を続けるわけにはいかなかった。それが私の矜持というか——意地でした。本音を言えば少し怖かったけれどね、家に戻って正解だった。ここには、ここにしかない世界がありました」

宮嶋の顔つきはますます骨ばって、目も落ちくぼんでいた。体重減少は明らかだ。診察をすると、全身の筋肉が最初のころよりかなり減少している。ただ、筋力はそれほど落ちてはおらず、軽く支えれば歩くことも可能だ。まだ余力は残っていると思われた。

膵癌による腹部の痛みの変化が一番心配だった。だがこれもモルヒネによる疼痛コントロールがとてもうまくいき、快適に過ごせている様子だ。食欲もなんとか維持できている。便通コントロールがやや不良だったので、下剤の処方を増やした。

「宮嶋さん、やるべき仕事はまだまだありますよ。分類はしたものの未開封のおもちゃが多いし、ほら例の将棋の続きも」

「忘れていませんよ、先生との約束は」

そう言って宮嶋は、枕元からメモ帳のようなものを取り出した。オレンジ色の表紙には「図面用紙　日本将棋連盟」とある。

「へえ、将棋の盤面をそのまま記録しておけるんですね。将棋連盟のオフィシャル版ですか――宮嶋さん、本格的ですね」

二週間に一度の訪問診療は、この日も静かな会話が続いた。宮嶋もホッと息をついている。

「あなた、そろそろご準備よろしいですか？」

外出着に着替えた友里恵が、男物のコートを手に姿を現した。介護タクシーが迎えに来る時刻が迫ってきたと報告している。今までになかったことだ。

「え？　どちらかにお出かけですか」

咲和子が問いかけると、友里恵がはにかんだような笑みを見せる。

「きょうは、犀川を渡って室生《むろう》犀星《さいせい》記念館あたりへ行ってみようと。ね、あなた」

宮嶋も少し照れた様子で頭をかいた。

「この街をもう一度たどりたい……と無性に思うようになりましてね。三湯旅館に妻がお世話になってからですよ。枕元で妻から卯辰山の長崎キリシタン殉教者の碑や望湖台、浅野川の話なんかを聞かされるうちに」

「それはいいですね」

宮嶋と友里恵が二人して穏やかな心持ちになっている。医療的な観点からすれば、心身ともに安定している証拠だとも考えられ、咲和子は少し安心する。

「昨日は私が卒業した小学校を見てきました。四十五年ぶりですよ。意外なことに校舎はほとんど変わっていませんでした。だからなのか、自分でも驚くほど懐かしかったです。将来の進路を考えたのも、勉強に疲れて気分転換をしたのも、犀川のほとりだったんです。せっかくだから犀星記念館もついでに行ってみようかな、と」

「私も高校まで住んでいたので、同じように過ごしました。そうそう、宮嶋さんは金沢ヘルスセンターを覚えていませんか？」

年代が近い宮嶋なら「夢の王国」の記憶があるはずだ。

「もちろん覚えていますよ。あのころ、金沢の子供で金沢ヘルスセンターに行ったことのない子なんていませんでしたよ」

宮嶋は目を細める。楽しく、平和な記憶を回想しているのだろう。こうした子供のころの温かい記憶が感情のベースに流れ、人は人生の後半で懐かしい土地へ引き寄せられるのか。

「帰巣本能ですかね、白石先生」

咲和子は首をかしげる。

「人生の最終局面を迎えて、執着のなかった金沢に戻りたくなった理由が何なのか。鮭が生まれた場所に戻って産卵した後に死ぬように、人間も遺伝子のどこかに帰巣センサーが残っているのかもしれない。故郷を思う自分の感情に自分自身で驚きながら、そんなふうに想像しました。いつぞやは皆さんの前で、『ここが果たして、ふるさとと言えるのかどうか』なんて吠えてしまいましたけれど」

宮嶋は愉快そうに笑った。

「やらなければならないこと、行かなければいけない場所があるんですね。宮嶋さん、何でもおっしゃってください。その実現のために、私が力になります」

宮嶋にはまだ生きる意欲が燃えている。咲和子はそれを嬉しく感じた。

「もし犀川を歩いて渡るなら、桜橋がおすすめです。きょうは天気がいいですから、水の流れがよく見えると思いますよ」

家の前で介護タクシーに乗り込む夫妻を見送りながら、咲和子は宮嶋と友里恵に大きく手を振った。なじみの薄かった故郷の風景は、二人して訪ねることで何ものにも代えがたい思い出を残すだろう。

街は雪に覆われてはいるものの、この日は日差しが暖かく感じられた。


泉が丘総合病院では、父の深夜の大声を抑えるため、その後も鎮静剤が使われ続けた。父はベッドで安静にしている時間が長くなったためにますます足腰が弱り、手術した部位が順調に回復しているにもかかわらず、全く歩行できなくなった。

父はリハビリテーション病棟へ移された。

立位訓練や歩行訓練を開始して数日が経つものの、歩ける兆しは見られない。あんなに意欲的だったリハビリを嫌がるようにさえなった。

先週末のことだ。咲和子は父を気分転換させようと、車椅子に乗せて院内を巡った。だが売店の前に来ても、父は何かを買いたいと言い出さない。慌ただしく行き交う病院のスタッフたちを、ぼんやりと目で追うばかりだった。

「家に帰ったら、かぶら寿司食べようね」

父は生気のない顔で弱々しく笑った。

ベッド脇の棚には『The Lancet Neurology』のバックナンバーをそろえておいたが、今ではその上にオムツが置かれている。論文誌の存在は、父にも病院スタッフにも忘れ去られているに違いない。

入院してからまだ三か月しか経っていない。なのに骨折をきっかけに、ドミノ倒しのように次々と新しい病気に見舞われて全身の衰弱が進んでいた。よくあるケースだが、家族にとって、これほど苦しいことだとは想像できなかった。

そしてきょうの夕刻、泉が丘総合病院の看護師から電話で連絡があった。

「昨日からお父様、食事に全く手をつけなくなってしまいました。ええ、ちょっと心配です。今後の方針を医師と相談していただきたく……」

ナースステーションで日常生活の記録を見せてもらった。食事量の減り方が極端だった。体も一回り小さくなったようだ。主治医は「ひとまず点滴で栄養補給をして様子をみる」と言った。

父の病状は、骨折、肺炎、食欲の低下と、まさに負のスパイラルのように進行していた。今思えば、入院して骨折の手術を終えたころが一番元気だった。

元に戻らなくてもいい、せめて苦しくないように安定した日常が送れればいいと、願いのレベルを下げた。けれど、病気の連鎖はそこで終わってはくれなかった。

二月最後の日、リハビリテーション病棟で就寝中、父は脳梗塞を起こしたのだ。

神経内科の病棟に移された日、病院へ駆けつけた咲和子は新たな主治医と面談した。

「枝野《えだの》と申します。僕、白石達郎先生のご講演に感銘を受けて、神経内科医になろうと決心したんです。神経細胞の成長因子についてのご研究でした」

四十代に見える落ち着いた雰囲気の医師は、そう言って頭を下げた。それから頭部ＭＲＩ検査の画像を黙って見つめた。

「症状にも合致しますし、左の麻痺はここが責任病巣ですね」

右の基底核から放線冠と呼ばれる運動神経の通り道に、白い影がある。その部分を神経内科医はマウスポインターでぐるぐると示した。

「治療しても、少なくとも左上下肢麻痺の後遺症が残ると思われます。痛みが出る場合も少なくありません」

枝野は深刻そうに眉を寄せた。

雪解けの季節を迎えたころから、宮嶋は急に衰えを示し始めた。三月十二日の朝、宮嶋の腕を動かして関節の拘縮具合を確かめたとき、抵抗がほとんど感じられなかった。腕も、体幹も同じで、体全体に力が入らない様子だ。生命の炎が燃え尽きる時を迎えたのだと咲和子は確信した。

臨終前にあたって使うスケッチブックを取り出し、意識混濁や下顎呼吸などの死に至る変化を友里恵に伝える。

「それが今夜になるか、明日になるかは分かりませんが、近いのは確かです」

友里恵は目を伏せたまま動かない。覚悟していたとはいえ、現実を受け入れるのは辛いようだ。けれど、時間はさほど残されていない。

「東京の息子さんにご連絡を……」

友里恵は長い息を吐いた。

「分かりました。先生、最後までよろしくお願いします」

夕方、再び友里恵から連絡があった。宮嶋の様子がおかしいという。

「野呂君、このまま長町へ寄ってくれる？」

その日の訪問予定を、ちょうどすべて終えたところだった。

「宮嶋さんですね？」

「そう。もしかすると長くなるかもしれない。麻世ちゃんと野呂君はきょう、残れる？」

大学病院の救命救急センターは、シフト勤務体制を取っていたので、夜勤はあっても残業などイレギュラーな勤務はむしろ少なかった。

だが、少人数のスタッフで回す在宅医療の現場では、シフト要員を確保することなど不可能だ。医師である咲和子自身は、急な残業をいとわない。だが、それを麻世や野呂にも強要しようとは思わない。もしも二人が残れないと答えれば、咲和子は一人で対応するしかないと覚悟した。

「残業、大丈夫ですよ」

「オッケーっす」

二人の声に、咲和子はほっとする。

「ああ、よかった。ありがとう」

臨終が迫る患者の往診で、二人の協力を得られるかどうかの差は非常に大きかった。

宮嶋邸の呼び鈴を押す。出てきた友里恵の表情がこわばっていた。

咲和子は急いで宮嶋の寝室へ向かう。

ベッドの中で、宮嶋はあえぐような呼吸をしていた。死の前に現れる下顎呼吸だ。麻世が血圧計のマンシェットを腕に巻いて測定を始めるが、何度もエラーが出てしまう。すでに血圧計では測定困難なほど血圧も低くなっていた。代わりに触診で確かめる。手首でかすかに感じる程度、首にある頸動脈ではまずまず脈が触れる——収縮期でわずか七〇程度しかない。

「あまり時間は残されていません。息子さんは？」

静かな部屋に咲和子の声が低く響く。

友里恵は首を左右に振った。

「電話はつながったんですが、忙しくてすぐには時間が取れないらしいのです。誰に似たのか、仕事への責任感が強すぎて……」

友里恵はあきらめたように視線を床に落とした。

そのとき、宮嶋がうめくように声を発した。

「だ、大樹、だい、き……」

誰もが沈黙したまま、身動きできずにいた。死の直前、急に意識がはっきりすることがある。友里恵はその場でスマートフォンを取り出して何度も電話をかけるが、大樹は出ない。

「血圧、さらに下がりました」

麻世の報告に、咲和子はとっさに野呂の手を引き寄せて宮嶋に握らせた。

「宮嶋さん、息子さんですよ。息子さんが見えましたよ！」

野呂はギョッとした様子で咲和子の顔を凝視する。

そして次の瞬間、野呂も「親父、親父」と大声を出した。

「ああ、お父さんが笑っている。あなた、大樹はちゃんといますよ」

友里恵も涙ぐんでいる。

「親父、親父！」

野呂は、まるで大樹が乗り移ったように声をかけ続けた。

そのとき、玄関で物音がした。扉が乱暴に開けられ、誰かが家に上がる音が続く。

「親父、どんな感じ？」

大樹の声だった。大きな足音とともに声が近づいてくる。

寝室の扉が開いた。大樹は絶句し、部屋を眺め回す。

宮嶋の部屋には、天井に届くほど何層にも組み上げられたプラレールがあり、何編成もの電車が右へ左へと走っていた。この一か月間、訪問診療の合間の時間を利用して、野呂と麻世、咲和子が宮嶋とともに組み立てたのだ。

「驚いた……」

大樹は口を半開きにしたまま立ち止まった。

「大樹、早くこっちに！」

友里恵がかすれた声で叫ぶ。

野呂が大樹の背中を押し、黙って父親の手を握らせた。

「親父に俺、よく、遊んでもらっ……」

大樹の声はいきなり感極まり、あっという間に途切れた。

プラレールの上を電車が走る音以外、何も聞こえない静かな時間が一瞬訪れた。

「血圧、触知不能です」

麻世が報告する。

「親父、親父！」

宮嶋の顔色がみるみる白くなっていく。

「親父、ありがとう……」

大樹は声にならない声を上げていた。

「間に合ってよかった」

友里恵がつぶやいた。

咲和子は宮嶋の胸に聴診器を当てる。それから瞼を開き、ペンライトで瞳孔を確認した。

呼吸音が消失し、心音も消失、対光反射も消失していた。死亡確認の三兆候だ。

「息子さんの時計を貸していただけませんか」

大樹が腕時計をはずす。それを咲和子は両手で受け取った。

「午後六時十八分、死亡を確認いたしました」

小さな電車が、何ごともなかったように水色のレールを疾走し続ける。誰もその場を動こうとしなかった。

「親父……何なんだよ、これ。何でこんなにプラレールなんか出して……」

そこで大樹は絶句し、急に顔をくしゃくしゃにする。

友里恵が涙ぐんでいた。

「ほら、お父さんの目から涙が流れてる。大樹が来てくれたのが、ちゃんと分かってるのよ」

帰りの車の中で、さっきから麻世が肩を震わせていた。

「そんなに僕のことを……ひどいな」

野呂が口をとがらせる。

「ううん。いい仕事をしたと思ってる。でもね……」

再び両手を顔に当てて、麻世は耐えきれないように声を上げて笑い出した。

「笑っちゃダメよ。ごめんね、野呂君。変なことさせちゃって。でも君、才能あるわよ」

そう言いつつも、だ。咲和子もつられて、無性におかしくなる。

「あ、ひどい。咲和子先生まで。もう、急ぎますよっ」

野呂がアクセルを踏み込んだ。

まほろば診療所に戻って書類仕事を終え、ようやく一日の終わりを実感したころには午後九時半を回っていた。

宮嶋のこと、そして父のことが頭から離れなかった。

咲和子はやるせない思いで外に出る。いつの間にか、STATIONに足が向かっていた。

「お疲れのようですね」

柳瀬が咲和子におしぼりを手渡す。他の客はいなかった。

「素敵な将棋盤を持っている人がいてね」

話しながら、咲和子は盤の手触りや、ほのかな香りを思い出していた。

「いい出会いがありましたね」

咲和子は静かにうなずく。

「続きはまた今度って言ってたのに、機会を作れないまま……」

柳瀬はしばらく口をつぐむ。こんなときにはそっとしておいてくれる――柳瀬の配慮が咲和子には嬉しい。

「じゃあ、続きはマスターにお願いしようかな」

咲和子は将棋盤を引っ張り出し、バッグの中に手を入れて目指すものを取り出した。宮嶋から譲り受けた将棋の図面用紙だった。盤面を表すマス目を見ながら、メモに書き込まれた通りに駒を並べる。

「すごく賢くて、潔い形ですね。とても僕にはつなげられそうにない」

柳瀬は感心した様子で盤面を眺めた。

「ごめん、そうよね」

その人の生き方が違うように、駒の動かし方もそれぞれに個性がある。

「先生、ここに……。読めますか？」

カウンターに置いた図面用紙を、柳瀬が咲和子の前へ押しやった。オレンジ色の表紙の中ほどに、それは小さな文字で書かれていた。以前はなかった書き込みだった。

「人生は一局の将棋なり　指し直す能《あた》わず」

宮嶋の字に間違いない。

宮嶋は、あの日二人で指し進めた盤面の記録を託してくれただけでなく、大切な言葉も分けてくれていた。

細く小さく、見失いそうではあるが、なおも強さは失われていない。その文字を眺めながら、不意に咲和子は泣きたい思いにかられた。

「それ、聞いたことがあります。たしか、菊池寛《きくちかん》の言葉です」

咲和子は宮嶋の言った「矜持」という言葉を思い起こした。再び将棋盤に目を移す。夜が静かに更けていく。

「そうだ、いいものがあるんです」

柳瀬が白い塊を保温ケースから取り出した。

中華まんじゅうだ。

「お客さんからの差し入れです。どうぞ」

一口かじると、口の中にうまみのある肉汁が広がった。心の奥に横たわる、何か切ない気持ちがほどけていく。おいしいという感覚はなんて偉大なんだろうと思う。

「僕、この形が好きなんです」

柳瀬が手で中華まんじゅうをなでるような仕草をする。

「中国語では『包《パオ》』と言います。モンゴル人の組み立て式の住居は、まさにこの形なんです」

店の壁には、大草原に立つモンゴル人や、彼らの住まい、乗馬姿と家畜たちの写真が飾られていた。

「季節が春から夏に変わるころ、包は吹雪《ふぶき》をしのげる山かげから大草原の真ん中へと移動します。家族が増えれば包の数も増えて……」

宮嶋は死を目前にして、最後に最も落ち着く包に戻って人生を終えたのだと咲和子は思った。

咲和子は鼓動が速まるのを感じる。もしかして自分もそうなのだろうか――。金沢に戻る気になったのはなぜだろう。大学病院での出来事や父のことはあったにせよ、それだけではなかったのかもしれない。死は、自分自身にとっても、遠くて近い将来だと悟ったのか。

「包に戻る本能――」

柳瀬はグラスを拭く手を休める。だが少しほほ笑んだだけで、再びグラスを磨き始めた。泉が丘総合病院の主治医は父に点滴で栄養補給をすると言ったが、それも限界があるだろう。

柳瀬の顔を見ながら、いつか彼が言った「命には限界がある」という言葉を思い出し、寂しくやるせない気持ちになる。

「白石先生、きょうは元気がないですね」

咲和子は肩をすくめた。それからごく簡単に父の入院の話をする。

「……そうだったんですか。ご心配ですね」

咲和子は柳瀬の言葉にうなずく。

「私が担当している七十代の女性患者さんで、『先は短い』とまで言われたのに、家に戻って大好きなお風呂通いができるほど回復した人がいるの。でも、父は生きる力を失う一方。見てるのが辛くなってくる。ああ、なんか医者らしくないこと言ってるわね、私。だって、父がこれからどうなるか、分かりすぎるほど分かるから」

柳瀬は黙ったまま、頼んでもいないのに赤ワインのおかわりを注いでくれた。深いルビー色に店の灯りが映り込む。グラスを揺らしながら、その光の変化で気持ちを紛らわせる。改めて口に含んだワインの味は、最初の一口とは少しだけ違った。

「明日のことは、明日案じよ——ですよ」

柳瀬が軽やかに言葉を放つ。咲和子は、遊牧民の集うおおらかな風景を思い描いた。

「モンゴルの人たちって、哲学者みたいね」

柳瀬は首を振った。

「違います。これは日本のことわざですよ」

「そうなの？」

拍子抜けする思いだった。だが、そういえば似たような言葉を聞いたことがある。仕事が忙しくて倒れそうだったころだ。「明日できることはきょうするな」と言ったのは父だったか、あるいは仙川だったか、それとも研修医になって初めての指導医だったか。

「白石先生、そろそろ閉店です。今夜はゆっくりお休みください」

柳瀬がほほ笑んだ。

「そうね。明日のことは、明日になってから心配するわ。ありがとう」

咲和子が「ごちそうさま」とグラスを持ち上げたとき、コースターに書かれた「STATION」という黒い文字が目に入った。

「駅」でのある情景が、たちまち咲和子の頭をめぐる。子供のころ、駅で父の帰りを待っていたときに、列車が騒々しく、ゆっくり車体をきしませながら止まる光景がなぜか忘れられないのだ。警笛も、車輪と線路がこすれ合って出る金属音も、巨大な生き物が悲鳴を上げているかのようで怖かった。心が引き裂かれそうな気持ちになり、いつも耳をふさいだものだ。

店を出た咲和子は、流れの静かな浅野川の川沿いを大橋まで歩いた。川面には、いくつものオレンジ色の街灯が映って揺れている。タクシーをつかまえたかったが、こんなときに限ってなかなか来そうにない。

背後から大型車がエンジン音を立てて近づき、通り過ぎて行った。

咲和子は、思わず両手で耳を押さえつけた。すると耳元にゴオゴオと、父と母と暮らした家の前を流れる犀川のような音が聞こえてきた。同時にまた、駅の金属音も記憶の中からよみがえってくる。

父という列車は、今まさに停車しようとしているのか——。

たなびく街灯が、ときどき母の顔のように見えた。

「お父さんを守って——」

咲和子は固く目をつぶる。

第五章　人魚の願い

脳梗塞から一か月ほど経ったころから、父にはさらに新たな症状が加わった。わずかな振動や接触でも、体に強い痛みを感じるようになったのだ。

「何とも言えん嫌な痛みだ。骨が絞られるような感じがする。何を飲んでもよくならん」

知覚をつかさどる中枢神経やその経路が脳梗塞によって傷つくと、手や足そのものには何も起きていなくても、頭の中だけで激しい痛みを感じることがある。いわゆる「脳卒中後疼痛」と呼ばれる感覚障害だ。

疼痛の症状は特徴的で、その種類は大きく二つに分けられる。小さな刺激を強い痛みと感じる「感覚過敏」と、軽く触れられただけでも激痛が走る「異痛症《アロディニア》」だ。シャープペンシルで皮膚をつついて激痛と感じるのが感覚過敏、布団や衣類がそっと触れるだけでも痛むのが異痛症だ。感覚過敏と異痛症の両方が存在するケースもある。

神経の痛みは、体の表面で感じる痛みとは異なる。正座をして足がしびれた後にやってくる、じんじんとした感覚に近い。何とも言えない気持ちの悪い痛みであり、触れられると痛みがさらに増す。正座の後なら一分もすれば消えるが、脳梗塞に伴うものは、いったん始まった疼痛が二、三日続くこともある。しかも、その痛みは何十倍も大きく、激しい。

こうした脳卒中後の疼痛症状は、脳梗塞患者の一割から三割ほどに出現すると言われている。残念ながら、治療法はほとんどない。原因が脳にあるからだ。モルヒネなどで脳の機能全体を落としてしまうか、外科的に脳の感覚中枢を壊してしまう方法もあるが、それでも完全に痛みがなくなるわけではない。

痛みのため、常に「触るな!」と言い続ける患者もいる。肌に触れる風呂の湯が痛みを生じ、入浴ができない人もいる。髪を櫛でといただけで激痛になる場合もある。介護者は何をしてあげればいいのか分からず途方に暮れる。

運動麻痺とは違い、痛みという症状は他人からは分かりにくい。そのため、周囲の理解が十分でないというのも問題の一つだ。脳卒中後疼痛を患う患者の多くは「死にたい」と言う。それは、痛みそのものに加え、痛みに対する無理解に絶望した心の叫びなのだろう。

こうした知識があった咲和子は、とにかく父が痛いと感じる行為を極力避けた。着替えなどしなくてもいい。痛みがない方が優先だ。髪が乱れていたって構わない。

病室の換気をしようと窓を開けたとき、父は苦痛で顔をゆがめた。風が当たっても痛みが出たのだ。

「死んだ方がましや」

父の言葉に、「死」が繰り返し含まれるようになった。

咲和子は父の治療について相談するため、主治医の枝野に改めて面談を申し込んだ。

「ご存知のように脳卒中後疼痛は、神経障害性疼痛の中でも難治性の後遺症です。残念ながら有効な治療薬がないのが現状です。一般的な鎮痛剤や抗てんかん薬、抗うつ薬、考えられるものをいろいろ試したのですが、ほとんど効果がなくて……」

枝野はうつむいた。

神経内科学の成書には「医療用麻薬（オピオイド鎮痛薬）は効果が乏しい」と書かれていた。咲和子はためらいながらも申し出てみる。

「モルヒネの増量はどうでしょう？」

枝野は渋い顔をした。

「白石先生もご存知のように、癌の痛みには大きな効果を発揮してくれますけれど、異痛症にはほとんど効果が見込めず、呼吸抑制だけが来てしまい……」

言葉を濁されるが、簡単には引き下がれない。こんな話をしている間も、父は焼かれる苦しみにさいなまれているのだ。

「それでも父は苦しんでいます。もう少しだけ、モルヒネを増やしてください」

面談室のドアがノックされ、看護師が急患だと伝えた。枝野は「すみません、考えておきます」とつぶやくように言い、落ち着かない様子で部屋を出て行った。

「残念ながら有効な治療薬がないのが現状です――」

泉が丘総合病院の長い廊下を歩きながら、咲和子は主治医が口にした言葉を思い起こした。まさか父がそんな病態に陥るとは、骨折したときには想像もしなかった。

経過の早さを前にして、あおり立てられる思いだった。自分にできることはないか？未知の領域だった再生医療について、懸命に勉強したように、内外の文献に当たり、城北医科大学のかつての同僚たちの知見に頼ることも考える。今度はこちらから医学部長に頭を下げに行ったっていい。

父が苦しむ姿はとても見ていられない。自分自身が裂かれるような思いがした。いてもたってもいられない。どうにかして痛みを止める手立てはないものか。

廊下を曲がり、吹き抜けの外来待合室に出る。いつしか走るほどの速度になっているのに気づく。

「お父様の病状は、教科書通りの経過をたどっています――」

枝野はそうも言った。大逆転はない、奇跡もミラクルも起きない、起死回生は望めない、そういう意味だ。そういうことなのだ。咲和子は、唇をかんだ。

病院の玄関を抜け出た。桜の花びらがエントランスに舞っていた。季節は四月、春真っ盛りになっていた。

北陸小児がんセンターから在宅医療の依頼があったのは、そんなころだった。

訪問診療のリクエストは、金沢市内の開業医、総合病院、それに加賀大学医学部附属病院などから幅広く寄せられる。だが、まほろば診療所に咲和子が来て以来、小児がんセンターから要請を受けるのは初めてだった。

診療情報提供書、いわゆる紹介状によると、患者の名前は若林萌《わかばやしもえ》、六歳。疾患は腎腫瘍で、肝転移もあり、ステージ4という末期の状態だった。

患者の腎臓にできた腫瘍は、胎生期の腎芽《じんが》細胞に由来する腎芽腫だった。本来なら健康な腎臓に分化するはずだった幼弱な「芽」が残り、それが異常な細胞に変化して増殖した悪性疾患だ。胎児期には相当程度の大きさになっていたものと見られ、発見時にはすでに十センチを超える腫瘍に増大していた。

「これは、ずいぶんと……」

紹介状に添付されていた腹部CT画像を目にした仙川も、うなり声を上げる。

小児の腎腫瘍は、治癒する場合が多い。だが、この患者の場合は腎臓の組織に「ふくろうの目」と形容される特徴的な核を持つ細胞が認められ、経過のよくないタイプだった。しかも体中の広い領域に転移しており、もはや手術もできない段階だ。

「腎横紋筋肉腫様腫瘍という分類ですね。学会の診療ガイドラインが引用しているアメリカの統計は……」

学会のホームページを参照しながら咲和子が、該当箇所の記述を読み上げる前に息をのむ。

「ステージ4の生存率を、〇パーセントと記しています」

「ゼロ……。まだ六歳だというのに」

野呂と麻世が悲痛な顔で顔を見合わせる。

「あまり残された時間はない、ということですね」

咲和子は身が引き締まる思いがした。

「咲和ちゃん、受けられる？　子供は手がかかるよ」

仙川が心配そうな顔で咲和子を見る。

「もちろん。依頼があったのですから受けます」

診療を求められれば進んで受け入れる——それは、長く救命救急センターに勤めた咲和子の流儀であり、医師としての信条だった。

「うん、頼もしいな」

仙川が嬉しそうな表情で咲和子を見る。

患者の若林萌は手術を断念し、昨年八月から抗癌剤治療のため、がんセンターへ入院しては家へ戻るという生活を繰り返していた。最初に用いた抗癌剤が効かなくなり、いったん自宅へ戻ったあと、二種類目の薬である二次治療《セカンドライン》の抗癌剤を使用した。それも効き目が得られず、三種類目になる三次治療《サードライン》の抗癌剤が使われた。切除不能の癌に対する治療としては、抗癌剤治療が教科書通りに三つの段階を踏んで適切に行われた格好だ。

今後、萌ががんセンターに戻る予定はない。三次治療の抗癌剤も、治療効果が認められなかったからだ。つまり治療は尽くされ、萌の癌を縮小させる方法はないという事態に至ったのだ。そして今、癌の進行で少女は生を終えつつある。体力は低下しており、むしろこれ以上、抗癌剤を使うと副作用で命にかかわる危険があった。

北陸小児がんセンターからの紹介状には、腎臓腫瘍が肝臓だけでなく、肺へ転移していることも直近の検査で確認された旨が追記されている。今後の見通しについては、「余命は数週間の見込み」と書かれていた。

訪問診療の初日は、四月中旬のよく晴れた日だった。咲和子は麻世とともに、野呂の運転する車で六枚町《ろくまいまち》にある若林邸を目指した。

「小さい子供さんすね。まだ小学校には上がってないのかな」

訪問診療車を走らせながら野呂がつぶやく。彼が患者についてこんなふうに言うのは珍しかった。

「容態はどうなんでしょう？　ベッドの上で、息も絶え絶えといったところでしょうか」

麻世が紹介状に目を走らせながら尋ねた。

「そうね、厳しい状況だと思うわ」

紹介状から実際の状況を読み解くのは意外に難しいものだが、咲和子の見解も同じだった。会話が途絶えた。三人とも珍しく無口のままだった。普段の在宅診療では、高齢の患者のもとを回ることが圧倒的に多い。この日訪ねるのは、いつもとは比較にならないほど年少の患者。その事実が、咲和子だけでなく全員の緊張感を高めているようだ。

「あの家っぽいっす」

野呂が顎で指し示した。

六枚町、どこかメルヘンチックな住宅街が広がる。その中でも、ひときわ目立つモスグリーンの屋根のある二階建ての家が若林家だった。

玄関脇の植え込みに、魚や人魚の飾り物が置かれている。オーク材のドアにはステンドグラスのはめ込み窓があった。

呼び鈴を押す。教会の鐘のような音色がした。

すぐに若い女性が出てくる。母親の祐子《ゆうこ》だろう。

「まほろば診療所の白石先生ですね。ありがとうございます」

若いが、憂いをたたえた表情だった。

咲和子たちは応接間に通され、患者の父、健太《けんた》とも挨拶を交わす。

「北陸小児がんセンターからの紹介で、きょうから訪問診療をさせていただく白石と申します。こちらは看護師の星野麻世で、あともう一人……」

野呂がいなくなっていた。

「すみません、もう一人スタッフがいるのですが」

奥の部屋から野呂のふざけた声がしてくる。続いて女の子の笑い声が聞こえた。

「娘の部屋のようです」

母親の祐子が、いぶかしげな表情で背を向けると、廊下を進んだ。咲和子と麻世はあわてて祐子の後を追う。

祐子が半分開いたドアをのぞき込み、「やだっ」と声を上げた。後に続いた健太は、あきれた顔をしている。

「ちょっと、あなた、何してるんですか！」

部屋の中央には天蓋付きの子供用ベッドが置かれている。その上でパジャマを着た少女が半分体を起こして座っており、野呂がそばにしゃがみ込んでいた。

野呂は両手を上げ、まるでホールドアップの演技をするように、ゆっくりと振り返る。

「何もしてません」

祐子は闖入者《ちんにゅうしゃ》から娘を守るように、野呂と萌の間に立った。

「野呂君、ふざけないで。ダメじゃない、紹介もまだなのに」

「すみません、野呂です。この部屋からボールが転がってきたんで、拾ったついでに……」

野呂は頭を下げる。健太が尋ねるような目で咲和子を見た。

「彼は助手です、医療的な面は私と星野が担当させていただきます」

女の子のクスクスと笑う声がする。

「叱られた」

萌が野呂を指さした。

「こら、うるさい」

野呂が小さく言い返す。祐子と健太の緊張した顔が少し緩む。

「萌ちゃん、新しいお医者さまよ」

咲和子は萌の目線に合わせて、しゃがみ込んだ。

「こんにちは、萌ちゃん。白石です」

そばで見ると、萌の肌は青白く、透き通るようだった。野にそっと咲くスズランを思わせる雰囲気だ。髪はなくなっており、頭はピンク色の布で包まれて蝶結びされている。そして、ひどく痩せていた。

萌は両手を布団の上にきちんとならべて、頭を下げた。

「白石先生、こんにちは」

可愛らしい声だった。

「あら、萌ちゃんはとってもお行儀がいいのね」

ベッドの周囲には友達からもらったらしいメッセージカードがたくさん並べられ、枕上の棚には何冊もの本があった。

「それに、とっても本が好きなのね。『ものがたりアンデルセン』に『海のおはなし』か……。どれも、面白そう」

咲和子はベッドの上の本に手をやる。親による読み聞かせの段階を卒業して、自ら読み進める「読書」を楽しんでいるようだ。

「今はね、これが一番面白いの！」

そう言って萌は、『どうわのひみつ』という小型本を胸の前に掲げた。表紙を見ると、絵本というよりも児童向けの教養図鑑のようだ。目が賢そうに輝く。

麻世が体温計と血圧計を取り出した。

「萌ちゃん、お家に帰れてよかったね」

萌は慣れた様子で麻世に腕を差し出す。ほっそりとして、折れてしまいそうだ。足の筋力も低下していた。歩くどころか、しっかり立ち上がることもできない。

「萌ね、もう病院に行かなくていいんでしょ?」

萌が不安そうに尋ねる。

「そうよ。これからはお家でちゃんとみてあげるからね」

萌はホッとした表情になった。

「よかったあ。病院のお薬は気持ち悪くなるから、嫌だったんだあ」

病院へ行かなくていいということは、「効く抗癌剤がなくなった」という意味だ。けれど萌は、副作用の苦しさから解放されたことを素直に喜んでいた。

「萌は楽することばっかり考えてちゃダメだよ」

背後から健太の強い声が飛んできた。

「お前がもっと頑張るって言ったら、がんセンターで治療を続けられたかもしれないんだよ」

頭ごなしに叱りつけるような調子だった。

「大丈夫よね、萌ちゃん。お家にいて元気が戻ったら、また新しいお薬を試していただけるかもよ。ね、だから、もっともっと頑張ろ」

母の言葉も娘を励ますというより、追い立てている。だが、そういう問題ではない。

咲和子は、両親が萌の治療に対して理解がない事実に驚いた。

療は、あくまで生活の質を保った延命にある。残されたわずかな時間に、やりたいことを行い、楽しくおだやかに過ごすのが望ましい。北陸小児がんセンターでは、医学的に薬の副作用が命を縮めるという段階に至ったからこそ、抗癌剤中止が決定されたのだ。逆に言えば、萌は三次治療までよく耐えてきたと言える。

「でも、嫌なんだもん」

ポツリとこぼし、萌は悲しそうに顔を伏せた。

「萌ちゃんは、すごくよく頑張ってきたよね」

目の前の患者には楯が必要だ。咲和子は診察を続けながら、白衣の半身を萌と父母の間に滑り込ませるようにして声をかけた。

「お家では、リハビリテーションをしましょうね。萌ちゃんは、運動好きかな？」

そんなふうに言葉を継いだものの、少女はリハビリで筋力がつく前に、命が消えてしまいそうな状況だった。

そのときだ。麻世がカードを見ながら萌とおしゃべりを始めてくれた。

「いいなあ。萌ちゃんには、お友達がいっぱいいるんだね。わ、このカード、かーわいい！」

咲和子の意を汲む援護射撃だ。

「上の萌の部屋には、ほかのお友達の写真もいっぱいあるよ」

萌は嬉しそうに答えた。咲和子は萌に尋ねた。

「へえ、お二階にも萌ちゃんのお部屋があるんだね。先生、ちょっと見てみたいな。迷子になるといけないから、お父さんとお母さんにいっしょに行ってもらうね」

萌は「いいよ」とオッケーサインを出した。麻世に萌を任せ、咲和子は立ち上がった。戸惑う両親とともに、咲和子は二階へ上がる。とにかく萌のいないところで、両親がどのように考えているかを確認したかった。幼い患者の病状と、これからのケアのあり方についてて。

二階にある子供部屋の扉には、「もえ」と書かれたハート形の札がぶら下がっていた。

「もう、打つ手がないなんて……」

その扉を開け、祐子は崩れ落ちるように膝をついた。床が鈍い音を立てる。

健太も不満そうな表情を隠そうとしなかった。

「もっと別の、もっと強い薬はないんでしょうか……」

やはり母親も父親も、三次治療の終了が意味するところを正確には理解していなかった。

一般的に、抗癌剤治療が進む——つまり、二次治療、三次治療と数字が大きくなるにつれ、治療が成功する確率は低くなる。なぜなら効果の高い薬から順に患者に投与するからだ。

「薬を変える」というのは、つまり「効果がないから変える」「効果が出なくなったから変える」、あるいは「強い副作用で体に合わないから変える」のであって、「強い薬にする」という意味ではない。

「四次治療《フォースライン》というのがあると会社の同僚に聞いたことがありますよ……。薬なんて、それこそ世の中に無数の種類があるじゃないですか」

「確かに別の薬はありますが、以前に投与した薬と同等以上の効果を期待できる可能性は低くなります。しかも基本的に、抗癌剤にはそれほど多くの種類があるわけではないのです」

ここでは、若い両親にできるだけ分かりやすく、何度でも状況を伝えることが自分の役目だ。深夜の救命救急センターで額から血を流した負傷者が列を成して待っているわけではない。一人の少女のためにたっぷり時間を使えるのはせめてもの救いだ。咲和子は言葉を選びながら、ゆっくりと話を進めた。

「しかし、治療を中止するというのは、つまり、あの子の命がなくなってしまうということですよね。そう考えるとですね、私たちはどうにもまだ納得できなくて……」

健太はうつむき、しばらく深呼吸を繰り返してから顔を上げた。

「去年の夏休みでした。萌が体調を崩したのは。ちょうど沖縄へ家族旅行に出発しようとしたタイミングだったのに……。次の週から、あっちこっちの病院通いと検査に次ぐ検査。挙句の果てに、小児がんセンターへの入院が決まった。天国から地獄へ転げ落ちるような日々でした」

最後の方は、声が裏返る。

「でもあなた、なぜ萌だけが癌に……親戚の子も友達もみんな元気なのに」

祐子は目に涙を浮かべつつ、さらに言い募った。

「風評被害のある魚や野菜は、絶対に買わなかったのに……。萌に食品添加物の入った加工食品を食べさせたからでしょうか。妊娠中に飛行機に乗ったからですか？　送電線の近くにあるアパートに三年も住んでいたから？　本当に私のせいなんでしょうか。一体、何がどう悪かったんですか……」

胸を押しつぶすようなうめき声を上げて、祐子は泣き伏した。

まほろば診療所に戻り、仙川に若林萌の報告をする。

「両親は娘の病状の受け入れが困難で……」

　萌に最後の日々を心地よく過ごさせるためには、両親の心の安定も欠かせない。咲和子は、自分の力量不足で両親を支え切れていないのではないかという思いがぬぐえなかった。

「愛娘《まなむすめ》に死が迫っているという現実を、すぐに受け入れられる親なんて、世の中にいるわけがないよ」

　仙川のきっぱりとした言い方に救われる思いがする。両親の気持ちが荒れて当然なのだ、と仙川も知っている。

「もだえ苦しみ、自問自答し、泣きはらした末に気づくものだよ。子供のためには自分がしっかりしないといけない――ということにね。そこに至るまでの苦しみのプロセスは人それぞれだけれど、我々医療者も伴走して、しっかり支える気持ちで診療に当たろう」

　仙川の言葉に、麻世と野呂も深くうなずく。咲和子も少し冷静になって頭を整理した。

　健太と祐子は今、苦しみつつ、非情な状況に向き合っている。今後の治療とケアに対して本当に理解ができるようになるのはそれからだ。在宅医療では、そこを踏まえて支えていかなければならないのだ、と。


　週末をはさんで五日後のことだ。

次に咲和子が若林家を訪問したとき、萌の両親はもう泣いてはいなかった。だが、代わりに病院と医療を責める言葉を並べ立てた。萌の両親には、仙川の言う「苦しみのプロセス」のゴールがまだ見えていない。

「小児がんセンターは、なぜ萌に治験中の新薬を使ってくれないんでしょう。適応がなかったとしても、使ってほしい。いや、使うべきですよ。だって、わずかでも効くかもしれないじゃないですか」

健太が語気を強める。

「萌は、がんセンターに見捨てられたんですよ。意味のない間抜けな治療をしておきながら、自分たちの失敗だと分かればハイさようならって、ひどすぎます」

夫の言葉にならうように、祐子も強い口調となる。

「どうして私たちの萌が……思うのはそればかりです。先生、癌は体質も関係するんですよね？」

萌の現実を受け止めるための答えを両親は必死で探している、と感じた。

「癌が発生する原因は一つでなく、いろんな要素が……」

咲和子の言葉が終わる前に、祐子が「あっ」と小さく叫んだ。

「やっぱり若林家の体質が遺伝したんじゃないの？　うちの家系に癌はいないわよ」

「俺の叔父は大腸癌だけど、大腸と腎臓とは関係ないだろ」

健太は気色ばんで言い返す。

「癌は癌、同じことよ。あなたはいつもそうやって大事な問題から目をそらす」

「いや、責任があるのはお互いさまだろ。腎芽腫っていうのは、胎児のころから細胞の癌化が始まる病気だからな。もしかすると、お前が妊娠中に何か悪いものを食べたとか……」

「ひ、ひどい。なんてこと言うの、あなたって人は……」

祐子は両手を顔に押し当てた。

そのとき、ドカドカと階段を上がってくる足音が響いた。息を切らせた野呂が姿を現す。

「大声出さないで、落ち着いてください。下で萌ちゃんも、不安がっていますよ。パパとママが喧嘩しているみたいだって」

咲和子は二人の間に割って入る。

「これだけはお話しさせていただかないと……」

萌の両親それぞれの目をしっかりと見つめる。

「萌ちゃんは病院に見捨てられたわけではありません。抗癌剤にはさまざまな副作用があり、それによって逆に命が短くなることもあるのです。抗癌剤を使うメリットとデメリットを考慮して萌ちゃんには中止が判断されたのです」

両親は初めて聞いたかのように、ぽかんとした表情になった。

小児がんセンターの担当医が二人に何度も話してきただろう内容だ。けれど、苦しみのプロセスのただなかにある両親の胸には届いていなかった。それを説き続けるのは、新たな伴走者となった在宅医の役割だ。きょうの話ですら、両親に説明したのだから伝わった、などと安易に思い込んではならないと咲和子は自戒する。萌のためにも、両親がしっかりしないといけないと気づいてくれるまで、しっかりとプロセスを話す必要があるのだ。

「抗癌剤の治療効果がないと分かった以上、無駄に苦しむ治療に時間を使っている余裕はない、ということです。これからは、萌ちゃんのＱＯＬ――生活の質を維持して、快適に過ごせるような治療を続けなければいけません」

両親は黙り込んだ。やがて祐子がポツリと言った。

「緩和治療、ですか。萌は新しい治療のステージに移った、ということですね」

健太の口許《くちもと》に力が入り、うめき声が漏れる。

「うっ、萌……」

階段を下りる大人たちの足取りは重かった。とはいえ、これからの治療をめぐって新たな方向へ歩みだす思いをようやく共有でき始めたのだ。咲和子は一歩前進したと感じ、少しホッとする。

「帰る前に、もう一度、萌ちゃんの様子を見せてくださいね」

両親が手でどうぞと合図をする。咲和子は一階にある萌の寝室に向かった。

部屋の中央に置かれたベッドは、天蓋から吊り下げられたレースのカーテンがぴっちり閉ざされていた。ピンク色のカーテン越しに、こんもりと盛り上がった布団のシルエットだけが見える。

「萌ちゃん、また来るね」

そう言って咲和子がカーテンに手をかけようとしたとき、麻世に止められた。麻世は天井を指で示し、続いて両手でバツを作って肩をすくめる。両親の言い争う声を耳にして閉じこもってしまったようだ。

「そっか。ごめんね、萌ちゃん。先生もいっしょにいたけど、パパとママはね、ちょっとだけ喧嘩しちゃったの。でもそれは、萌ちゃんのことをみんなで考えて、みんなで幸せになるための喧嘩。もうすっかり仲直りしたから、大丈夫だよ」

咲和子は、対立の事実と原因を隠さずに話しておきたいと思った。それは、目の前の少女が成長するためにも必要なプロセスだと考えたから。

「だからね、ちょっとお顔見せて……」

不注意だったのか、咲和子の引いたカーテンの裾が乱れ、サイドテーブルの上に並べられていた大判のメッセージカードを倒した。その一枚が隣のカードを倒し、次々と将棋倒しのように被害を広げてしまった。

「あらら、いけない！」

カードが倒れ続けるのをあたふたと両手で食い止めながら、咲和子は少女に謝った。

「いいの、先生」

萌は、もぐっていた布団から、顔を半分だけ出した。

「萌ちゃんの大切なカード、ごめんなさいね」

布団から出てきて、萌はううんと力なく首を振る。

「カードなんて、本当は好きじゃないから」

ひどく沈んだ表情だった。

「え？　どうして……」

咲和子は、倒れた色とりどりのカードのメッセージに目を走らせる。

〈もえちゃん、おげんきですか。はやくよくなってください〉

〈萌ちゃん、ご体調はその後いかがでしょうか。一日も早くご回復されますように〉

〈もえちゃん、びょうきはどうですか？　早くよくなりますように〉

〈萌ちゃん、お加減いかがですか。早く退院できるよう祈っています〉

〈もえちゃん、げんきかしら？　はやくよくなってね〉

〈萌ちゃん、お具合いかがですか。元気になられるのを待っています〉

〈モエちゃん、体調はどう？　早く元気になれますように〉

〈萌ちゃん、がんばってますか。元気になった姿を見られるのを、楽しみにしています〉

咲和子はそう言いつつも、記されているのが末期癌の少女に体調を尋ねる直接的な問いかけや、病気の早期回復を前提にした書き手側の希望のオンパレードになっているという事実にも気づく。

「みんな萌ちゃんを応援してくれてるけれど……」

「ママが、飾っておきなさいって言うから。でも、萌はもう……」

愛らしいピンクのカーテンの奥で、少女は一人非情な現実と向き合っていたのだ。咲和子は萌の、そして末期癌患者の孤独を改めて痛感する。両親だけでなく、患者の心の揺れにも、なお十分な注意を払わなければならない。

まほろば診療所への帰路、咲和子はいつものように雑談する気にはなれなかった。

萌が退院して一か月が過ぎ、五月になった。萌の体調は着実に悪化していた。頻繁な咳や息苦しさも出始める。肺に転移した癌のせいであるのは明らかだった。

「きょうは、診察の前に少しお話をさせてください」

玄関口で咲和子は、祐子にそう申し出た。萌の血液データを両親に見せ、状況が厳しいことを説明するためだった。萌には聞かせられない。初回の訪問時に通された応接間で話を終えると、健太はデータに目を落としたまま動かなくなり、祐子は肩で大きく息をした。

ふいに萌の笑い声が聞こえてくる。萌の部屋から——あのときと同じだ。

「やった、また先生の負け！」

「先生って呼ぶのやめろ。咲和子先生に聞かれたら叱られるだろ」

萌がガッツポーズをしている。

「罰ゲームだよ。変顔《へんがお》して、先生」

「だから、先生はやめろって」

そう言いながらも野呂は、下唇を突き出し寄り目をする。萌が声を上げて笑った。

萌も野呂も、咲和子たちが部屋の入り口に立っているのに気づいていない様子だ。

野呂のおどけた顔に、またも萌が笑い転げる。健太と祐子の表情から、先ほどの暗い影はなくなっていた。

「先生方が来てくださるようになってから、萌が朗らかになりました。がんセンターではほとんど笑いませんでしたから」

祐子が嬉しそうにほほ笑む。

「あ、白石先生こんにちは」

萌は、あどけなさの残る声で咲和子を迎えてくれた。

「野呂先生」から「白石先生」へのバトンタッチが行われ、診察時間に入る。咲和子は萌の手足を触診した。筋肉が痩せてきている。体重減少も進んでいた。

「もっと食べさせなきゃとは思うんですが、すぐにお腹いっぱいって」

祐子は眉を寄せた。

「お母さんがあせらないでください。食べないことだけが問題ではないんです。この病気になると、悪液質といって、痩せてしまうものなのです」

食事や飲み物が十分にとれないため、萌には点滴が欠かせなくなった。咲和子は少しでも食欲を回復させようとステロイド剤を処方する。ステロイドは免疫を低下させるため、治療としては両刃《もろは》の剣だったが、最終手段としてはときに有効だ。

萌の体の動きは極端に減り、寝返りすらも難しくなりつつあった。

「まだ六歳だというのに、床ずれの心配をしなければならないなんて……」

麻世がやるせない表情でつぶやく。萌の体から皮下脂肪が失われ、骨が布団に当たる部分の皮膚は血流が途絶し、壊死して褥瘡になるのだ。

呼吸不全が徐々に進行し、ついに酸素投与を開始する。小型冷蔵庫ほどの大きさの酸素濃縮器をベッドのそばに設置し、鼻カニューラと呼ばれる長いチューブの先端を鼻の下に固定した。うつらうつらする時間が多くなり、萌の命が長くないというのは誰の目にも明らかだった。

訪問診療のインターバルは二日に一度に変更した。刻々と変化する萌の体調を一日刻みでとらえ、それを正しくケアに反映させるためだ。

五月十日のことだ。この日は珍しく朝から雨まじりで、肌寒かった。

「先生、僕、正直つらいっす……」

若林家へ行く道すがら、野呂がそんなことを言い、ハンドルを手にしたまま目をしばたたかせた。野呂がそんなふうにギリギリの精神状態になっているとは思わなかった。それほどまでに、萌は野呂になついている。

「いつも萌ちゃんを笑わせてくれてありがとう。ご両親も感謝してくれているわ。あともう少し、私たちがしっかりしないとね」

咲和子は運転席に向かって話しかけた。麻世も野呂にカツを入れる。

「あとでゆっくり泣いていいから、今はプロになり切りましょう！」

いつもの診察が一通り終わったとたん、萌は何かを伝えたいという表情を浮かべた。

「お兄ちゃんの先生」

力ない様子で、萌は野呂を手招きした。

「萌ちゃん、僕は先生じゃないけど、何？」

野呂が萌の顔に耳を近づけると、萌はささやくような声を出した。

「……みにいきたい」

「うん？　何かな、萌ちゃん？」

寄り目をした野呂に、萌は少し笑った。

「萌ね、海に行きたい」

今度はしっかりした口調だった。持ち前の明るい声だ。

「海？　海に行きたいのか！」

野呂はそれが自分の手柄であるかのように、胸を張って祐子と健太に報告した。

「萌ちゃん、海に行きたいとおっしゃってます！」

だが、両親の反応は容赦のないものだった。

「ダメダメ、ダメに決まってるでしょ。何度言ったら分かるの。紫外線は体力を消耗させるのよ。お薬で免疫も下がっているのに、人混みなんて……何かあったらどうするの」

祐子がピシャリと否定した。健太が満面の笑みで言い添える。

「ビデオで沖縄の海を見よう。ハワイもいいぞ。大画面だから、行ったのと同じだよ」

萌が体をよじった。

「本物じゃないと、いや！」

健太の表情が険しくなった。

「本物は遠いし、ばい菌がいっぱいいるんだよ。もしも萌に、萌に何かあったら……」

切なそうに声を詰まらせる健太に続き、祐子も「そうよ。だから萌ちゃん、ビデオで我慢しようね」と髪をなでる。

「何かあってもいいもん！　だって萌はもうすぐ死ぬんでしょ？　だから、海に行きたいの。泳ぎたいの」

萌が驚くほど大きな声を出した。その激しさに周囲の誰もが口をつぐんだ。

「死ぬ前に、海に連れて行って！」

こんなふうに自己主張する萌を咲和子は見たことがなかった。それは、両親も同じだったのだろう。ふたりは呆然とした様子で顔を見合わせていた。

しばらくして、祐子が我に返ったように背筋を伸ばした。

「萌ちゃん、どうしたの。現実をよく見なきゃ。そんなこと、できるはずないでしょ」

萌は布団の中に顔をうずめた。花柄の布団が小刻みに揺れる。

翌十一日も、咲和子たちは若林家を訪問した。萌の呼吸状態が不安定さを増したためだ。

これまでの経験から、萌の余命はあと数日と予想される段階だった。

玄関の呼び鈴を鳴らそうとしたところで、野呂が「待ってください」と止めた。

「先生、また萌ちゃんの口から海の話が出たら、どう返事すればいいすか？」

それはまさに、咲和子にも判断がつきかねている問題だった。

「私も、どんな答えを出したらよいものか……」

この日の診療中、萌はほとんどおしゃべりをしなかった。寄り添う祐子と健太も押し黙っている。

萌の呼吸を少しでも助けるために、酸素流量を二リットルから三リットルに引き上げる。

咲和子は流量設定ボタンをセットし直すと、鼻カニューラに確実に酸素が来ているかどうかをコップの水でチェックした。気泡が出るのを確認し、改めて萌の鼻の下に医療用のテープで鼻カニューラを固定する。

帰りがけのことだ。咲和子が診察結果を両親に話しているときに、ベッドの上で、萌が再び野呂を手招きした。

「先生、萌、やっぱり海に行きたい」

ほんのかすかな声だった。だが、咲和子にもはっきり聞こえた。

「どうして海に行きたいの？」

野呂が尋ねる。萌の酸素のチューブが少しゆるんでいた。咲和子はそばに行き、鼻や耳にぴったりと当たるよう調整する。

「海の神様にお願いをしたいの。今度は本物の人魚に生まれさせてくださいって」

ベッドの上をはじめ、萌の部屋の本棚には多くの本がある。そのなかに、ひときわ目を引くボロボロの絵本があった。手にしてみると、アンデルセンの童話集だった。

萌が海へ行きたいというのは、自分の命が短いことを悟り、次なる再生を願った結果だ――咲和子にはそう思えた。

まだ六歳だが、萌は自らの運命を受け入れ、必死で前を向いている。

まほろば診療所への帰り道、霧のような雨が金沢にしては珍しくいつまでも降っていた。

訪問診療車の中で咲和子は、萌が口にした人魚への思いを話す。

「だから萌ちゃんは……」

運転席でハンドルを握る野呂が声を出さずに泣き出した。麻世もポケットからハンカチを取り出し、目元に当てる。

「行かせてやりたいね」

仙川のしみじみとした声がまほろば診療所の診察室に響いた。

「……だが、それぱっかりは残念ながら無理だな。酸素吸入をしている患者を海辺まで連れて行くのは大変だし、リスクも高い。両親の言うことはもっともだ」

「それはそうなんですけれど。私たち、萌ちゃんの切実な表情を見てしまったから、何とかできないかと。そうよね？」

咲和子は野呂と麻世に助け舟を求める。だが、若いふたりは下を向いてしまった。

そのとき亮子が勢いよくデスクをたたいた。皆が驚きの表情で亮子を見る。

「あれよ、あれ、あれ、あれ。あれがあるでしょ」

亮子はもどかしそうに言い募る。

「ほら、千里浜《ちりはま》よ！　なぎさドライブウェイ！」

千里浜――。能登半島の西側の付け根にのびる海岸だ。咲和子は行ったことはない。日本海を間近に眺めながら自動車で通行できる海岸だ、というのは聞いていた。麻世も、「そうか」と合点がいった様子だ。野呂は首をひねっている。

続く亮子の言は確信に満ちていた。

「あそこならビーチを、砂浜を、車で走れますよ。波打ち際のギリギリに停車すれば、一歩下りたその足で海に入れるから」

「えっ、そんな場所があるんすか？　なぎさドライブウェイ、いいじゃないすか！」

野呂がその場で体を揺すり、文字通り小躍りする。亮子がタブレット端末を起動させる。

「車は、リクライニングタイプの車椅子ごと入る介護タクシーがいいですね。酸素はボンベを持ち込む、と。日程はいつがいいのかしら？　金沢からの所要時間は、一時間とちょっとね。日差しが少なくて患者に負担をかけない朝方のスタートを想定して手配すると……」

亮子の指先で、萌の夢想が現実のミッションとして動き出した。


翌日も若林家を訪問する。幸いなことに、萌の呼吸状態は少しよくなっていた。

いつだったか仙川が、疾病の違いによる死亡曲線を診療所のスタッフに示したことがある。その際の説明の通り、癌はあるところまでは元気で、週の単位で急激に状態が悪くなる——というのが一般的な傾向だ。

だが、急な悪化をたどる道のりの終盤で、ときとして、インターバルとも言うべき「晴れ間」が見えることがある。大きな下降トレンドの最終局面で、小さな上向きの変動が認められるのだ。

こうした例として、死の前日に急に意識がはっきりしたり、よく食べたりするというケースがしばしば報告される。

——長年寝たきりだった祖父が、亡くなる直前に親戚一人一人を呼び寄せ、全員に言葉を残して翌日亡くなった。

——死の数日前になって、言葉を失っていた母が、晴れ晴れとした声で新婚当初の話をしてくれた。

こういったエピソードだ。医療現場に長年身を置いていた咲和子も、そうした不思議な現象については数多く耳にしてきた。燃え尽きようとしていた線香花火が最後に、急に明るく火花を散らすような現象で、咲和子はひそかに線香花火現象と名付けている。その理由については、よく分かっていない。

「萌ちゃん、落ち着きましたね。これなら、酸素吸入器への依存度を減らせます。一分当たりの流量を三リットルから二リットルに減らしましょう」

咲和子の説明に、両親の表情が少しやわらいだ。萌も口元をゆるませる。

この日予定した処置の大半を終えて咲和子は、萌のベッドをはさんで両親と向き直った。

「海の話を進めませんか」

咲和子がそう言うと、両親はキョトンとした表情になった。カラー印刷した手製の文書を大判の茶封筒の中から取り出し、健太と祐子それぞれに手渡す。戸惑う二人に麻世も声をかける。

「お父さん、お母さん、萌ちゃんの夢をかなえてあげましょうよ」

「でも、こんな状態の萌をどうやって……。潮風も体に毒でしょうし」

祐子が心配そうな表情で咲和子を見る。健太もいぶかしむような顔になった。

「萌に一日でも長く生きてもらいたい。ですから、できる限り大事を取りたいのです」

そう来ると思っていた。咲和子は思い切って大胆な言葉を選ぶ。

「ご両親のお気持ちはよく分かります。でも、それだけでいいですか？」

咲和子の言葉に祐子は気色ばんだ。

「それだけって……一日でも長く生きてくれれば十分です。それ以上の望みなんてあるでしょうか」

「もちろん、外出に伴うリスクはあります」

そこで咲和子は言葉を切った。両親には最も酷な現実を突きつけることになる。二人が理解できるだろうかと懸念した。

そのとき、萌が口を開いた。

「でも萌は、海に行きたい」

かすかな声に、決然とした思いが塗りこまれていた。

健太と祐子の顔が困ったようにゆがむ。萌は、自分の時間が残り少ないことをきちんと理解している。少女の声を後ろ盾に、咲和子は部屋の外に出て両親と向き合った。

「酷なことを申しますが、萌ちゃんはベッドの上にいてもいなくても、命はあとわずかです。だからこそ、特別な一日がほしい。そういう心からの願いなんだと思います」

二人は静かに泣き始めた。数分間が過ぎたあと、ようやく健太が口を開いた。

「だらしない、です。私は現実をまだ受け入れられていませんでした。萌の方はすべてを受け入れているというのに」

祐子も長いため息をつく。

「何のために生きるのか……。私たちは臆病すぎました。大切なことが分かっていませんでした」

健太と祐子は、深々と頭を下げた。

「萌の望みをかなえてやってください」

「承知しました。萌ちゃんの体力を考えて作ったのが、先ほどお渡しした計画書です」

咲和子に促され、祐子と健太はカラー印刷の文書に目を向ける。表紙には「若林萌ちゃん海の旅プラン」と書かれ、千里浜海岸の画像がきれいにレイアウトされている。亮子が昨日作った半日の旅行企画書だ。両親は真剣な表情で読み始めた。

金沢は、しばらく雨模様の日が続いていた。しかし、めぐり合わせというのはあるものだ。この日だけは、早朝から青空が広がっていた。

午前七時を過ぎたばかりのまほろば診療所で、野呂がバサリと音を立てて、大きな地図を広げる。野呂は介護タクシーの運転手と入念に走行ルートの打ち合わせ中だった。

「大通りからこの道へ抜ければ、混雑もかわしやすく、揺れや振動も少ないと思うのですが」

初老のタクシー運転手が「なるほど、いい道と走り方をご存知のようで」とうなずく。

「ありがとうございます！　この何か月か、金沢市内を、それも住宅地ばかり何百キロって走ってますから」

運転のプロにほめられたせいか、野呂は嬉しそうだ。

フラットになる車椅子には、麻世が酸素ボンベや吸引器、それに点滴台を取り付けた。

「萌ちゃんが寒くないように、多めに用意したわよ」

亮子が折りたたんだタオルケットを積み上げる。

きょうは、「若林萌ちゃん　海の旅プラン」の当日だった。

「いってらっしゃい。万一ほかの患者さんから往診依頼があったら、仙川先生に対応させるから」

亮子が笑顔で送り出してくれた。「……ご旅行中の皆さんのかわりに、ね」という軽口を添えて。

一行が目指す「千里浜なぎさドライブウェイ」は、石川県羽咋《はくい》市から宝達志水町《ほうだつしみずちょう》までの幅約三十メートルのドライブコースで、全長は約八キロ。金沢からは、北方約四十キロの地点に位置する。そしてここが、国内で唯一、車で走ることのできる砂浜なのだ。

亮子の企画書に書かれた「ミニ知識コーナー」によると、千里浜なぎさドライブウェイは道路交通法上の「道路」ではなく、あくまでも「海岸」だ。ただ、海水浴客が集中する七月下旬からの一か月間だけは、「夏期に集中する利用客の安全を確保するため」、臨時に道路交通法を適用して速度規制も行われる。しかし他の期間は、原則二十四時間、いつでもどのようにも走ることができる。

千里浜のほかに乗用車で走行可能な砂浜は、アメリカ・フロリダ州のデイトナビーチ、ニュージーランドのワイタレレビーチなど、世界でも数か所しかないという。

午前七時半、六枚町にある若林家の呼び鈴を押す。

すっかり外出着になった萌が、ベッドの上で待ちきれないような顔をして待っていた。ハンカチやティッシュを詰め込んだ小さなリュックサックを胸元に抱いている。見慣れたクマ柄のパジャマとは違い、純白のワンピースに身を包んだ萌は、少し緊張しているせいか疲れて見えた。

「まず診察してからね」

体調が悪ければ、中止も検討するつもりだ。両親の気持ちを考えると、さすがに車の中で急変という事態は避けたい。

萌の胸に聴診器を当てた。呼吸音はきれいに聴こえる。酸素流量二リットルで酸素飽和度は九八パーセントあり、呼吸状態は良好だ。心拍数にも乱れはない。体温も血圧もいつもと変わりはなかった。

「息苦しくない？」

萌は無言でうなずいた。

「疲れてる？」

首をしっかりと左右に振る。

「海に行きたい？」

目を見開きながら、萌は何度もうなずいた。

「よし、オッケー。これなら、きょうは海に行ける」

咲和子が最終判断を下すと、少女の顔が大きくほころんだ。

「やった！」

ワンピース姿の萌が、小さな手を握り締めてガッツポーズをする。

「萌ちゃん、よかったね」

麻世や野呂もいっしょになってガッツポーズをし、次々に萌とハイタッチをした。

「白石先生、皆さん。きょうはどうかよろしくお願いします」

健太と祐子も、いつもとは違う明るい色の服装だった。この日を特別な一日にしようという二人の思いが伝わってくる。

診療所で用意したティルト・リクライニングと呼ばれる特別な車椅子を寝室に運び入れた。背もたれを倒してフラットな角度にした後、タオルケットを敷く。麻世と野呂がラクラックスという移乗補助用品を使ってスムーズに萌を車椅子に移した。

「ウハハッ」

萌は車椅子に乗せられただけで、笑い声を立てた。

「萌ちゃん、これでいい？　痛い所や苦しい所はない？」

咲和子は酸素カニューラの鼻に当たる位置を調整し、枕の位置を少しずらした。萌が「大丈夫」と答える。

「全部、積み込みました」

麻世が咲和子に報告してきた。酸素ボンベや点滴セット、吸引器などのリストには、すべてチェックが入っている。

「麻世ちゃん、ご苦労様。じゃあ出かけましょう」

咲和子は野呂にも出発の合図を手で送る。

「よおし、オッケー！　じゃあ萌ちゃん、いよいよ出発だよ」

麻世が大きな声で宣言する。その言い回しが、先ほどの自分に似ており、咲和子はくすぐったい思いがした。

なおも空は晴れ渡っている。五月とは思えないほどの汗ばむ陽気も、この日の一行には好材料だった。

野呂と麻世が診療所の車に乗って先導し、介護タクシーが続く。タクシーには両親と咲和子が同乗した。

市内の住宅地を効率よく抜けて北上し、金沢東インターチェンジで北陸自動車道と分かれる。市街地を出ると、広々とした田園風景が広がった。ここからは、のと里山海道をたどって能登半島を目指す。

「あっ、白鳥！」

外を見ていた萌が、はしゃいだ声を上げた。

見ると、大型の鳥が降り立つ瞬間だった。

「萌、あれは鷺だよ」

健太が笑いながら言う。

「なーんだ。やせっぽちだと思ったら」

車内がさらに笑いで満ちる。

四十分ほど走り続けた後、のと里山海道を千里浜インターで下り、日本海側へ針路を向ける。目の前に突然、海岸線が現れた。

「あっ、海、海だっ。やった、やった、海だ」

萌が歓声を上げる。

車は海岸線に向かって坂道を下りた。フロントガラスの前に広がる風景に、咲和子は目を疑う。車は本当に、本物の砂浜の上に軌道を取っている。ここからが、千里浜なぎさドライブウェイなのだ。

海岸の波打ち際を時速三十キロで走り始めた。思ったより速く感じる。

萌はもう、何も言わず、ただ、窓の外の風景に目を輝かせ、手を伸ばした。海と空の両方が、本当に触れそうなくらい近くに感じられる。海の反対側には焼きはまぐりの露店や浜茶屋が立ち並ぶ。だが萌はそれらに一切関心がなく、ひたすら海の方だけを見続けていた。

先を走る野呂の車が、波打ち際ぎりぎりに停車する。続いて介護タクシーも止まった。

野呂が運転席から降り、こっちにやって来る。介護タクシーの助手席の窓を開けさせて、萌に声をかけた。

「萌ちゃん、出てみたい?」

萌は「出たい!」と叫んだ。まず咲和子が先に降りる。車の外へ一歩出ると、そこはもう水を含んだ砂浜だった。なのに足はほとんど沈まない。

「不思議な砂浜ね」

「砂の粒子が細かくて均一だから、水が加わると強い表面張力が出るらしいっす」

野呂がドヤ顔で解説してくれるが、これも亮子の手になる「ミニ知識」の受け売りだ。千里浜の砂の大きさは、直径が〇・二ミリ前後。他地域の海浜に比べると五分の一程度の細かさで、海水を含んでアスファルト並みの強度になるという。指先に取ってすり合わせてみると、確かに粘土のようななめらかな感触がある。

健太と祐子がそろって車を降りた。タクシー運転手がハッチバックを開ける。そこへ野呂と麻世が駆け寄った。

「じゃあ、お願いします」

運転手は萌のリクライニング車椅子をゆっくりと降ろした。

健太が車椅子を波打ち際まで押した。祐子が大きな日傘をかざしながら続く。

海水浴にはまだ早い時期だった。五月の平日朝という時間帯もあるせいか、周囲にはほとんど人の姿はない。

大波が打ち寄せ、白いしぶきを上げる。その前には健太と祐子、そして萌だけがいた。

「もっと、もっと。それじゃあ海に入れない」

萌は車椅子の上で切なそうに足をばたつかせた。

「よしっ」

健太が気合いを入れるような声を出す。そして、萌の車椅子の安全ベルトに手をかけた。

真夏のような日差しが二人に降り注いでいる。

「あなた……」

祐子が不安そうに夫を見つめた。

「いいよな、祐子」

夫の言葉に、祐子が無言でうなずく。携帯用の酸素ボンベを肩にかけた。萌の安全ベルトがカチリと音を立てて外れた。

「おいで、萌」

萌の体を健太は軽々と持ち上げる。

萌を抱いたまま、父親は海の中を進んだ。

「ここらはね、どこまで行っても遠浅です。大丈夫ですよお」

三人の姿を見ながら、運転手が大きな声で言う。

後方からかけられた情報に自信を得た様子で、祐子が萌の靴下を脱がせた。ここ数日続いた雨を忘れさせるような陽光を受け、海面がキラキラと輝く。

「萌、足を入れるよ」

父親に抱かれながら、萌は足を海につけた。つま先から足の甲、そして膝まで海に沈む。

咲和子や麻世は、すぐ近くで萌を見守った。

「ふわあー、冷たい！　でも、気持ちいい。人魚さんになったみたい」

萌はとろけるような笑顔になって、足をゆらゆらと動かした。貧血のために全身が青白く、萌が本当に人魚のように見えてくる。

「パパ、ママ。萌ね……」

波に足を洗われながら、萌が改まった調子で言う。

「うん？」

「萌ね、癌になっちゃってごめんね」

両親は顔をゆがめた。

「癌の子でごめんね」

両親は顔を左右に振る。祐子は「何言ってるの」と声を詰まらせた。

「萌は、萌だから」

健太の声も切れ切れで、波の音に紛れて聞こえなくなる。

しばらくして、萌がまた口を開いた。

「萌ね、人魚になっても、パパとママの子になりたい」

両親は何度も大きくうなずいてみせる。

「そうだね、そうだね」

「大きな水槽を用意しなくちゃね」

萌がパッと笑顔になる。

「お屋根付きの水槽にしてね」

天蓋付きのベッドは萌のお気に入りだ。

「おっきなお屋根のある水槽にしよう」

健太が泣き笑いの声で答える。

そのとき、野呂と麻世が勢いよく水際に走り込み、雨のような水しぶきを上げた。勢いを増して、何度も何度も。白い水沫《すいまつ》は日光を浴びてキラキラと輝き、一瞬、虹色に変わる。それを見た萌は、盛んな歓声を上げげた。祐子と健太も笑っている。あの家族は、あんなに明るい顔で笑い合えるんだ——青い海を前にした家族の姿を見て、咲和子も喜びでいっぱいになる。

「白石先生も、来てぇ！」

少女に手招きされ、咲和子も素足になった。

海に来るのは、何年ぶりだろう。波に足をさらすのは久しぶりだった。萌の姿がふと自分に重なる。父と母と行った故郷の海に心を躍らせたのは、いつだったのか。

海辺での時間は、あっという間に過ぎていく。

「海に行きたいって言い出したとき、萌が思い詰めていたとは気づきませんでした。でも、きょうの萌の顔は最高です。萌は、これからも私と妻が生きていけるように、私たちを海に連れて来てくれたのかもしれない——今はそんなふうに思うくらいです」

太陽を背にした健太が咲和子に胸の内を話してくれた。涙のない一日になった。

海を背景に記念撮影をし、「若林萌ちゃん　海の旅プラン」の一行は帰途につく。

帰り道、車の中で眠っていた萌がふと目を覚ました。傍らで体調を見守っていた咲和子と目が合い、手を求めてくる。緊張が解けたのか、両親はぐっすりと眠っていた。

「白石先生、ご本読んでくれる？　海に来たらね、読みたかったの」

そう言って萌は、小さなリュックから『どうわのひみつ』と『人魚姫』を取り出した。しおりが挟んであった『人魚姫』の方を渡される。人魚姫が海に身を投じ、「泡」になって昇天するシーンだった。

《「かわいそうに、小《ちい》さい人魚姫《にんぎょひめ》さん、あなたは、わたしたちの目《め》ざしているのとおなじことを目《め》ざして、ほんとに心《こころ》をこめて努《つと》めてきましたね。あなたは苦《くる》しんだり、がまんしたりしつづけて、こうして、空気《くうき》の精《せい》の世界《せかい》まであがってきたのです。そして、これから、あなたが、よい行《おこ》ないをしていけば、三百年《さんびゃくねん》たつと、あなたも、死《し》ぬことのない魂《たましい》をもらうことができるのですよ。」

そこで小《ちい》さい人魚姫《にんぎょひめ》は、すきとおっている両腕《りょううで》を、神《かみ》さまのお日《ひ》さまのほうに高《たか》くさしあげました。すると、そのとき、生《う》まれてはじめて、涙《なみだ》があふれてくるのを感《かん》じました。》

車の窓から見える空に向かって、萌は手を伸ばした。

「海、楽しかったね」

咲和子が声をかけると、萌はこくりと顎を引く。

「萌ね、長生きしたい」

今度は咲和子が無言でうなずく番だった。

「白石先生、人魚姫って、すごいね」

そう言って萌は、ニコリとした。

「三百年生きられるんだって。人間よりもずっと長く。重い病気にもならずに、ずっとずっと生きられるんだって」

そうなのね――と咲和子も答えたかったが、声にならない。

「萌も、ずっと長生きしたかった。ママとパパを悲しませないように……」

咲和子は、萌の手を強く握った。

「ねえ先生、死ぬって苦しいの?」

咲和子はきっぱりと首を左右に振る。

「ちっとも、苦しくないよ」

萌が笑顔でうなずいた。

「スーっと、眠り姫のように死にたい」

「分かってる。大丈夫、ちゃんと先生がついているから」

大人びたことを言う萌だったが、まだ六歳なのだと改めて思う。

「約束だよ」

萌が咲和子の手を、痛いほど強い力で握り締めた。

「うん」

咲和子は横になる萌の両肩に手を置き、そっと抱き締める。


海に出かけた三日後の朝、萌は亡くなった。

告別式の翌々日、咲和子たちは若林家を訪ねた。萌の「形見分け」として野呂に絵本を受け取ってほしい――という申し出を受けた訪問だった。

「本当に皆さん、ありがとうございました。やっと萌は苦しみから解放されました」

目を真っ赤にした健太が言った。幼い子を亡くした両親の涙が涸《か》れる気配はなかった。

「亡くなる前の晩のことです。萌といっしょに海で泳ぐ夢を見ました。海の中で、萌は元気よく、自由で、本当に楽しそうだった。最後まで笑顔の萌といっしょにいることができたおかげです。白石先生、麻世さん、野呂さん、ありがとうございました」

祐子もしみじみと言う。

「野呂さん、萌をたくさん笑わせてくれてありがとう。萌にとって野呂さんは、やっぱり先生でした」

祐子が頭を下げた。

「そんな。僕は先生なんかじゃ……」

健太と祐子から手渡された『ものがたりアンデルセン』を胸に抱き、野呂が男泣きに泣く。

帰り際、萌の部屋をのぞかせてもらった。主を失った枕元は、絵本やお見舞いのメッセージカードが並べられたままだった。萌のもとへ通った訪問診療の日々を通じて、すっかり見慣れた思い出の品だ。

咲和子は、その中で見た覚えのない一枚のカードを手に取った。

コバルトブルーの海が大写しになった、ひときわ目を引く色だった。裏を向けると、色鉛筆を使い分けたかわいらしい文字が目に飛び込んできた。

〈うまれかわった萌ちゃんへ
おげんきですか？　わたしのぶんまで、いっぱい生きてください
わたしより〉

メッセージには、みんなで海に行った当日の日付が記されていた。

暗がり坂のSTATIONに入ると、カウンターで野呂が麻世と飲んでいた。咲和子は少し離れた席に座り、特製の馬乳酒を頼む。

「あれれ、咲和子先生が馬乳酒っすか。ってか、こっちに来ればいいじゃないすかあ」

馬乳酒の強い酸味を苦手としているのを野呂は知っていた。

「今夜は考えごとをしたいから、いいの」

「はああ、そういう気分の日ってありますよね。じゃあ、お邪魔しません。了解っすよお」

「野呂さん、相当、いっちゃってるんです」

麻世が、クイクイと飲む真似をした。野呂の手元のグラスには、白濁の馬乳酒ではなく透明の液体が入っている。少しとろりとした感じは、馬乳酒を蒸留させた度数の高い火酒《アルヒ》だろう。

咲和子がぼんやりと父のことを考えていると、すすり泣きが聞こえてきた。

「また、泣いてる」

麻世が野呂にティッシュを渡す。

「人が死ぬのはもう、たまらないっす」

派手にはなをかむ音がした。

「野呂さん、萌ちゃんに先生って呼ばれてたよね」

麻世がしみじみとした調子で言った。

「いや、僕が言わせたんじゃないからな。でもこんな僕に、先生って……」

野呂が声を詰まらせる。

「萌ちゃんに笑われるよ。泣き虫。それにドジって」

「ドジって、ひでえなあ。僕、麻世ちゃんに何かした？」

「医師国家試験って八割の人は受かるんでしょ。そんな試験に落っこちるなんて、ドジに決まってる」

「ああ、かもな」

野呂は、急に肩を落として黙った。麻世がグラスのビールに口をつけ、野呂を正面から見据える。

「お兄さんのことは聞いた。でも、だからこそ、もう一度、国試受けるべきよ」

「へ？」

「野呂さんは、小児科に向いてるよ」

「そう言われたって……」

「とにかく医者になるべきよ。ここのクリニックの将来も心配だし」

まるで宣言するように言い、麻世がビールを飲み干す。

野呂は酔いが醒めたように目をしばたたかせた。麻世がクスリと笑いかける。

一瞬の間を置いて、野呂は自分の頭をたたき始めた。

「僕、まだ間に合うかな」

「大丈夫。野呂さんなら、きっとできる」

野呂は「よしっ」と叫ぶと、グラスの中で揺れる液体をあおった。

「ありがとう、ありがとう……」

野呂はそう言いながら、カウンターに突っ伏す。しばらくすると軽いいびきが聞こえてきた。

咲和子も野呂と同じモンゴルの火酒をオーダーしてみる。口に含むと、懐かしい乳の味とほのかなアイスクリームの香りが膨らんだかと思うと、強いアルコールが喉を焼く。

柳瀬に萌の話をした。

「六歳の女の子だったんだけど、亡くなる三日前に、海を見に行ったのよ。もっともっといろんなものを見せてあげたかった……」

咲和子は目尻の涙を拭った。

「その子は恵まれた子でしたね」

柳瀬にチェーサーのおかわりをサーブされる。冷たい水の清らかさが心地いい。

「モンゴルでは、海を見ることなく一生を終える人々が大多数なんです。でも、なかには『モンゴルの海』を見られる子供たちもいます」

「え？　海なんてない国じゃなかったかしら」

咲和子は自分の勘違いじゃなければいいなと思いながら問う。

「ウランバートルの北西千キロ、シベリア・タイガの南端に位置する地点に、フブスグル湖があります。青い水をたたえた巨大な湖で、彼《か》の国では誰もが『モンゴルの海』と呼んでいます」

「大草原の国に、青い水の湖かあ。幻想的ね」

咲和子の脳裏を、無数の子供たちが笑顔で駆け抜けていった。その中には、萌に似た少女もいるように感じる。

「子供たちはみんな幸せに暮らしています」

遠い異国の話に身をゆだねるうちに、咲和子は少し心が軽くなった。

カウンターからは、野呂に加えて麻世のいびきも聞こえてきた。

泉が丘総合病院へ父の見舞いに行くたびに、咲和子はいたたまれない気持ちになった。

ベッドの父は眉間にシワを寄せ、一日中痛みにうめき、咳き込む。横になっているだけなのに、その姿はまるで拷問にさいなまれているかのようだ。

父は、咲和子の顔を見ても笑みを浮かべることもない。イライラすることが多くなった。

ただ、ほんのわずか、そうした苦悶から解放される奇跡のような瞬間があった。

その日の午睡から目覚めたとき、父は穏やかな会話を交わす潮合いのときを得た。

「咲和子、いてくれたんやな……」

ゆったりした父の言葉を耳にできるのは、娘としての幸せだった。

「うん、いたよ。いつでも来るよ」

「ああ」

そしてこの時間は、医師と医師とが冷静に対話できる貴重な機会でもあった。

「お父さん、もっと効果のある疼痛治療について、少し話せる？」

「神経因性疼痛にできることは、ない」

神経内科を専門とした父が、即座に否定する。

「外科的な方法は？　視床破壊術について勉強してみたんだけど……」

咲和子は、専門書から得た知識を父にぶつけた。

視床と呼ばれる痛みの認知に関する脳の一部を壊す方法だ。手術による神経遮断術の一種で、緩和するのが困難な疼痛に行われる治療法だ。それは言わば、脳の破壊術であり、合併症のリスクを有する最終手段ではあったが、激しい痛みに耐え続けるよりはいいと思えた。

「先刻承知だ。理論的によさそうだが、実際にはあまり効かん」

過去何十年にもわたり、数え切れないほどの患者を診てきた父には、どの治療も効果が乏しいと分かっているようだ。

けれど、何か方法があるのではないのか——。

咲和子はあきらめきれず、主治医の枝野に面会を申し出た。

「どうにかして、痛みを抑える方法はないのでしょうか？」

枝野は表情を曇らせた。

「これだけ医療が発達しても、『頭から来る痛み』を取るのは非常に困難なのです」

父は脳梗塞によって、痛みを感じる神経の中枢そのものに異常がある。痛みを取るには、最終的に脳全体の機能を落とすしかないのだろう。

「では、やはりモルヒネの増量を試してください。副作用よりも、苦痛の方が辛そうです」

枝野は「そこまでおっしゃるなら」と、今回は了承してくれた。

強いモルヒネの作用で、父は眠っている時間が長くなった。週末は咲和子もベッド脇で過ごすようにしたが、ほとんど意思疎通《そつう》のできない日が続いた。

それでも痛みは完全には治まらないようだった。緩和医療の進歩によって、九割の痛みは緩和できると言われている。逆に言えば、一割の疼痛はコントロール困難なのだ。その不幸な少数派から脱し、父が安寧を取り戻す見込みはないのか。

ある日、見舞いに行ったときのことだ。

「や、焼かれる！」

父は突然、うめくような叫び声を上げた。それはまさに絶叫だった。眠りから覚め、ぜいぜいと荒い息を漏らしている。

「怖い……目を覚ますのが恐ろしい。意識が戻るたびに、体に火を押し付けられたような痛みで絶望的な気持ちになる。生きているのが苦しい。分かるか、咲和子。助けてくれ……」

もはや他に選択肢はない。咲和子はさらなるモルヒネの増量を依頼した。ただ、呼吸抑制を引き起こす可能性も必然的に高くなる。枝野からは、これ以上は危険だと繰り返された。

「それは見解の相違です。痛みが強いので、呼吸抑制は来ないと思いますが」

咲和子はそう反論した。

「そうかもしれません。しかし、もしもの場合は担当医である僕が息の根を止めたようになってしまう。寝覚めが悪いんです。どうか勘弁してください」

枝野の方針は変わらなかった。寝覚めが悪い——覚醒時に激痛を覚える父の苦しみについてはどう考えているのか。

展望が開けず重苦しい気分で父の病室に向かう。医師でありながら、父の苦しみすら取り除いてやれないふがいなさに泣きたくなる。

「お父さん、枝野先生が、別の疼痛緩和治療を考えてくれているから」

とても本当のことは言えなかった。

「余計な延命治療はもういい。俺は十分に生きた」

「お父さん、余計なって……」

父にとって、いつから今の治療が「余計な治療」となってしまったのだろう。どの段階からが余計な治療なのか——そういった疑問は、在宅医療を始めてから常にあった。生きている時間が、苦しみの時間を延ばすだけになったときからだろうか。命の終わりの判断は難しい。

絶望感の中で苦悩する父を目の前にしても、延命治療をやめてしまう決断には至れない。

これ以上の入院の継続は、本当に父のためを思ってのことなのか、命を延ばす医療者の使命感を満足させるためなのか、あるいは身寄りを失いたくないと思う娘のエゴなのか。考えれば考えるほど分からなくなる。

「咲和子……」

東京から金沢に戻って一年になる。

「なに？」

一体、自分は何のために故郷に戻ったのか。

「母さんの墓の前で約束したよな」

珍しく落ち着いた声で父が語りかけてきた。

「家に帰りたい。みんなで暮らしたあの家で、母さんの庭を眺めながら死ねれば本望だ」

父は悟ったような目をしていた。

第六章　父の決心

「ゲホッ、ゲホゲホゲホッ」

泉が丘総合病院の三A病棟の廊下に立つと、病室の外にまで父の咳が響いてきた。ひどく辛そうだ。

脳梗塞を発症して以来、体を焼かれるような痛みとの格闘が休みなく続いていた。それに加えてここ数日、父は食べ物をうまく飲み込めなくなってきた。どれほど時間をかけてゆっくり食事をしても、しばしば咳き込む。軽い誤嚥を起こすからだ。そのせいで気管支炎や肺炎になり、さらに増えた痰でむせ返るという悪循環に陥っている。息をすると、まるで痰でうがいをしているように聞こえることもあった。

ところがその日、父は珍しく静かな寝息を立てていた。咲和子は救われた思いで病室に入る。父が目を覚ます気配はなかった。

直前の痰の吸引がうまくいったようだ。父が心安らかに眠れる貴重な機会を奪いたくはない。ベッド脇の椅子に、音を立てずに座る。

聞こえてくる父の呼吸音が、とても懐かしい。窓の外は新緑に覆われていた。五月最終週の日曜日。久しぶりに心穏やかな午後だ。

遠くからナースコールの音が聞こえる。看護師の足音、金属の触れ合う音、父の呼吸音に少しずつ絡まり始める痰の音――。

父の胸元で布団が少しずれているのに気づいた。手を伸ばし、そっと掛け直す。その瞬間だ。父がカッと目を見開いた。

「痛い痛い痛い痛い、痛いっぃ――。助けてくれぇ」

しまったと思ったが、もう遅い。ほんのわずかな刺激で起きてしまうほど、父は痛みや息苦しさに耐えながら過ごしていた。睡眠が破られたとたん、父は再び痛みによるうめき声を上げる。骨を砕かれ、炎に始終あぶられるような激痛とともに、父は生きることを強いられている。かつて午睡の後にみられた平穏な時間すら、もはや得られることはなかった。

「い、家はどうなっとる……」

父はこんな状態にもかかわらず、自宅の心配をしていた。

「お父さん、家は大丈夫よ」

意識が戻ってきた父は、不思議そうに咲和子を見上げた。

「仙川の診療所はいいんか」

「きょうは日曜日。仕事は休みだよ」

「ほうか。ほんならよかった」

父は安心した様子で、ふうと息をついた。

「今、何月になった?」

「五月。お父さん、加賀大附属病院のキリシマツツジも咲いていたよ」

咲和子は、父の気持ちが少しでも痛みから離れるようにと願いながら話しかける。

「そうか、赤い花が咲いたか。ああ、朝から晩まで眠っとると、昼なのか夜なのか分からんようになってくる」

父が力なく笑う。それから唇を真一文字に引き結び、天井をじっと見つめた。

「……左半身がひどく痛い。タチの悪い神経性疼痛だ。もう先はないな」

眉をしかめ、喉の奥から言葉を絞り出す。決然とした言い方だった。

「帰らせてくれ」

咲和子は目を見開く。

「帰るの?」

「うん。誰が何と言おうと、帰る。明日、退院する。点滴をやめて、家で死のうと思う」

父は死を覚悟している。耳をふさぎたくなる思いがした。

「枝野先生に話してこなきゃ」

とにかく、自分の気持ちを落ち着かせたかった。咲和子は逃げるように病室を抜け出した。

廊下に出ると、なんと仙川がいる。

「仙川先生、どうして……」

仙川は、花束を持った片手を上げた。車椅子を押す野呂も頭を下げる。

「お見舞いだよ。達郎先生、そろそろ大変なころかと思って」

まるで野生の勘だ。

「在宅の仕事を長くしてるとね。患者さんと家族のことでセンサーが反応することもあるんだ」

これまで仙川には、父の病状を詳しく報告していた。相談に乗ってもらったというより、一人で抱え込む不安を紛らわすためだ。「教科書通りの経過」をたどる父の心情を把握することなど、ベテランの在宅医にとっては案外たやすかったのかもしれない。

「お察しの通りです。父が、退院したいと……」

咲和子は言いよどむ。それ以上、どういう言葉で説明していいのか分からない。この段階で病院を出るのは、延命治療を中止するためであり、死を迎えるため――父はそう考えているに違いない。そして、それは仙川も認識しているはずだ。

「覚悟できているのか、君は？」

やはり仙川は、父の真意を見抜いている。

「覚悟……」

何の覚悟かは問うまでもない。

「辛いぞ。患者本人が腹をくっても、家族はそう簡単にはいかない」

咲和子は身じろぎできずにいた。

「咲和ちゃん、明日から来なくていいよ」

仙川が突然切り出した。

「達郎先生のそばにいてあげて」

「でも、診療所が……」

仙川は後方に少し首を曲げ、「野呂君」と声をかけた。指示を待っていたのだろう野呂は、

「はい、どうぞ」と笑みを浮かべて杖を差し出した。

「よっこら、せ」

「仙川先生！」

驚いた。多少ぎこちなさはあったが、仙川は一本の杖を頼りに立ち上がった。

「ああ、もうだいたいね、大丈夫なんだ。明日から、また僕が訪問診療に出るよ」

「え……」

リハビリは本当に順調だったのか、自分のために無理はしていないのか——いろいろな思いが交錯したが、咲和子はじっと頭を下げ、心からの感謝を示す。

「明日以降、ドクター・クララ仙川という新しい名前で売り込んでいきますよお〜」

野呂の中途半端なジョークに、咲和子は仙川と苦笑いを交わした。

在宅死をやり遂げるには、家族の覚悟が不可欠だというのは知っているつもりだった。そう患者に指導もしてきた。けれど今、自分が冷静ではいられないのを感じる。それは、死にゆく人が父であり、自分は子であるからだろう。

「まだ退院させたくない。家に帰れば、父は必ず点滴を拒否する。きっと死ぬつもりなのよ。今は病院だから治療を受け入れているけど……」

咲和子は知らぬ間に唇を噛みしめていた。

「そうだろうな」

仙川がうなずく。

「でも、言い出したら私の意見なんて絶対に聞かない。結局は、退院をのむしかないと思う」

「うん、そうだろうな」

仙川が同じ言葉を繰り返した。

咲和子はうつむいた。床のタイルに視線を這わせる。どうすればいいのか、結論が出ない。

「あのお、咲和子先生」

野呂が声をかけてきた。

「覚悟できない家族が、在宅医療をするなんて無理ですよ」

「じゃあ、どうしろって……」

これまでの経験で、野呂が冷静に状況を分析してくれようとしているのは分かった。ただ、それを受け止めきれない。

「ほれ、咲和ちゃん。ちょっとこれを……」

仙川が車椅子から花束を拾い上げ、咲和子の胸に押しつけた。ラッピング紙が音を立て、赤いバラとラベンダーの花が揺れる。瞬間、かぐわしい香りが立ちのぼった。

「妻の好きだった花だ」

どっかりと車椅子に座り直し、仙川が遠くを見つめる。

「覚悟なんて、僕もできなかった。そして、妻の自殺を許してしまった」

仙川が、予想もしなかったことを言う。

「自殺？　奥様は、乳癌だったのでは……」

思いがけない告白だ。咲和子は返す言葉が見つからない。

仙川の妻が乳癌を患い、四十歳で亡くなった——という事実は、父からも仙川本人からも聞いていた。

仙川の妻に巣くった癌の進行は容赦がなかった。抗癌剤治療を続けたものの、癌細胞はじわじわと着実に肺や肝臓など全身へ転移したという。

「発症から七年目だったよ。入院中に癌の痛みが全身に広がり、呼吸も苦しくなって黄疸も出た。そうしたら妻が、家に帰りたいって言ってね。最後に、いっしょに暮らした家をもう一度見たいって」

痛々しい妻の様子を思い出したのか。仙川が固く目を閉じた。

「……妻は医学的に、いつ亡くなってもおかしくない状況ではあった。それは分かっていたけれど、僕はどうしても受け入れられなかった。自分は在宅医だったくせに、四十歳になったばかりの妻に在宅医療なんて早すぎる、と思った。だから病院で頑張れって励まし続けた。そうしたら妻に拝まれてしまったよ。もう許してって。もう頑張れないって。仕方がない、それなら一日だけ家でいっしょに過ごそうって、妻を連れて帰ったんだ……」

ふいに仙川の声が詰まった。仙川の妻と父は、疾患も年齢も病歴も異なる。だが、同じ思いを抱いていた──最後に家に帰りたいと。

「二人でゆっくり一晩を過ごして、翌日はまた病院に戻る予定だった。なのに、朝の四時に目が覚めたらベッドに妻がいなかった。嫌な予感がして跳ね起きたら」

そこまで言って仙川は、車椅子に乗せた右膝を激しく打ちたたいた。二度、三度と……。

「心配した通りだった。妻は、階段の手すりにベルトをかけて──首を吊っていた」

咲和子は、仙川が妻の病状を考え、病院での治療から在宅医療に切り替えて、自らの腕の中で静かに息を引き取るのを見守ったものと想像していた。

寝室には、遺書がわりのメモが残されていたという。〈ワガママをきいてくれて、ありがとう。わたしは、もうどこにも行きたくありません〉と。

「病気の進行を考えれば、わがままでもなんでもなかった。僕は妻に、頑張れ、頑張れと、死のギリギリまでムチを打ち続けていた。わがままは、いつまでも妻を病院に押し込めていた僕の方だった」

仙川が抱いた二十年以上前の悲しみが、改めて咲和子の胸に突き刺さる。

「じゃあね。達郎先生は誰かに会いたい気分じゃないと思うから、このまま帰るよ」

野呂が、仙川の乗った車椅子をUターンさせる。

「第一に慰められるべき存在は、家族だよ。患者を本当に慰めることができるのは家族だからね」

静けさに満ちた病院の廊下を、仙川の車椅子が遠ざかる。車椅子を押す野呂の後ろ姿とともに。咲和子はその背中に向かって、静かに頭を下げた。

咲和子は、覚悟を決めた。

父の病室へは戻らない。その足でナースステーションに回り、面談を申し入れる。幸い枝野はシフト勤務の日に当たっており、すぐに連絡がついた。看護師が慌ただしく行き交う執務スペースの片隅へ案内される。事務用のテーブルをはさみ、咲和子は枝野と向き合った。

「父が家に帰りたいと申しておりまして」

咲和子は単刀直入に切り出した。

「なるほど。確かに入院生活が長くなりましたね」

枝野はカルテの最初のページを繰りながら、しみじみと言う。足を骨折して入院したのが約半年前だった。そこから病院での生活が始まった。手術後の安静期に誤嚥による肺炎を起こした。肺炎が治りかけたと思った矢先に脳梗塞となり、それによって異痛症を起こして今に至る。骨折する前までは丸椅子の上に立って天井の電球交換をこなしていた父が、今では歩くどころか、食事をするのもままならない。

「高齢者の骨折は、医師にとっても本当に怖い……」

枝野はため息をついた。言葉に実感がこもっており、救われる思いだ。

「足を手術しなければよかったのでしょうか」

よく起きるドミノ倒しの経過をたどったとはいえ、一体何をどう間違えたのかと考えてしまう。

「いや。痛みが強かったので、手術は避けられなかったでしょう」

枝野は客観的な言い方をしてくれた。

「それにしても先生、誤嚥性肺炎はありうると思っていましたが、続いて脳梗塞まで起こすとは予想しませんでした」

枝野の眉がピクリと動く。病院を責めていると誤解されたかもしれない。

「いえ、もちろん八十八歳と高齢ですから、何が起きてもおかしくはない年齢なのは分かっているんですけれど。ただ、驚いていると言いますか」

あわてて付け加える。

「本当に、残念なことです」

主治医は目を伏せた。

咲和子は今後の話をすることにした。

「父を退院させようと思います」

枝野の顔つきが変わった。

「そうですか。それはいい。我々も、いずれは在宅が望ましいと思っていました。ご自宅に敵《かな》う場所はありません」

どの病院も同様なのだが、ベッドの空きを待つ患者は多く、病状が安定してしまった患者を長く置けない事情がある。それも作用したのか、手続きはスピーディーに進み、翌日が退院予定日となった。

月曜日は、朝から雨が降っていた。枝野と看護師の二人が病院の玄関口まで来て見送ってくれた。

介護タクシーにストレッチャーごと父を乗せる。父は、車の小さな窓から外をじっと見続けた。病院のある泉が丘には学校が多く、父は健康診断のアルバイトで何度か訪ねたことがあると言っていた。懐かしい風景も残っているのだろう。

「停車場があったたな」

父がつぶやく。そういえば、寺町通りにはもともと路面電車の停車場があった。今では古い木で作られたバスの停留所が、その痕跡をかすかに残すばかりだ。幼いころ、咲和子は電車で帰ってくる父を迎えるため、停車場に立って長い時間を過ごしたことをかすかに覚えている。

「桜橋をゆっくりと通ってくれないか」

桜橋の手前の高台から犀川の向こうにある自宅を眺めるのが咲和子は好きだ。父も同じだったのだろう。黒々とした屋根が強そうに見える日もあれば、母の育てた花々に囲まれて優しげに見える日もあった。

きょうの家は、穏やかな日差しに包まれ、松の木が青々とした姿を誇っていた。

父と手をつないで桜橋の高台から家を見下ろしつつ歩いたときの光景が、鮮明によみがえってくる。そこで咲和子は突然、気がついた。

金沢に戻ってから、咲和子は父と何度も外出した。父が懐かしいと感じそうな場所へ連れ出したつもりだった。けれどそうではなかった。すべての場所が、咲和子にとって懐かしい場所だった。

犀川に近づいた。父は川岸の小高い階段坂を見上げていた。橋のたもとから寺町台に続く坂。鋭角に何度も折れ曲がり、ジグザグに上っていく。川沿いに道を進み、桜橋に差しかかる。

自宅の前に介護タクシーが停車した。運転手とともに父をストレッチャーごと車から降ろす。父は玄関前の松の木をしみじみとした表情で見上げた。

「お父さんの木、立派だね」

父は一瞬、眉間のシワをゆるませ、静かなほほ笑みを見せてくれた。

ストレッチャーごと父を家の中に運び入れ、いったんベッドに移した。ベッドの振動や移乗の刺激があるたびに、父は小さなうめき声を漏らす。いちいち口にはしないが、やはり異痛症の激痛は続いているのだ。

「頓用をくれ」

ベッドに横になった直後だった。父は臨時で追加するモルヒネを使いたいと言い出した。頓用とは、毎日使用しているモルヒネに加えて、さらに痛みがある場合に臨時で用いる薬という意味だ。

咲和子は父の薬袋からモルヒネの座薬を一つ取り出して使用した。十分ほどすると、父の険しい表情が少し和らいだ。

頓用を使うというのは、強い痛みがあるというサインだ。これが繰り返されるようになれば、毎日のモルヒネ量を増やす必要がある。

しばらくして、父は車椅子に移りたいと言った。

「車椅子を押して、部屋を回ってくれ」

父に命じられるまま、指示された場所に車椅子を寄せる。かつて家族三人が囲んだ古びたテーブルを父はいとおしそうになでた。

そのテーブルは咲和子が生まれた年に買ったものだ。初節句祝いの帰りに立ち寄ったデパートで目にし、「つやつやして咲和子みたいね」と母が言ったから買い求めたのだと由来を語る。まるで痛みなど感じていないような表情で。何度も聞いた話だが、それが途方もなく嬉しい。

テレビ台を兼ねた棚の隅には、子供のころからある石が三つ並べてある。犀川で拾った石に着色した、家族三人の「顔の石」。咲和子が下駄箱の引き出しから出して置いたのだ。

「よく似ているな」

父は、咲和子の石を持ち上げた。しばらくして戻すと、次は母の石を手に取り、いとおしそうになでてから棚に置き直した。

縁側の手前まで車椅子を押し進めた。ここからは庭が一望できる。

西側の一角に、シャクナゲの木があった。そこに薄紅色の小さい花がたくさん咲いている様子を、父は飽きずに眺める。

顎の上に伸びた髭に手をやった。

「母さんが見たら喜ぶやろうな」

父は目を細めてつぶやいた。父は本当に痛みを忘れたように見えた。

点滴を拒否する父のために、用意しておいたゼリー状の飲料をすすめる。父は喉が渇いていたのか、ゆっくりではあったが、思った以上に飲んでくれた。このぶんなら、食欲も戻るのではないかとさえ思う。

「お父さんが食べたいものは？　何でもリクエストしてよ。かぶら寿司はどう？」

間髪を入れずに、父は治部煮と答えた。

治部煮――。以前、咲和子なりに手をかけた料理として夕食に出したものの、父の好みの味ではなかったことを思い出す。

数日後、咲和子は母の治部煮の味を懸命に思い出しながら台所に立った。母の治部煮は、鴨肉ではなく鶏肉だった。その他の野菜は世のレシピ通り。シイタケ、ニンジン、小松菜、それにスダレ麩を添えた。

だが、食卓に着いた父の顔はさえないものだった。ほんの少ししか食べられないことは分かっている。だからこそ、ごく少量でも味わう楽しみを感じてほしかった。なのに……。その日の夕食は、父にも娘にも後悔の残るものになってしまった。

翌朝、咲和子は鍋と椀を持ってまほろば診療所に顔を出した。

「お父さんは大丈夫なんすか？」

「実はね、私の作った治部煮を試食してもらおうと思って。父があまり食べてくれないんです」

「すごい、これ先生が作ったんですか」

麻世が驚いた声を出す。

「実家でも滅多に食べたことなかったですよ」

「うちもです。たまに作っても、お正月くらいかな？」

亮子も感心した様子で鍋の中をのぞき込んだ。

「僕もここ何年か、外でしか食ったことねえなあ」

仙川も物珍しそうにしている。

父は治部煮をよく食べていた。日本酒によく合うと言って。

そういえば富山から嫁に来た母は、祖母に教わって郷土料理を練習したと聞いた。しかし、なかなか満足のいく味にならず、母は自分のふがいなさを嘆いて暮らしたという。

「富山の田舎から嫁いできたさかいにな。子供のころから食べつけとらんし、分からんかった」

母は、そんなふうに言っていた。

初めて父に治部煮をほめられたとき、母は「やっと嫁になれた」と泣いたという。母にとっておいしい治部煮を作るのは、白石家の、そして金沢の人間になるという意味だったのだ。

咲和子の治部煮の味見をした麻世は、「食材が違うのかもしれない」と言い出した。その日の夕刻には咲和子の家に立ち寄り、「近江町市場で地場産のものを買ってみました」と、たくさんの新鮮な野菜を届けてくれた。

夜、新しい材料で治部煮を作ってみると、野菜の香りが際立ち、うまみが強くなった。

夕食の席で椀を膳に並べ、わさびを汁に溶かし入れる。いつものように父は、一番の好物であるスダレ麩を食べたいと言った。咲和子は箸でスダレ麩を取り、父の口に運ぶ。

「これはこれで、うまいよ……」

スダレ麩をひとかじりした後は汁をひとさじ味わっただけで、父は口を閉じてしまった。もともと食欲がないのだから仕方がない、と思う間もなく父の言葉が追い打ちをかける。

「でも、母さんの味とは違うな」

咲和子は、あわてて煮汁の味をもう一度確かめる。なるほど、母の味ではない――舌の先からそんな思いが浮かび上がってくるのを感じた。

食事の最中に電話が鳴った。麻世からだった。

「治部煮、どうでした？」

「それが、まだ不合格みたいで……」

咲和子は正直に答える。

「少しだけバターと味噌を入れるといいらしいですよ」

実家である三湯旅館の板前さんから聞き出してくれたという。

咲和子はアドバイス通り、バターと味噌を鍋に入れてみた。小皿にすくって味をみたとき、思わず「あっ」と声が出た。懐かしい母の味だった。

「お父さん、お母さんの治部煮ができたよ！」

ぼんやりと暗い庭を眺めていた父は、視線を上げた。

父の口に、スダレ麩を入れる。しばらく口を動かしたあと、父は「うまい」と、これまでに見せたことがないような笑顔になった。

スダレ麩の次は、小松菜。そして鶏肉、シイタケ、ニンジンと、次々にリクエストする。時間をかけながらではあったが、父は治部煮の具を全種類、味わってくれた。

「ありがとう。もう、思い残すことはない」

珍しく満足そうな表情をした父は、長い息を吐いた。

その晩遅く、咲和子はＳＴＡＴＩＯＮに呼び出された。まほろば診療所のスタッフが、励ます会を開いてくれるというのだ。診療所の仕事を休み、咲和子が父の在宅療養を開始してから五日目の晩だった。

「午後十一時スタート」で設定してくれた励ます会だった。咲和子は父がベッドで安らかに目を閉じる姿を確認する。モルヒネの鎮痛作用は不十分だが、副作用の眠気はしっかりと現れていた。このタイミングで父はいつも二、三時間は眠ることができる。咲和子は桜橋の家を急いで出た。

柳瀬が教えてくれたモンゴルの家、「包」の話を思い出しながら、STATIONの扉を開ける。

「ただいま、マスター」

そう言ってみると、咲和子は不思議とあたたかい気持ちに満たされた。これが「包」に戻る感覚なのだろうか。

「白石先生、お帰りなさい」

定刻より少し早めに到着した咲和子に、柳瀬の言葉があたたかく迎えてくれる。それが妙に心にしみる。元気なつもりではあったが、やはり体のどこかに生々しい傷のようなものを抱えているようだ。

「苦しくてどうしようもないとき、マスターならどうする?」

柳瀬が答えようとしたとき、店の入り口でにぎやかな声が響いた。

「咲和子先生、お疲れ様でえす」

仙川に野呂、そして亮子だった。

「すでに診察室でビールを飲んでいましたから」

亮子が困ったように二人を見る。仙川は杖を器用に使い、千鳥足ながらも「三足歩行」をしていた。

仙川が「はい、咲和ちゃんにプレゼント」と、小さな置物をカウンターに置いた。ミニ盆栽だ。小さな松がひょろりと伸び、先端に葉をつけている。

「渋いですね。僕ならバラの花にするのに」

野呂が小さな盆栽を手のひらに載せた。

「分かっとらんな。これが我々の目指す姿だよ。それに、バラはこの間、達郎先生の見舞いに持って行っただろ」

野呂はきょとんとして小さな植物を見つめる。

「目指す姿って、松がですか?」

仙川は咳ばらいをした。

「花の中には、日差しに弱い種類がある。ラベンダーやフクシア、能登半島のキリシマツツジなんかがそうだ。ところが松は、周囲に絶妙な日陰を作ってくれる。だから松の木の下にそうした日差しに弱い花を植えると、きれいな花を咲かせることができる。庇護を求めるか弱き存在の者のために、自ら日陰を作って立つ——それが医療者というものだ」

感心して聞いていると、店の外から騒がしい音とともに麻世が入ってきた。

「遅いよ。こっちこっち」

野呂が手招きして席に着かせる。

「これ、見てくださーい」

麻世は大量の洋服を買い込んでいた。カツラや化粧品もある。

訪問治療を受けつつ、抗癌剤治療をしている子宮癌の患者が、「思いっきりおしゃれして過ごしたい」と言うから、リクエストの品を買い集めてきたのだという。

「メガドンキの隅々まで探索したんです。ああ、疲れたあ〜」

咲和子は、ふいに目がうるむ。在宅医療というのは、こういう気持ちの集合でできる医療なのだ、と。最後の日まで、いかにその人らしく生きるか——そうした毎日を支える存在になろうと、皆がそれぞれに考えている。

徹底的に生きたい人には、最新医学も視野に入れた手段で治療をする。その一方で、苦しくない終末期の日々を支えるケアも行う。患者に合わせて、自由度の高い対応ができるのがまほろば診療所の在宅医療だ。

にぎやかな声に包まれながら、咲和子は松のミニ盆栽を手にする。誰かのために日陰を作る。これが自分たちのめざす姿なのかと改めて感じつつ。

「あの、聞いてほしいことがあります」

珍しく真面目な顔で野呂が立ち上がる。

「僕、やはり医師免許を取ります。もっと皆さんの役に立てる人間になるために、頑張ります！」

突然の、意外な宣言だった。

「来月から東京の専門予備校でみっちり勉強し、来年二月の試験を突破します。免許を取ったら戻ってきます。なので、なので、必ず待っていてくださいっ」

野呂が深々と頭を下げた。

仙川が手をたたく。続いて亮子や咲和子も拍手した。「頑張って！」と麻世が声を張り上げる。

モンゴルの音楽が流れ始めた。宇宙的な音から二拍子の曲に変わる。仙川が手拍子を打ち、野呂と柳瀬が肩を組んで、片足ずつ飛び跳ねる。モンゴルで相撲取りが踊る「鷹の舞」だ。やがて仙川が羽ばたくように手を広げ、体を左右に揺らした。力強い二拍子の曲に誘われるように、咲和子もひらりと両手を広げる。

曲が終わった。柳瀬がみんなに馬乳酒のおかわりをサービスする。

「プラス、白石先生には先ほどの質問の答えです」

柳瀬は咲和子に小声で告げ、新しいコースターを渡してくれた。裏面に手書きの文字で何かが書いてある。

「思って行けば実現する、ゆっくり行けば到着する」

咲和子はフッと肩の力が抜けるのを感じた。「苦しくてどうしようもないとき、どうするか？」の回答だ。

「モンゴルの格言です」

柳瀬の声を耳に、その確信に満ちた筆致を眺めて再びあたたかい気持ちに満たされた。


励ます会の翌朝のことだ。

朝の点滴をセットする咲和子に向かい、父は改まった様子で「リクエスト」を口にした。

「咲和子、お父さんを楽にさせてくれ」

「え……」

「十分に生きた。最後に咲和子と暮らせて、もう満足だ。老醜をさらす前に、そろそろ母さんのところへ行くよ」

ギクリとする咲和子をよそに、父はいつもと変わらぬ淡々とした調子で語った。モルヒネをしっかり使い、自分の家で生活をするうちに、父の気持ちが翻るかもしれない——咲和子はいつの間にかそう期待していた。だが父の考えは、病院を退院したときから少しも変わっていなかった。

「どういう意味?」

確認せずにはいられない。父の真意を知りつつも、まだ信じられない思いがあるからだ。

「治療をもう一歩進めて、早く拷問のような苦しみを取り除いてもらいたいということや。疼痛緩和のために、この薬を使ってくれ。そのために自宅に戻ったんやから」

父はそう言って、咲和子に手帳を開いて渡した。

ペントバルビタール二グラム点滴静注——そこには鎮静薬の種類と量、そして点滴する方法が細かく書かれていた。

「これって……」

父の示した鎮静薬の量は、単に鎮痛だけが目標ではないというのは明らかだ。

「はっきり言おう。積極的安楽死を頼む」

聞き間違えようのない、ひと言だった。

「これ以上、痛みに耐えていると必ず錯乱する。思ってもみん暴言を吐いてしまうかもしれん。みっともない声を出すかもしれん。そういう姿はさらしたくないんや」

あろうことか、父は積極的な安楽死を、娘である咲和子に希望してきた。これまでの数日間と違い、ありのままの思いを伝える強く明確な口調で、死期を早める安楽死を。

一般に安楽死には二種類ある。延命治療の停止によって患者を自然な形で死に導く消極的な安楽死、いわゆる尊厳死と、医師などの「第三者」が致死薬を投与して死期を早める積極的な安楽死だ。

オランダやベルギーでは、患者の要請に基づいて医師が行った場合に限って積極的安楽死が合法化されている。しかし、日本では、昏睡状態の患者を注射で死なせた医師が殺人罪で起訴された一九九一年の東海大学事件をはじめ、安楽死で担当医師が無罪になったケースはない。医師にとって尊厳死と積極的安楽死の間には、深くて越えがたい溝があった。

父が、点滴のような無理な延命治療をしない、というのは咲和子も納得していた。口から物を食べられなくなっても胃瘻や点滴などは行わず、自然死を見守るつもりだった。そうした処置は、癌の終末期患者や超高齢者などに対する治療現場で、「取りうる選択肢」だという認識が医療者の間でも広まってきているからだ。

けれど、父の考えは違った。初めから溝を越えた地点にリクエストを放り投げてきたのだ。

「積極的安楽死なんて、そんなこと、許されるはずないでしょう！　殺人だよ。お父さんは娘を犯罪者にしたいの？」

父は無表情のまま低い声を出す。

「咲和子には分からないかもしれないけれど、耐えがたい痛みがあるんだ」

眉間のシワが一層深くなった。

金沢に戻るまで勤務した城北医科大病院の救命救急センターには、朝から晩まで数え切れないほどの患者が運び込まれてきた。交通外傷で顔面からおびただしい血を流し、内臓に大きなダメージを受け、四肢を失いかける患者たち。吐血して、自らの血液で窒息しそうになりつつ運ばれる者、脳出血で意識を失った人、急性心筋梗塞で胸の痛みに息も絶え絶えの患者、激烈な腹痛で運ばれてくる急性腹症――。そして彼らは、みな同じことを口にした。

「先生、助けてくれ！」

「先生、助けてやってください！」

集中治療室につながるあの廊下。すべての患者と家族は、命を救うことを求め、咲和子はそれに応えて生かすことだけを考えて生きてきた。死なせる方法など、考えたことはなかった。

「……お父さん、ごめんなさい。痛いのは分かっている」

父にひどいことを言ってしまった。神経内科医の父にとって、自らの状況がどうなのか、そして今後はどうなっていくのか、分かりすぎるほど分かるはずだ。死ぬまで異痛症で悶絶し続けるのか、それとも苦痛から逃れる方法を取るのか。

ガタガタと体が震えてきた。ひどく怖かった。自分の気持ちが大きく揺れるのを感じたからだ。

積極的な安楽死など全くありえない。医師として、亡くなる患者の背中を押す行為はできない。それが職業倫理だ。決して行ってはいけないことだと信じている。

なのに今、咲和子は、患者の家族として新たな感覚を抱いている。「楽にさせてくれ」と訴える父の気持ちに応えたいと。

それは、この一年間の生活の変化と軌を一《いっ》にするものだ。東京の大学病院を離れ、故郷の診療所で死と向き合う仕事を続けてきた日々が、それまでとは違う価値観を生み出したのか。逃れきれない痛みから自由になり、老醜をさらす前に美しくこの世を去らせてほしい。そう口にする父の思いそのものは、父の年齢、父の状況を考えれば、身勝手な願いだと切り捨てることはできない。

体がじっとりと汗ばんでいた。

父の苦しみを積極的に取ってあげられるのは、自分だけだ——そう考えてしまった自分がひどく怖かった。

その日は、いつもと同じ在宅の一日だった。

父は午後からずっとベッドに横になり、焼けるような痛みに終始うめき声を上げていた。

汗びっしょりになって目を覚ましたとき、神経性疼痛を少しでも抑えるために、さほど効き目はなくてもモルヒネの座薬を使う。十分ほどすると父はうつらうつらし、やがて規則的な寝息になる。こうして、わずかだが静かな瞬間を手に入れる。ベースのモルヒネ量を増やして眠る時間が長くなったとしても、目が覚めれば再び痛みに襲われるのは変わらない。

父は、積極的安楽死のために自宅に帰った——。

午後十時、咲和子はその意味する重圧に耐えきれず、家を出た。暗い道を自転車を走らせて、まほろば診療所に向かう。裏手をのぞくと、まだ仙川の自宅の灯りは点いている。

控えめに玄関をノックした。

野呂がすぐに出てきてくれた。

「咲和子先生！　どうされました？」

「夜分にごめんなさい……仙川先生は？」

「奥で飲んでますよ。どうぞ中へ」

仙川の家に上がるのは子供のとき以来だ。だが、遠慮している場合ではない。咲和子は転がり込むように部屋に入った。仙川は、書斎のデスクで冷酒のグラスを手にしていた。

「先生、父が安楽死したいと……」

仙川はグラスを机の上に置き、顔をしかめた。

「積極的安楽死を？」

咲和子はうなずいた。

「積極的安楽死をするために自宅に戻った、とまで言って……」

仙川は天井を仰いだ。

「ある意味、達郎先生らしい……」

父が示したリクエストについて説明すると、仙川は腕を組んだ。

「加賀大附属病院に勤務していたころ、僕は患者がどんなに高齢であっても、食べられなくなれば胃瘻をつけ、呼吸困難になれば呼吸器につなぎ、心臓を動かすためにペースメーカーを入れた。中には『命を終わりにしたい』と訴える患者もいたよ。だが、そんな患者の言葉は、繰り言か愚痴のようなものとして相手にしなかった。自信満々に、延命治療のどこが悪いと思っていた。ここで在宅医療を始めてからだよ、大学病院で自分がしてきたことが間違っていたかもしれないと気づいたのは。患者さんに僕は長い間、ただ苦しい日々を過ごさせてしまっただけだったのかもしれん」

「私も同じ。だって医師が命をつなぐのは、当然の行為だから……」

咲和子はそう言いながらも、父の苦しみに思いをはせる。

「でもね」

仙川は咲和子を制し、鋭い眼差しを向けた。

「絶対に助かる見込みがない状況で、非常に苦しい時間が死ぬまで続くと確定しているのならどうだ？」

それは、夜風を浴びて自転車をこぎながら、咲和子が考えていたのと同じ前提だった。仙川の言いたいことはよく分かる。仙川が亡妻の痛みを思うように、咲和子も父の痛みが辛い。自分のことのように辛い。

「患者本人が死を希望しているのなら、その苦しみを減らすのを手伝う行為を僕は非難できない」

仙川の言うことは分かる。けれど咲和子はまだ迷いの中にいた。

「でもそれは殺人、あるいは自殺幇助《ほうじょ》で逮捕される行為よね。誰にも言わずに処理することもできると思う。けれど、私は医師である以上、そこは越えられない」

咲和子は唇を嚙む。

「咲和ちゃんなら、そう言うと思った。しかも、当然の反応だ。でもね、それは同時にお父さんの願いを切り捨てることだよ。正解はない。しかし、どちらかを選ばないといけない」

父の苦しむ表情が脳裏に大写しになる。咲和子は目を強く閉じた。

「命を縮める医師になろうと思ったことなんてない。そんな、とんでもない。だって、人を救うことだけを考えてきたのに……」

　仙川は何度もうなずく。

仙川は、部屋の本棚を指さした。

「あの二段目にある緑色のファイルを取って」

　咲和子は言われるままに書類挟みを引き抜き、仙川に手渡す。

「これは……」

　中から仙川が取り出したのは、一九六二年に出された名古屋高等裁判所の判決文だった。

そこには、特別に積極的安楽死を是認しうる六つの要件が記されていた。
①患者が不治の病で死期が迫っていること
②耐えがたい苦痛があること
③もっぱら患者の苦痛を緩和する目的であること
④本人の真摯な嘱託・承諾があること
⑤原則として医師の手によること
⑥その方法が倫理的に妥当であること

咲和子はうなった。

「……六つの要件を、父はクリアしている」

「一般的には、針の穴のような前提条件だ。それをどう考えるかだ」

咲和子はそれでも気持ちが揺らぐのを感じる。

「たとえ条件を満たしていたとしても、私にはどうしても罪の意識が……。どう考えてもこの処置は自殺幇助になるわ」

仙川は、悲しい顔になる。

「残酷な言い方をするが、達郎先生は、さほど遠くない時期に亡くなられるだろう。今の状況だと、鎮痛目的でモルヒネを増量するだけで呼吸抑制が起きて死に至ることもある。だから、そういう方法で最期を待つことだって可能だ。しかも法にも触れない」

仙川は言葉を切り、大きく息を吸い込んだ。

「でも咲和ちゃんは本当にそれでいいの？　達郎先生はもともと脳神経が専門だったから、ご自身の病状が今後どうなっていくか、よく分かっているはずだ。だからこそ、自分の意思を持って人生を全うしたいと思っているはず」

咲和子は震えながらうなずく。

父の希望に沿えば、咲和子は医師免許を失うだろう。

一方で父の苦しみを知りながら放置するのは、子として後悔が残る。咲和子の思考は、そこから一歩も進まなかった。

家に帰ったら、もう一度父と率直に話し合おう。父の考えを、もう一度心を澄ませて聞こう――。そのことだけは心に決める。

医師として、自分に残された時間をどのように使うか？

患者と家族に、どこまで、どのような形で寄り添うか？

東京で救命救急の現場を走り回っていたときには考えたことがなかった。まさか故郷の金沢で、これほど重い難問を抱え込むことになるとは思わなかった。

父と娘、患者と医師とが交わした話し合いは未明に及んだ。長くて辛い時間だった。


そして四日後、父との約束の朝になった。

咲和子は仙川を自宅に呼んだ。処置の立ち会いのためでもあり、「第三者の医師」という立場で死亡診断書を書いてもらうためでもあった。

仙川は、杖を突きながら野呂とともに父の寝室に入ってきた。

「徹君、最後まで世話になるね」

父は、驚くほど爽やかな笑顔を見せた。

「いえ、とんでもないです、達郎先生」

そう答える仙川の方が、ひどくぎこちない表情だ。

「これは私自身の人生の最終章、『死を創る』ための処置だ」

父はおごそかな声でそう言った。


あの晩、深夜に仙川の家から帰宅した咲和子に、父は自身の考えを滔々《とうとう》と語った。

「咲和子、年を取るっていうのは怖いことや。どうしようもない痛みで頭が錯乱しそうなのに、自分で死ぬ力すら残っていない。永遠の苦しみでなく、この痛みに終わりがあると決めることによって、死はむしろ生きる希望にすらなりうる」

父は心静かな様子で言った。

「人間には、誰もが自分の人生を自由に創ることが認められている。そうであれば、人生の最後の局面をどのように迎え、どのように死を創るか——これについても、同様であるはずだ。その正当性を、すべての人に理解してもらいたい」

かすれてはいたが、芯のある声だった。

「咲和子、これは私の本懐だ。痛みで妄言を弄し、のたうち回るのは耐えられない。自らをここまでと決めたい。いかんせん、私に切腹する力が残されていない以上、この方法しかないんだ。咲和子は介錯《かいしゃく》をするのだと思ってほしい」

低く抑えた声だったが、はっきりと聞こえた。

「金沢は小京都でなく武家の町だ」

父の口癖だった。

患者が自らの思いで死を創る。患者の生死に関与するのが医師の仕事であるのなら、死を創ることを支えるのも医師の務めだと言いたいのだろう。

そして、父の望むこの処置が、父と同じような状態で苦しむ患者や家族の救いや希望となる可能性も少なくないはずだ。

モルヒネを使っても痛みを消すことができないほどの強い脳卒中後疼痛に苦しむ患者は、脳卒中患者の約一割。その他、さまざまな疾患によって疼痛に悩む患者は数えきれないほどいる。

ならば、世に問う価値はある。もしも、自分が金沢に戻った意味があるとすれば、それはこの行動にあるのかもしれない。

咲和子が覚悟を決めた瞬間だった。

野呂がビデオカメラをセットした。それは父の希望であり、咲和子の覚悟でもあった。

父としては、自らが希望した死であることを証明するために。咲和子としては、これから進める処置の正当性について判断を問うために。

「それではこれより、永続的な疼痛緩和のために鎮静薬の調剤を始めます」

一言ずつ、ゆっくりと口にした。初めて臨床現場に立った新人の医師になったような気持ちになる。

父のレシピに沿って、鎮静薬を小さな点滴バッグに入れた。

これにより、深い睡眠が得られると同時に、呼吸が抑制されるだろう。呼吸器などの生命維持装置につながなければ、永遠の眠りにつくことになる。

ためらいつつ、仙川に視線を送る。仙川も咲和子を強く見つめ返した。

「次に生食でルート確保をします」

ルート確保――まずは生理食塩水だけを点滴して、外から点滴するための準備をするのだ。

咲和子は父の腕にトンボ針を刺そうとした。ところが手がひどく震え、うまく血管に針を刺すことができない。

「僕がやろうか」

仙川は、とても見ていられないと思ったようだ。

けれど咲和子は手を止めない。これは自分の試練だ。患者の幸せを第一に考えられるかどうかの——。

「たかが生食や」

父に指摘され、咲和子は深呼吸を繰り返した。これまで何百、何千回と行ってきた点滴の手技だ。できないはずはない。

咲和子は目を閉じた。

そっと触れていた左手の指先に父の血管を感じる。震えが静まり、針が静脈の血管壁に吸い込まれるように入った。

生理食塩水が静脈内にスムーズに落ち始める。それをはっきりと確認して、父が満足そうに目を細めた。

「咲和子、ありがとう。最後に鎮静薬を連結して」

すがすがしく、濁りのない声だった。

「……では、鎮静薬の連結を開始します」

父の言葉を復唱するようにして、咲和子も処置内容を宣言する。ただ、「最後に」とは言えなかった。

先ほど鎮静薬を入れた小さな点滴ボトルを、つまみをオフにしたままで点滴ルートの分岐部に接続した。

「お父さん、つなぎました」

あとは父がつまみを開けば、薬剤が静脈に流れ込む仕組みだ。

「お父さん、本当にこれでよかったの？　私、間違ってない？」

父はやわらかな笑みを浮かべた。澄んだ瞳は、確かな意を表していた。

「やっと楽になれる。咲和子、ありがとう。お前が間違っているもんか。このときを迎えられると思ったから、きょうまで耐えられたんや。咲和子も父さんの立場になれば分かる。咲和子は本当にいい娘で、誇りに思うよ。くれぐれも言っておくが、これは疼痛治療のひとつだ。ありがとう」

父はここに至っても咲和子を安心させ、力づけてくれようとしていた。

「お父さん、もっと……」

お父さん、もっと生きていて、という言葉を咲和子はのみ込む。

父は咲和子を大きく包むような表情を見せ、もう一度ほほ笑んだ。父の右手が点滴のつまみに大きく伸びかけた。ただ、その直後に布団の上にふらりと舞い戻り、改めて間合いを図るかのような姿勢に入る。右手の甲はそこで小刻みに動き、鎮静薬の点滴をオンにする真の機会をうかがっているのだと感じられた。

しかし、いつまで経っても父は点滴のつまみに手を伸ばそうとはしなかった。

突然、父の手がだらりとベッドから垂れ下がる。

仙川が血相を変えた。

「咲和ちゃん、脈みて！」

咲和子も異変に気づく。

こんなことが起きるのか――父は、すでに死んでいた。

血圧が下がり、下顎呼吸が起きるという見慣れた死のプロセスをたどることなく、まさに蠟燭の火がフッと風でかき消されたような、あざやかな死だった。

「そ、そんな……」

咲和子は愕然とした。仙川は、力が抜けた顔で父の顔を見つめている。

「達郎先生らしい。実に、達郎先生らしい」

気を取り直した仙川は、感慨深げに繰り返した。そして、父の死をゆっくりと手順通りに確認する。

「午前九時五十分、ご臨終です」

張りつめていた胸からすべてを吐き出すように、咲和子は長いため息をついた。頭の中が真っ白になっている。

「野呂君、ありがとう。もういいわ」

そう言って咲和子は、ビデオカメラのスイッチをオフにさせた。

すべてが終わった。予想もしなかった形で。

けれど咲和子は、最初に企図した通りに歩み出さなければならない。それが咲和子の覚悟だったから。

「そうだ、これを」

仙川は、父から預かったという封筒を取り出すと、咲和子に渡した。

手紙が入っていた。父の字だ。ところどころ大きく乱れてはいるが。

〈安楽死は私自身が望んだことだ。私の望みをかなえてくれてありがとう。咲和子が立派な医師になってくれて、何も思い残すことはない。咲和子は決して、決して自分を責めないように――〉

咲和子の性格をよく知る父は、最後まで咲和子を案じてくれていた。

仙川に宛てた手紙には、「咲和子は必ず自分を責めるはずだから、どうか支えてやってくれ。あの点滴は、あくまでも疼痛緩和が目的だったのだ」と書かれていた。

積極的安楽死を許容する六要件のうち、重要な条項である二項目、
③もっぱら患者の苦痛を緩和する目的であること
④本人の真摯な嘱託・承諾があること

――を証明するために、父が自らの意思で書いた手紙だった。

　父は自分の死に際してまで、咲和子に教えを示してくれた。全身の力が抜け、咲和子は父の胸の上に崩れ落ちる。意外なことに、涙はこぼれなかった。

頭の中がザアザアと鳴り響く。

犀川の中に沈み込むような感覚の中で、これまでの人生の断片がさまざまに胸をよぎった。

「好きにすることっちゃ。自分を信じまっし」

耳元で母の声も聞こえたような気がする。

「お父さん……」

未熟であることは自覚していた。もっと父の力を自らの血肉としておけばよかったと思いながら、動かなくなった体をしっかりと抱き締める。父のぬくもりが消えてしまわないうちに……。

しばらくして咲和子は、静かに父の傍らを離れた。父と自分を見守ってくれた仙川と野呂に深々と頭を下げて。

「やはり私、警察に行きます。あのビデオを持って」

咲和子に迷いはなかった。

自分がしたことが罪になるのか、どうなのか。それは咲和子には分からない。医師である娘が父に大量の鎮静剤を調剤している一連の映像、さらに父の残した書簡や文書は、すべてそのままの形で第三者の手にゆだねる決意を固めている。

判断を下すのは、警察をはじめとする司法、メディア、学会、それに世間。さらには、あまたの病に苦しむ数多くの患者と日々その介護に追われる家族たちか……。

咲和子の側《がわ》で、それを「誰」と特定する考えもない。

ただ、咲和子の覚悟の支えになっているのは、自分の行為を世に問うことで、希望を見いだす人々が必ずいるはずだという確信だった。

「何を言ってるんだよ、殺してもいないのに。そもそもこの処置は、あなたのお父さんの意思なんだよ」

仙川が、これまで聞いたことのないような大声を出した。野呂は口をパクパクと開けたり閉じたりしている。

「幸いなことに、私にはまだ時間があります。最終的な判断が下るのを、どこにいても待ち続けることができます。もしも許されるのなら、その後もまた、患者の側に立って白衣を着られたら……」

咲和子はもう一度、二人に頭を下げる。そしてスマートフォンに一一〇と打ち込んだ。

本書執筆にあたり、秋山久尚先生、蒲田敏文先生、
前田哲生先生、柳川勇人先生、大和太郎先生、
柚木雅至先生にお世話になりました。
この場を借りてお礼申し上げます。

【参考文献】
『おもしろ金沢学』２００３年　北國新聞社
『人魚姫』ハンス・クリスチャン・アンデルセン著、大塚勇三編・訳　２００３年　福音館書店

【「ハカ」引用元】
Web サイト『世界の民謡・童謡』
http://www.worldfolksong.com

解説

東えりか

２０２1年2月末現在、新型コロナウイルス感染症の脅威にさらされてちょうど1年が過ぎた。「事実は小説より奇なり」とはイギリスの詩人バイロンの言葉だそうだが、新型コロナウイルス感染症大流行を目の当たりにすると「ＳＦ小説とはずいぶん違う」と痛感する。我々を守ってくれる最後の砦である医療関係者に対して、この1年ほど感謝と尊敬の念を持ったこともなかった。

欧米から遅れること2カ月、ようやく国内でも2月17日から医療従事者に対する新型コロナウイルスワクチンの接種が始まった。先行きの見えなかったパンデミックの終息に、少しだけ明かりがさしてきている。

医学の進歩は失敗の歴史に重なる。膨大な試験と追試が繰り返されて新しい治療方法や医療形態が確立される。その間の失敗とは患者の死だ。膨大な死の積み重ねによって人間は少しずつ病を克服してきた。驚くほど早く開発された新型コロナワクチンにしても、人類が長年経験した数々の感染症との闘いによってもたらされた恩恵だといえる。

医療は人生において、最も早くから最後の最後まで関わる職業だ。母のおなかに宿ったときから、「御臨終」の声を聞き、お棺に入るまでお世話になるのが医療機関である。

医療小説は、その失敗と成功の裏に潜む、生々しい人間模様を描いたものだと思う。病に倒れた人が頼るのは病院しかない。医療に関する小説は誰の身の上にも起こるかも知れない出来事を描く。そこには悲しみや苦しみもあるが、喜びや希望も生まれ、笑って泣けて共感できる物語となる。

「医療小説」というジャンルが確立されてずいぶん時間が経った。病気を治すことだけではなく、行政や歴史、経済に至るまで医療に関わる小説は増えている。

専門的な知識と経験が必要とされるこのジャンルでは、小説家であり、かつ医師でもあることは大きな強みだ。彼らの書くものは臨場感が全く違う。南杏子という作家が現れたときもその感を強く持った。

女子大を卒業後、編集者として働き、結婚出産を経て、33歳で医学部に学士編入して医師となったという異色の経歴は、彼女の小説を非常にユニークなものにしている。

デビュー作の『サイレント・ブレス』で在宅医療の現実、二作目の『ディア・ペイシェント』では病院内における医師の立場の難しさ、三作目『ステージ・ドクター菜々子が熱くなる瞬間《とき》』では仕事や生活を支える縁の下の力持ちとしての医師の姿を描いた。

本作『いのちの停車場』は南の四作目の長編小説となる。今後、間違いなく医療の大きな課題になる「在宅での終末医療」を真正面から捉えた作品となっている。

東京の城北医科大学病院救命救急センターの副センター長である白石咲和子は62歳。城北医科大生え抜き、救急医キャリア38年の女性医師である。しかしある夜勤の日、大規模交通事故の処置中に小さなミスを犯してしまう。責任を取って辞めた咲和子は生まれ故郷である金沢に戻った。実家には87歳になる元神経内科医の父が暮らしている。

咲和子は2歳年上で幼馴染の医師、仙川徹が所長をする在宅専門の「まほろば診療所」を手伝うことになる。日々、患者が途切れることの無い救急医だった咲和子にとって、一日に5軒ほどの訪問診療は容易《たやす》いことだと思っていた。しかし各家の事情も病状もすべて違い、それに対応する技術の難しさ、看護師の力の必要性を思い知る。

第一章で描かれるのは大きな社会問題となっている在宅での老老介護。普通の生活のなかで「死」に直面することのない現代、医師は死に対する心構えをどう伝えたらいいのか。

第二章では在宅医療でできうる最先端の技術を探る。STAP細胞事件で一般にも広く知られるようになった幹細胞移植技術は脊髄損傷の患者にとって福音になるのだろうか。

第三章では、アメリカでは「ホーダー」と呼ばれる精神疾患、俗にいうゴミ屋敷の中で生活しセルフ・ネグレクトを続ける母とその娘の物語だ。

第四章では終末期を迎えた患者とその妻との再生を、第五章では小児がんに侵され死期を間近に控えた6歳の女児とその両親の悔いのない日々を描いていく。

医療現場は生活弱者の縮図だと思う。順調に過ごしてきた生活は、病魔によってあっという間に奪われる。在宅医療を受け持つ医師や看護師、医療関係者は、病気を治すだけでなく転がり落ちてしまいそうな生活や心を下支えする役割も担う。

現代医療の最前線は非常に専門化している。とはいえインターネットの発達により、患者や家族が自分の病状や治療方法を検索することが容易くなった。病院を出て在宅医療に切り替えざるをえない事情は千差万別だからこそ、それを支える医師の力量が問われている。

小説やテレビドラマで医師や病院、介護や看護の現場で起こる医療の物語が人気になるのは、誰もが逃れられない問題であり、他人事ではないからだ。がん、認知症、不妊、終末医療など「明日は我が身」という作品が目立つ。

特に超高齢社会をひた走る日本では、どのように死ぬか、という問題から目を背けるわけにはいかなくなってしまった。世界に名だたる長寿国になった結果、高齢者の介護問題が立ちはだかっている。そこに医学はどう関わるか。本書でも大きなテーマとなっている。

『いのちの停車場』が上梓される少し前に本屋大賞2020年ノンフィクション本大賞を受賞した『エンド・オブ・ライフ』というルポルタージュが刊行された。

小説とノンフィクションという違いはあるにせよ、在宅での終末医療をテーマにしたことで、著者の佐々涼子さんとの対談が実現した。

その中で佐々さんが在宅医療をテーマにした理由を尋ねて、南はこう答えている。

――終末期医療を受けようにも、病院では治療のプロセスが決まっていて個人の考えを主張しにくいんですよね。でも、長く自宅で暮らしていれば、その人にとって大切なもの、積み重ねた思い出がたくさんあるはず。そこをバッサリ切り捨てるのではなく、「なんとか自宅で過ごせるような医療を行いましょう」というスタンスがあってもいいのではないかと思ったんです。(中略)

救急医療は「何が何でも命を救う」というスタンスです。でも、90歳を超えて人生の終わりが近づいてきて、徐々に食べる量も減ってきて、身体も動かなくなって……という方々を心地よく支えるのも大切なこと。終末期医療は既存の急性期医療の延長ではなく、新しいジャンルではないかと思います――（「小説幻冬」2020年5月号）

私事で恐縮だが、私もいま、実母と姑のふたりの介護問題に直面している。どちらも90歳を超え、在宅か、それとも施設入居かの判断を迫られ、模索している最中である。だから『いのちの停車場』という小説が身につまされてならない。

最終章の第六章には南杏子という作家の思いが凝縮している。医師として生きてきた父を在宅で看取る決意と、その父が咲和子に託した大きな願い。これから先の日本の医療で無視することができないであろう積極的安楽死問題を真っ向から取り上げていく。

この小説を読み終わったとき、私にはどうしても読み返したい本があった。矢澤昇治編著『殺人罪に問われた医師 川崎協同病院事件 終末期医療と刑事責任』（現代人文社）である。

1998年に川崎市で起こった、自然死を迎えるための延命行為を差し控える措置で、逮捕・起訴され、有罪判決を受けた女性医師の事件を担当弁護士が詳述した記録である。白石咲和子が最後に行ったことは、この事件に由来するといってもいいだろう。医師が行う医療行為はどこまで許されるのか。

事件の詳細は措くとして、この裁判で被告人側の証人として発言した医師でノンフィクション作家の徳永進さんの言葉を紹介したい。

「（病院に）来られたときから最期まで、医療者たちは誠意を持って対応してきたという感じがぬぐえません。（中略）医療者としてのスタンスを見てて、そこに悪意と殺意はないと。

医療者として取るべき態度の中で、もちろん場面の緊迫によって、少し戸惑いながら、慌てながらという感じは受けますけれども、そこにあったのは誠意じゃないかと。殺意は間違いであると思いますが」

いうまでもなく、医師を志すということは、人を病から救いたいという思いの発露である。その究極の形はどんなものなのか。そこに取り組んだ南杏子という作家の覚悟に拍手を送りたい。

この熱意溢れる作品が2021年5月に映画化される。主役の白石咲和子を演じるのは、吉永小百合さん。意外だが初の医師役だという。脇を固めるのは2020年代を代表する役者の松坂桃李さんと広瀬すずさん。まほろば診療所の所長には西田敏行さんという豪華さだ。

監督は角田光代さん原作の『八日目の蟬』で第35回日本アカデミー賞最優秀監督賞を受賞し、宮部みゆきさん原作の『ソロモンの偽証』などを手掛けた成島出さん。完成間近、という話は聞こえてきているが、現段階で観ることは叶わなかった。

だが、映画化の話を聞いて、改めてこの作品を読み直すと、吉永小百合さんの凜とした姿が白石咲和子の生きざまにぴったりと重なり合う。読んでから観るか、観てから読むか、そこは読者に委ねたい。

世界中がパンデミックという大きな厄災に見舞われているいまだからこそ、南杏子の描く医師と患者との物語が読みたい。大いなる期待を持って新作を待つことにする。

——書評家

この作品は二〇二〇年五月小社より刊行されたものです。

いのちの停車場《ていしゃば》

南杏子《みなみきょうこ》

令和3年4月10日　初版発行
令和3年5月25日　3版発行

発行人――石原正康
編集人――高部真人
発行所――株式会社幻冬舎
〒151-0051東京都渋谷区千駄ヶ谷4-9-7
電話　03(5411)6222(営業)
03(5411)6211(編集)
振替00120-8-767643
印刷・製本―株式会社　光邦
装丁者――高橋雅之

幻冬舎文庫

ISBN978-4-344-43081-5　C0193　み-34-3

幻冬舎ホームページアドレス　https://www.gentosha.co.jp/
この本に関するご意見・ご感想をメールでお寄せいただく場合は、
comment@gentosha.co.jpまで。